醉佛狂道

취불
광도

백야 新무협 판타지 소설

FANTASTIC ORIENTAL HEROES

취불광도 5

백야 新무협 판타지 소설

초판 1쇄 찍은 날 § 2011년 8월 17일
초판 1쇄 펴낸 날 § 2011년 8월 23일

지은이 § 백야
펴낸이 § 서경석

편집부장 § 권태완
편집책임 § 박우진
편집 § 어정원

펴낸곳 § 도서출판 청어람
등록번호 § 제1081-1-89호
등록일자 § 1999. 5. 31
어람번호 § 제2-2134호

주소 § 경기도 부천시 원미구 심곡2동 163-2 서경B/D 3F (우) 420-822
전화 § 032-656-4452팩스 § 032-656-4453
http://www.chungeoram.com
E-mail § chungeoram@chungeoram.com

ⓒ 백야, 2010

ISBN 978-89-251-2599-2 04810
ISBN 978-89-251-2392-9 (세트)

도서출판 청어람

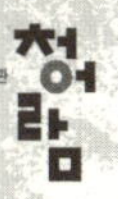

醉佛狂道

취불광도

FANTASTIC ORIENTAL HEROES

백야 新무협 판타지 소설

5

[완결]

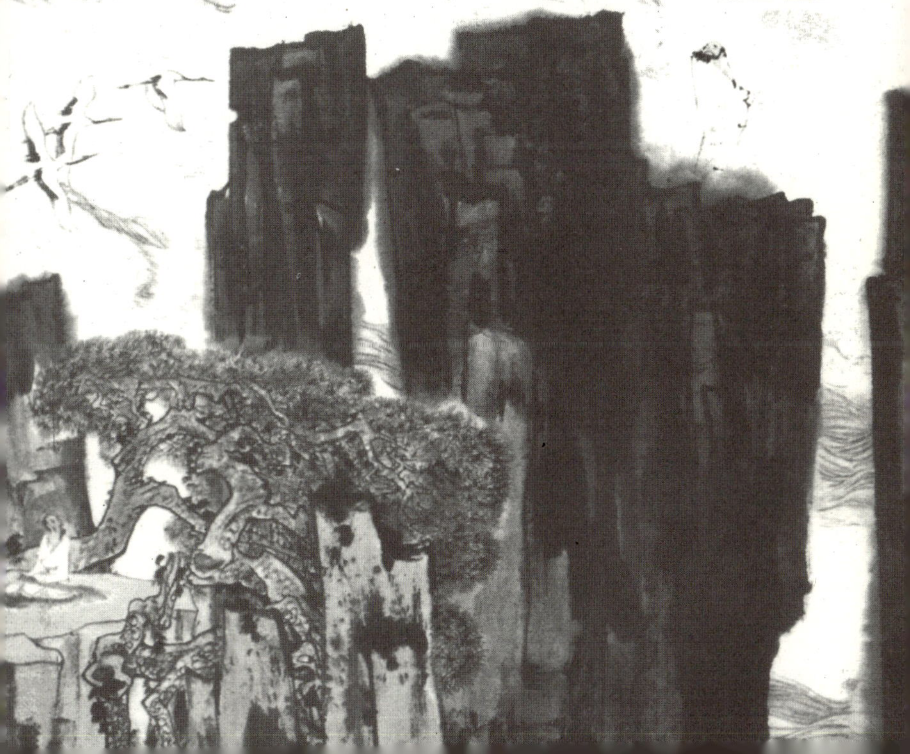

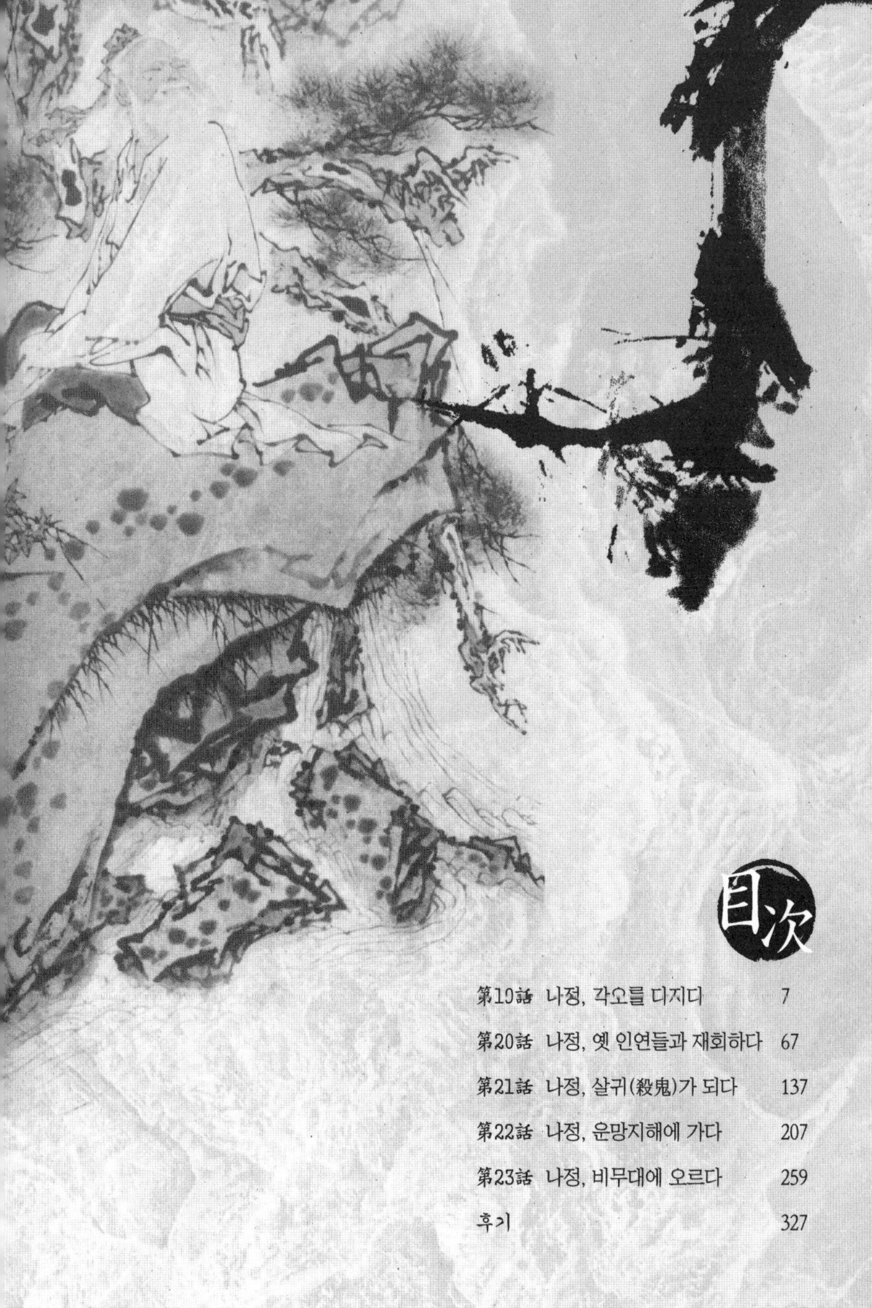

目次

第19話 나정, 각오를 디지다   7

第20話 나정, 옛 인연들과 재회하다   67

第21話 나정, 살귀(殺鬼)가 되다   137

第22話 나정, 운망지해에 가다   207

第23話 나정, 비무대에 오르다   259

후기   327

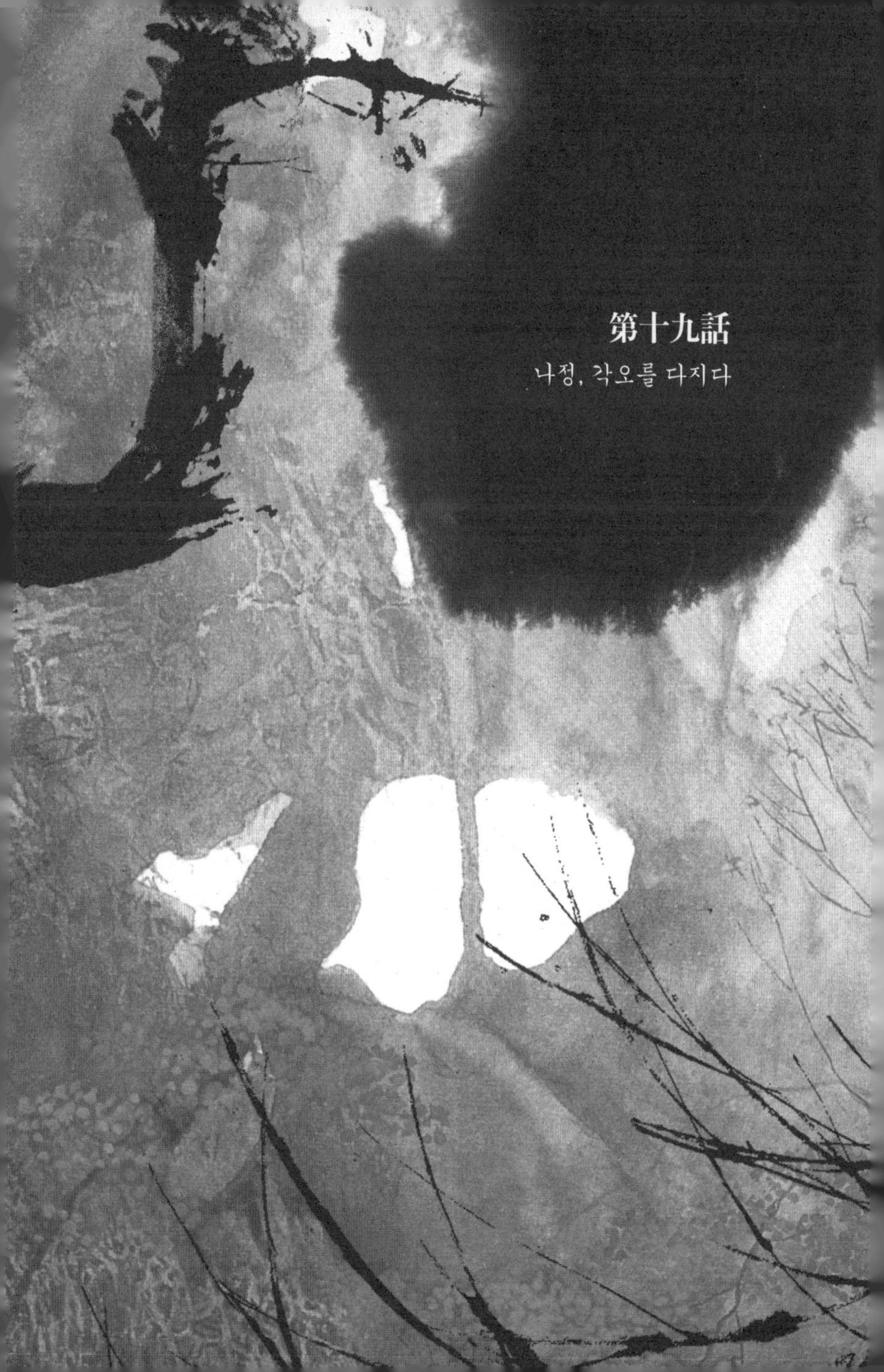
第十九話
나정, 각오를 다지다

1

　객잔 안 자신의 방으로 돌아온 나정은 문을 닫고 차탁에 앉은 후 식은 찻물을 들이켰다. 그리고는 잠시 눈을 감고 생각했다. 신주오괴와의 만남에 대해서, 그리고 앞으로의 일에 대해서.

　"힘을 모으자."

　문득 그는 중얼거렸다.

　나정은 단지 신주오괴가 합류한 것만으로도 자신에게 얼마나 큰 힘이 되는지 알게 되었다. 그러니 좀 더 많은 사람을 모은다면······.

"찾아보면 내게도 도와줄 사람들이, 힘을 실어줄 사람들이 있을 것이다."

바로 그때였다.

나정은 마치 그대로 잠들어버린 듯 중얼거리다가 말고 갑자기 차탁 앞으로 꼬꾸라졌다. 기다렸다는 듯이 창문이 열렸다. 그리고 한 사람이 열린 창문을 통해 방 안으로 들어왔다.

그는 조심스레 다가와 차탁 위의 빈 찻잔을 보고는 흡족해하며 고개를 끄덕였다.

"좋아, 미혼약(迷魂藥)이 들어 있는 차를 말끔하게 비웠군. 이 정도 분량이면 아무리 내공이 강하다고 하더라도 하루 이상은 꼬박 잠들어 있겠지."

그는 나정의 머리카락을 쥐더니 그의 고개를 들어 얼굴을 내려다보았다. 순박해 보이는 나정의 얼굴.

하지만 그는 그 인상이 마음에 들지 않는다는 듯이 눈살을 찌푸렸다. 그리고는 아무렇게나 나정의 머리를 팽개치고는 천천히 그의 옷을 뒤지기 시작했다.

하지만 그가 예상하고 있는 물건은 나오지 않았다. 은자가 담긴 꾸러미와 비상시 필요한 잡다한 것들이 들어 있는 전대, 그게 전부였다.

"흠, 진짜 아무것도 없단 말인가?"

두 번 연거푸 나정의 몸을 뒤졌던 그는 길게 한숨을 내쉬며 중얼거렸다. 그리고는 혹시나 하는 생각에 침소 곳곳을 뒤져 보았지만 역시나 아무것도 발견할 수가 없었다.

생각 밖의 일이었다.

나정의 말에 따르면 지난 몇 년 동안 우내십팔천을 비롯한 전대 기인들과 함께 생활했다고 한다. 그 기인들은 지저갱에 갇혀 있는 동안 후사를 전혀 생각하지 않을 리가 없었다. 오행마군도 그렇게 후사를 생각해서 장예추에게 따로 부탁을 하지 않았던가.

다른 기인들도 엇비슷한 생각을 했을 것이다. 그대로 지저갱에 갇힌 채 죽는다면 그들의 무공은 그대로 대가 끊기게 된다. 다들 그런 불상사를 대비해서 그나마 가장 어리고 살아날 확률이 높은 나정에게 무공을 전수하거나 혹은 자신들의 심득이 담긴 비급을 전했을 것이다.

그게 그의 생각이었고, 또 그래서 방을 나서기 전 나정의 찻물에 미혼약을 넣은 게 아니었던가.

"흠, 어떻게 한다? 차라리 깨워서 족쳐볼까?"

그는 차탁 위에 앉은 채 고민했다.

들고 온 비급이 없다면 머릿속에는 있지 않을까, 오행마군의 무공처럼. 나정을 족쳐서 그 중 두어 개만 얻어도 강호 제일의 고수가 될 수 있을 것이다.

그런 생각이 언뜻 그의 뇌리를 스치고 지나갔다. 그의 눈가에 탐욕의 빛이 일렁였다. 하기야 굳이 이 시각에, 이런 식으로 미혼약까지 사용하여 나정을 잠재운 까닭이 그것 말고 또 어디 있겠는가.

하지만 문제는 여전히 남아 있었다. 워낙 나정의 실력을 높이 평가하여 미혼약을 강하게 쓴 연유로, 깨우는 일도 쉽지 않았다. 또 기본적으로 미혼약은 독약이 아닌 까닭에 제대로 된 해독제가 없었다.

물론 깨울 방법이 전혀 없는 것은 아니었다. 그러나 나정과 얼굴을 마주 대한다는 것은 껄끄러운 일이었다. 애당초 그런 껄끄러움 때문에 미혼약을 준비한 것이기도 했으니까.

"젠장, 꼭 그 방법을 사용해나 하나?"

그는 마땅치 않다는 얼굴로 투덜거렸다.

하지만 어쩔 도리가 없었다. 무공 비급에 대한 욕심은, 강호 제일의 고수에 대한 열망은 그 어떤 것에도 우선했다.

잠시 생각하던 그는 일단 나정의 혈을 제압하여 정신을 차리더라도 움직이지 못하게 했다. 그런 연후에 품에서 조그만 약병을 꺼냈다. 그리고 호흡을 멈춘 다음 살짝 뚜껑을 열어 나정의 코끝에 가져갔다.

약병의 뚜껑을 여는 순간 지독한 지린내가 풍겼다. 마치 생선 삭힌 물과 백 명 분의 소변을 농축해서 새끼손가락 크기만 한 약병에 담은 듯한, 정신이 번쩍 들 정도로, 아니 까무러칠 정도로 강렬한 냄새였다.

그 지독하고 강력한 냄새에 나정의 몸은 간질을 일으키듯 꿈틀거렸다. 그렇게 몇 차례 약병으로 나정의 코를 자극하자 나정은 으음 소리를 내며 정신을 차렸다.

침입자는 얼른 뚜껑을 닫고 길게 숨을 내쉬었다. 하지만 방 안에는 그 지독한 지린내가 여전히 남아 있었다. 그는 결국 참지 못하고 창을 향해 달려가 창밖으로 고개를 내밀었다.

'정말 지독한 냄새야. 어제 먹었던 것까지 다 넘어올 것만 같다니까.'

그는 식은땀을 흘리며 숨을 할딱거렸다. 다시 방 안으로 돌아가야 하는데, 쉽게 엄두가 나지 않았다. 그렇게 창밖을 향해 숨을 몰아쉬고 있을 때였다.

"정말 너무하십니다."

등 뒤에서 나정의 목소리가 들렸다. 그는 저도 모르게 움찔거렸다.

"분명 누군가 올 거라고는 생각했어요. 하지만 그게 흑선 할아버지일 줄은 정말 몰랐어요."

창밖으로 고개를 내밀고 있던 그, 흑선노괴의 얼굴이 딱딱하게 굳어졌다.

'젠장.'

최악의 상황이었다.

이런 상황이 싫어서 나정을 깨우기 싫었는데.

다시 나정의 목소리가 들려왔다. 그 목소리는 마치 한숨처럼 푹 가라앉아 있었다.

"신주오괴라는 사람들의 성격상 그대로 수긍한 채 돌아가 약속을 지킬 리가 없으니까요. 뭐, 예전 같으면 저도 믿었겠죠. 하지만 지금은 저도 달라졌거든요. 사람들을 많이 상대하고 겪어보면서 믿기 전에 의심부터 하게 되었죠."

창밖으로 고개를 내민 흑선노괴는 어찌할 바를 몰라 했다. 그대로 밖으로 몸을 날려서 도망갈까 하는 생각이 굴뚝같았다. 도저히 고개 돌려서 나정의 얼굴을 바라볼 염치가 없었다.

'하지만 놈은 여전히 마혈이 점해진 상태이다. 얼굴에 철판 깔자. 뭐, 그까짓 염치, 체면 따위가 밥 먹여주는 것도 아니고 이런 일을 한두 번 겪은 것도 아니니까.'

흑선노괴는 크게 숨을 들이마시며 고개를 돌리려고 했다. 그때 나정의 목소리가 이어졌다.

"처음부터 준비하고 있었어요. 그래서 차를 마시려고 했을 때, 뭔가 다르다는 걸 쉽게 알았죠. 그 찻물에 들어 있는 게 미혼약이라고 짐작했어요. 그래서 마시는 척만 했죠. 또 할아버지께서 들어와 점혈하려고 했을 때에도 미리 이혈대법(移穴大法)을 펼쳐서 혈도를 다른 곳으로 옮겨 뒀어요."

흑선노괴의 몸이 또다시 움찔거렸다.

이혈대법은 말 그대로 점혈을 피하고자 혈도를 잠시 다른 곳으로 이동하는 수법이었다. 원래 점혈수법이라는 게 아주 미세하고 정확한 힘의 배분을 통해서 혈도를 찔러야만 제대로 효과를 볼 수가 있는 법이었다. 그러니 혈도가 조금만 자리를 바꿔도 별 다른 소용이 없게 되는 것이다.

흑선노괴는 전전긍긍했다.

'젠장. 마혈이라도 짚힌 상태라면 안면 딱 씻고 놈을 협박해서 무공 하나 내놓으라고 할 텐데…….'

마혈을 제압당하지 않은 상태라면 무공을 사용할 수 있다는 뜻, 그러니 현 상황에서 무공을 얻기 위해서는 나정을 무력으로 제압해야 한다는 건데… 그게 말처럼 쉬울 리가 없었다.

나정은 이미 우내십팔천을 비롯한 수많은 기인의 진전을 이어받은 몸이 아니던가.

'아니, 진전만 이어받았지, 아직 제대로 펼칠 줄 모를 수도 있다. 어차피 창피당한 거, 끝까지 한번 가 봐?'

짧은 시간동안 온갖 생각이 흑선노괴의 머릿속을 헤집고 다녔다. 그리고 이윽고 결심이 선 듯 그는 천천히 몸을 돌렸다.

나정이 우뚝 선 채로 그를 바라보고 있었다. 흑선노괴는 나정을 향해 다가갔다. 무심한 표정으로 나정의 눈을 똑바로 바라보면서 손을 뻗으면 닿을 거리까지 걸어간 흑선노괴는 불현듯 허리를 숙이며 말했다.

"미안하구나. 늙어서 노망이 났나 보구나."

그는 최대한 애절하게 말했다.

"늙은이 주책이라고 생각하고 이번만 봐주면 안 되겠느냐? 없던 일로 하자까지는 말하지 않겠다. 하지만 이번 한 번 날 용서해준다면 반드시 그 은혜, 배로 갚아주마."

나정은 가만히 흑선노괴를 바라보았다. 흑선노괴의 입장에서 보자면 식은땀 줄줄 나는 침묵이었다. 흑선노괴는 고개를 들어 나정의 얼굴을 훔쳐보고 싶은 생각을 꾹 눌러 참으며 그가 입을 열기만을 기다렸다. 하지만 나정의 입은 좀처럼 쉽게 열리지 않았다.

기다리다가 지친 흑선노괴는 길게 한숨을 내쉬었다. 그리고는 고개를 끄덕이며 허리를 폈다.

"그래, 네 뜻을 알겠구나. 내가 너무 욕심을 부린 거 같다. 미안하구나, 정말."

그는 포기한 듯 처연히 웃으며 말했다.

"그럼 나는 물러가마. 앞으로 두 번 다시 네 앞에 나타나지 않겠다. 부디 네 뜻과 의지대로 모든 일이 잘 풀리기를 기원하마."

　흑선노괴는 그렇게 말한 후 몸을 돌렸다. 바로 그때였다, 나정의 입이 열린 것은.

　"한 가지만 여쭙겠습니다."

　흑선노괴는 다시 그를 바라보았다. 언제나 순박해 보였던 나정의 얼굴에는 결연한 의지와 굴강한 기개가 담겨 있었다. 이제 소년이 아닌, 청년의 굳건한 모습을 그 표정에서 엿볼 수가 있었다.

　'언제 이 아이가 이렇게 자랐을까.'

　흑선노괴가 그런 생각을 할 때 나정이 다시 말했다.

　"제가 진정으로 흑선 할아버지를 믿어도 되겠습니까?"

　흑선노괴는 나정의 눈을 바라보았다. 여전히 눈빛만큼은 예전의 그 어린 동자승처럼 맑고 투명하게 반짝였다. 그 눈빛 앞에서 흑선노괴는 오늘 처음으로 자신의 진심을 말했다.

　"미안하구나. 물론 날 믿어다오라고 말하고 싶고 또 그럴 생각을 가지고 있다. 하지만 확답은 줄 수 없구나. 지금껏 늘 남을 속이며 살아왔고 또 그래야만 살 수 있었기 때문에……. 그 버릇이, 그 습관이 어디 그렇게 쉽게 고쳐지겠느냐? 정말 미안하구나."

　흑선노괴는 스스로가 부끄럽고 미안했는지 말을 마치자마자 고개를 푹 숙였다. 하지만 나정은 더없이 활짝 웃으며 말했다.

“됐어요. 그 말씀을 기다렸어요.”

“응?”

흑선노괴가 무슨 뜻이냐는 듯 고개를 들었다. 나정은 웃으며 말을 이었다.

“할아버지께서 가슴을 두드리며 ‘나를 믿어라, 믿는 도끼에 발등 찍히겠느냐?’ 뭐 이런 식으로 말씀하셨다면 도리어 믿지 못했을 거예요. 하지만 지금 말씀은 충분히 믿을 수 있어요. 그러면 된 거죠.”

“그, 그게 무슨 말이냐?”

흑선노괴는 말을 더듬거렸다.

“네가 널 속일지도 모르는데, 앞으로 언제 또 이런 일이 벌어질지 모르는데도 날 용서하고 함께 가겠다는 뜻이냐?”

“그래요.”

나정은 어깨를 으쓱거렸다.

“그거야 지금처럼 제가 조심하면 되니까요. 그렇게 몇 번 제가 속지 않으면, 당하지 않으면 할아버지도 결국 포기할 테구요.”

흑선노괴는 눈을 동그랗게 뜨고 나정을 바라보았다. 굳이 그럴 필요가 없었다. 예서 헤어진다면 괜히 흑선노괴를 조심하고 경계할 이유가 없다. 그게 편하다. 그리고 보통 사람들이라면 당연히 그리할 것이다.

하지만 나정은 그 불편함을 감수하고서라도 흑선노괴와 함께 가겠다고 말하는 게다. 그렇게 매 순간을 긴장하고 경계심을 늦추지 않으면서까지 흑선노괴와 함께할 이유가 무엇일까.

그래서 흑선노괴가 물었다.

"그렇게까지 하면서 나와 함께해야 할 이유라도 있는 게냐?"

"그야 할아버지가 좋으니까요."

나정은 순박한 표정을 지으며 웃었다. 그것은 예전, 흑선노괴와 함께 암자에서 지낼 때의 그 어린 동자승의 표정이었다.

나정이 다시 말했다.

"예전에 흑단목 깎아서 제게 주셨잖아요? 그게 생각보다 어려운 일이라는 걸 나중에 알게 되었어요. 그만한 정성도 필요하다는 것도요. 그거 깎으면서 무슨 생각을 하셨을까, 그거 소금물에 담가서 단단하게 만드는 동안 어떤 생각하셨을까. 그런 것들 생각해 보니까 결코 할아버지를 미워할 수가 없더라고요."

묵묵히 듣고 있던 흑선노괴의 주름진 눈가에 눈물이 흘러내렸다. 나정은 머리를 긁적이며 말을 이었다.

"뭐, 그런 것도 있고요. 제가 좀 태평하잖아요? 그래서 늘 긴장하고 조심하는 습관도 익혀야할 것 같아서요. 할아버지

에게 당하지 않으려고 미리 대비하다가 보면 조금 더 세심해
지지 않을까요?”

그렇게 말하며 나정은 활짝 웃었다. 흑선노괴는 황급히 두
손으로 번갈아 눈물을 훔쳤다. 그리고는 목멘 목소리로 말했
다.

“커험. 오냐, 그렇다면 내가 너를 단련시켜주마. 늘 속이고
늘 함정을 파서 네 녀석이 제대로 잠조차 자지 못할 정도로
긴장하게 만들어 주마. 그래서 어떤 일이 닥쳐도 놀라지 않고
당황하지 않도록, 강철 같은 정신력과 칼날 같은 집중력이 생
기도록 해주마.”

나정은 고개를 끄덕이며 웃었다.

“그래요. 바로 그게 제가 원하던 겁니다.”

흑선노괴도 코를 훌쩍거리며 웃었다.

2

“한밤중에 어디를 그렇게 돌아다니는 겐가?”

객청에 앉아서 술잔을 기울이던 일양자가 물었다. 흑선노
괴는 헛기침을 하며 대답했다.

“바람 좀 쐬고 왔지.”

“바람만 쐰 얼굴치고는 유난히 퉁퉁 부은 것 같은데?”

일양자는 흑선노괴의 붉어진 눈가를 주시하며 물었다. 흑
선노괴는 불퉁한 표정을 지었다.

"헛소리하지 말고 얼른 들어가서 잠이나 주무시게."

"허허, 급할 게 뭐 있겠나? 어차피 신목이 오기 전까지는
예서 꼼짝없이 기다려야 하는데."

일양자의 말이 맞았다. 사흘 후 신목귀령이 돌아올 때까지
그들은 마냥 이곳에서 시간을 때울 수밖에 없었다. 말문이 막
힌 흑선노괴는 객실 쪽을 힐끗 바라보며 화제를 돌렸다.

"염화는?"

일양자는 다시 술잔에 술을 따르며 말했다.

"자고 있겠지. 아까 자네 나간 후 곧바로 자러 들어간다고
방으로 갔으니까."

"그런가?"

흑선노괴는 고개를 갸웃거렸다. 그가 익히 알고 있는 염화
선자라면 그렇게 간단하게 약속을 지킬 사람이 아니었다. 물
론 이 선풍도골의 일양자 역시 마찬가지였다. 아니, 어떤 의
미에서는 신주오괴들 중에서 가장 지독한 인물이라고 할 수
있었다.

'어쩌면 나정에게 갔을지도 모르겠군. 나처럼 무공 하나
얻어 배울 생각으로 말이야.'

흑선노괴는 잠시 생각하다가 어깨를 으쓱거렸다.

‘뭐, 알아서 잘들 하겠지. 나처럼 항복하게 될 지도, 혹은 나정을 속여서 무공을 얻게 될 지도 모르겠지만 어쨌든 그건 염화의 복이니까.’

흑선노괴의 표정이 부드러워졌다. 입가에 미소 한 줄기가 스며들었다. 그것을 본 일양자가 문득 고개를 갸우뚱거리며 말했다.

“자네 얼굴, 마치 해탈한 것처럼 보이네그려.”

흑선노괴가 인상을 찌푸렸다.

“또 헛소리.”

“아니, 아니네. 내가 그동안 도를 닦아서 잘 아네. 방금 자네가 보여준 그것은 무념무상, 무심무욕에서 비롯된 염화시중의 미소였거든.”

“헛소리 좀 작작 하시게. 염화시중의 미소는 부처의 미소가 아니던가? 도와 무슨 상관이 있다고.……”

“허어, 도와 불은 결국 불이(不二)라니까. 모든 건 일원에서 비롯되고 그 일원이야말로……”

“자자, 자네도 그 뜻을 모르는 소리는 그만하고, 내게도 한 잔 따라주게나. 어차피 자네 말대로 시간이야 넉넉하니까 말이지.”

흑선노괴는 자리에 앉으며 술잔을 들이댔다. 일양자가 ‘허어!’ 하면서 그를 보다가 어쩔 수 없다는 듯이 술을 따랐다.

혹선노괴는 단숨에 술잔을 비우며 말했다.

"커어, 술맛 나는 밤이로군그래. 안 그런가?"

3

물론 나정에게 있어서는 술맛 나는 밤이 아니라 잠 못 들게 하는 밤이었다. 그는 난감한 표정으로 한숨을 쉬며 중얼거렸다.

"정말 이러시면 곤란하다니까요, 제가."

혹선노괴가 방을 떠난 지 얼마 되지 않아서였다. 나정이 막 침상에 드러누우려는 찰나, 열린 창문으로 미끄러지듯 들어오는 뱀처럼, 염화선자가 방 안에 들어섰다.

나정은 저도 모르게 한숨을 쉬었다. 염화선자는 방긋 웃으며 나풀나풀 걸어와 침상에 누웠다. 나정이 일어날 수밖에 없었다.

"왜?"

염화선자는 크고 아름다운 눈을 말똥말똥 뜬 채 나정을 쳐다보았다. 나정은 난감한 표정으로 한숨을 쉬며 중얼거렸다.

"정말 이러시면 곤란하다니까요, 제가."

"뭐가 곤란한데?"

염화선자는 나긋나긋한 손길로 나정을 끌어당기며 속살거
렸다.

"이러고 있으니까 예전 기억이 나는데. 그때 너, 내 젖무덤
에 얼굴을 부비며 엄마를 찾았잖아?"

나정의 얼굴이 살짝 붉어졌다. 이조암에 염화선자가 숨어
들어 왔을 때 확실히 그런 적이 있었다.

하지만 그때는 말 그대로 철부지 동자승이었지만 지금은
달랐다. 이렇게 가늘고 긴 손가락이 자신의 팔뚝을 어루만지
는 것만으로 그는 이미 아랫도리가 불끈 설 정도의 청년이 되
지 않았는가.

"이리로 와. 옛날 생각하면서 같이 자자."

염화선자는 침상에 드러누운 채 뱀처럼 꿈틀거렸다. 그녀
의 얇은 옷자락이 벌어지면서 흐벅진 허벅지가 한눈에 들어
왔다. 벌어진 옷섶 사이로 여전히 육감적이면서도 탱탱한 젖
무덤이 그 자태를 드러냈다.

나정은 고개를 돌리며 말했다.

"따로 방 드렸잖아요. 게서 주무세요."

"거기는 늙은이들 곰팡이 냄새가 나서 싫어."

염화선자는 칭얼거리듯 콧소리를 냈다.

'흑선 할아버지보다 몇 배는 더 난감하다니까.'

나정은 이맛살을 모았다.

왜 지금 그녀가 이런 식으로 자신을 유혹하는지 모를 수가 없었다. 굳이 오행신마력이 아니더라도 나정이 익히거나 습득한 무공 한 구절이라도 얻고자 하는 심산인 게 분명했다. 저 흑선노괴처럼 말이다.

잠시 생각하던 나정은 염화선자를 돌아보았다. 이때 염화선자는 거의 옷을 벗다시피 해서 속살이 고스란히 다 드러나 있었다.

그 나이와는 전혀 어울리지 않은, 연한 분홍빛의 도톰한 유두가 옷자락 사이로 언뜻 보였다. 부러질 듯 가는 발목에서 늘씬하게 이어지는 종아리를 지나 탄력 넘치는 허벅지까지 이어지는 선이 너무나도 매끈했다.

하지만 나정은 한 치의 흔들림이 없는 눈으로 그녀를 보며 입을 열었다.

"죄송하지만 오행마군 어르신의 무공 이외에는 따로 전해드릴 수가 없어요."

염화선자의 눈이 동그랗게 변했다.

"어머, 왜?"

"그야 그 무공들은 그분들이 제게 잠시 맡긴 것에 불과하니까요. 지저갱에 있을 당시에는 후사를 알 수 없는 상황이었던 까닭에 그나마 어린 제게 무공을 전수해주셨죠. 하지만 지금은 다들 지저갱에서 탈출하셨으니 다시 돌려드려야

합니다."

염화선자는 잠시 생각하다가 빙그레 웃으며 말했다.

"맞아. 네 말이 옳은 것 같네. 확실히 그들이 살아 있는데 함부로 아무에게나 전수할 수는 없는 거지."

"알아주셔서 감사합니다. 그럼 이만……."

"하지만 말이야. 게서 모든 사람들이 다 살아서 지저갱을 나온 거야? 단 한 명도 죽지 않고?"

나정은 입을 다물었다. 염화선자는 그의 눈치를 살피며 말을 이어나갔다.

"네가 잠시 맡아둔 무공의 임자들 중에서 이미 세상을 뜬 기인들은 단 한 명도 없는 거야?"

"그, 그건……."

"설마 불제자의 입에서 거짓말이 흘러나오지는 않겠지?"

나정은 망설이다가 길게 한숨을 쉬며 대답했다.

"물론 몇 분 계십니다."

지저갱을 탈출하기 이전에 삶의 의욕을 잃거나 노쇠해져서 죽은 기인들이 없지 않았다. 또 그뿐만이 아니었다. 제정신을 잃었던 광도와 싸우다가, 혹은 검신의 제자 초결에 의해 돌아가신 기인들이 남긴 무공 비급들도 제법 있었다.

취불을 비롯한 기인들은 그것까지 나정에게 익혀두라고 권유했다. 훗날 지저갱을 빠져나가게 되면 유족들 혹은 연자(緣

者)에게 전해주어야 한다고 그들은 나정에게 말했다.

그래서 나정은 그 모든 무공 비급을 외워 머릿속에 기억해 두었다. 언제고 지저갱을 빠져나가게 되면 그 인연이 닿는 이들에게 전해줄 생각을 하면서.

염화선자는 밝게 웃으며 말했다.

"그럼 됐네. 나는 굳이 살아 있는 분들의 무공을 익힐 생각은 없어. 아쉽게 돌아가신 분들의 유지를 이어받는 걸로도 영광이거든. 그걸 위해서라면 이 누나, 무슨 일이든 할 수 있어."

그녀는 어깨를 비틀었다. 가늘고 긴 목선이 드러났다. 원한다면 나정에게 얼마든지 쾌락을 제공할 용의가 있다는 몸짓이었다.

나정은 고개를 숙이며 말했다.

"좋아요, 졌습니다."

"뭘?"

"가르쳐 드릴게요."

"어머, 정말?"

염화선자가 벌떡 일어났다. 이렇게 쉽게 그가 승락할 줄 그녀 역시 미처 몰랐던 것이다.

그 바람에 웃옷이 훌러덩 벗겨졌다. 그녀의 육감적인 몸매가 고스란히 드러났다. 나정은 손을 뻗어 웃옷을 주웠다. 그

옷으로 그녀의 상체를 덮어주면서 다시 말했다.

"대신 저도 조건이 있어요."

"뭔데? 뭐든지 들어줄게."

염화선자는 고혹적인 눈빛으로 그를 바라보며 찰싹 달라붙었다. 원한다면 얼마든지 몸을 허락하겠다는 표시였다. 하지만 나정은 그녀의 몸을 원하지 않았다.

"귀문사마를 찾아와 주세요."

"응? 뭐라고?"

그녀는 당황한 표정을 지으며 되물었다. 나정은 천천히 자리에서 일어나며 말했다.

"귀문사마요. 그들을 찾아서 이리로 데려와주세요. 그렇게 해주신다면 누님이 원하는 무공을 전해드릴게요."

염화선자는 살짝 눈살을 찌푸렸다.

귀문사마라면 나름대로 무림에서도 꽤 유명한 자들이었다. 인육을 사고판다는 악명이 붙은 마두들로, 십여 년 전에는 한때 강호무림을 공포로 몰아넣은 적이 있었다.

하지만 지금은……

"그들의 소문이 들려오지 않은 게 벌써 삼사 년은 될 걸. 아마도 다들 복수를 당해 죽거나 혹은 심산유곡에 은거했을 거야. 말도 안 돼, 그런 자들을 어떻게 찾으라고."

"아니, 둘 다 틀렸어요."

염화선자가 피식 웃으며 말하는 것을 나정이 잘랐다. 그는 더없이 진지한 표정으로 말했다.

"우선 그들은 결코 죽거나 은거하지 않았어요."

염화선자는 고개를 갸웃거렸다.

"그걸 네가 어떻게 아는데?"

"알아요. 그냥 알아요."

물론 그냥 알 리가 없었다.

천외조수 황숭과의 결투를 마친 후 그들은 저 구중천의 배후를 밝히기 위해 먼 길을 떠났다. 그런 까닭에 그들에 대한 소문이 잠시 끊어진 것뿐이라고 나정은 확신했다.

"그리고 또 하나, 누님의 능력이라면 충분히 그들을 찾을 수 있어요. 비록 시일은 조금 걸리겠지만… 분명히 찾을 수 있어요."

나정의 말에 염화선자는 곤혹스러운 표정을 지으며 잠시 생각했다. 하지만 결론은 쉽게 나왔다.

'그들을 어디서 찾아? 게다가 이 넓은 중원 대륙에서 사람 찾는 일이라는 게 하루 이틀 걸리는 문제도 아니고……'

차라리 계속 나정을 유혹하는 게 더 빠를 거라는 생각을 그녀가 할 때였다. 나정은 마치 그녀의 속마음을 들여다본 것처럼 말했다.

"제 눈을 똑바로 보세요."

염화선자는 그의 눈을 바라보았다. 청명한 하늘 같은, 심산유곡의 고요한 호수 같은 눈빛이었다.

나정이 다시 말했다.

"과연 제가 유혹에 넘어갈 거라고 생각하세요?"

염화선자는 저도 모르게 마른침을 꿀꺽 삼켰다. 불가능하다라는 말이 그녀의 뇌리를 번개처럼 스치고 사라졌다.

"아무리 누님이 유혹하려고 해도 제가 마음먹고 고집을 부린다면 최소한 십 년은 버틸 수 있어요. 과연 그런 제 고집을 꺾는 게 빠를까요, 아니면 귀문사마를 찾는 게 더 빠를까요?"

염화선자는 입술을 잘강잘강 씹었다.

역시 예전의 나정이 아니었다. 그 어수룩하고 순박했던 동자승은 더 이상 존재하지 않았다. 지금 이 자리에는 철혈의 의지와 불굴의 정신을 지닌 사내가 서 있었다.

염화선자는 길게 한숨을 내쉬었다.

"내 고집대로라면 누가 더 고집이 세나 겨루고 싶지만… 아무래도 귀문사마를 찾는 게 더 빠를 것 같기는 하구나."

나정은 빙그레 웃으며 말했다.

"그래요. 아무래도 그게 빠르겠죠."

"하지만 조건이 너무 까다로워. 귀문사마가 어디에 있는지만 알아오는 것으로 하자."

그녀의 말에 나정은 잠시 생각하다가 고개를 끄덕였다.

“좋아요.”

“그리고 한 달이다.”

염화선자는 딱 부러지게 말했다.

“한 달 동안 찾아다니다가 별 성과가 없으면 그냥 돌아올 거야.”

“네. 그러세요.”

“그리고 한 가지 더.”

“말씀하세요.”

“사흘 후로 약속된, 오행신마력을 전수받는 일 말이야. 내가 지금 떠나면 그걸 전수받지 못하잖아?”

나정은 조금도 생각하지 않고 말했다.

“지금 전해드릴게요.”

그 명쾌한 대답에 외려 염화선자가 놀랐다.

“정말? 그래도 돼?”

“물론이죠.”

염화선자는 당황한 눈빛으로 나정의 얼굴을 바라보며 그 진위를 살피려 했다. 하지만 나정은 전혀 개의치 않고 말했다.

“겨우 오행신마력을 얻는 것으로 만족할 누님이 아니라는 것 정도는 잘 알아요. 오행신마력은 지금 얻으나 사흘 후에 얻으나 결국 똑같잖아요?”

"으음, 그렇구나."

염화선자는 수긍했다.

그리고 마음 한편으로 슬그머니 떠올랐던, 오행신마력을 전수받으면 귀문사마 따위 잊어버리겠다라는 생각은 얼른 지웠다. 사실 그녀가 이 방에 이렇게 찾아온 건 나정의 말대로 오행신마력 때문이 아니었으니까.

"좋아."

염화선자는 유쾌한 표정을 지었다.

"정말 훌륭하게 컸구나, 그 몇 년 사이에."

나정이 웃었다.

"아직 부족한 게 많아요. 모르는 것도 많고."

"입맞춤도 아직 모르지?"

불쑥 튀어나온 염화선자의 질문에 나정이 허둥댔다.

"에? 네, 그… 그렇죠."

염화선자는 크게 고개를 끄덕이며 말했다.

"좋아, 그럼 그렇게 하기로 약속하고. 약속의 증표는 입맞춤으로 하겠어."

"네에?"

"왜? 싫어?"

"아, 아니… 그러니까 그게……."

"싫으면 관둬. 증표가 없다면 약속도 없는 것, 그러면 다시 처음부터 시작하면 되지.”

그녀가 어깨를 살짝 흔들었다. 간신히 덮여 있던 웃옷이 벗겨지며 그녀의 속살이 적나라하게 드러났다.

나정은 울 수도 웃을 수도 없는 상황에 어찌할 바를 몰라 하다가 결국 크게 한숨을 쉬며 말했다.

“좋아요. 약속하죠.”

그 말에 염화선자가 옳다구나 하면서 덤벼들었다. 나정은 얼른 그녀를 제지하며 말했다.

“먼저 오행신마력에 대해서 전해드릴게요.”

염화선자의 동작이 멈췄다. 그녀는 고민하다가 한숨을 내쉬었다.

“그래. 밤은 깊으니까.”

‘그건 또 무슨 말씀이신지…….’

나정은 겁이 덜컥 났다. 하지만 이내 침착한 표정을 지으며 오행신마력의 구결을 전수했다. 염화선자는 정신을 집중하여 그 구결을 외우기 시작했다. 그녀의 집중력과 기억력은 뛰어나서 나정이 열 번 정도 읊어주자 고개를 끄덕였다.

“됐어. 다 외웠어.”

이번에는 나정이 놀랐다.

“정말인가요?”

염화선자가 눈을 흘겼다.

"왜 못 믿는데?"

그러면서 그녀는 오행신마력의 구결을 처음부터 끝까지 천천히 외워보였다. 확실히 단 한 자도 틀리지 않았다.

나정은 가볍게 한숨을 쉬며 말했다.

"좋아요. 완벽해요."

그녀가 배시시 웃으며 말했다.

"그럼 입맞춤하는 거다."

나정은 떨떠름한 표정을 지으며 고개를 끄덕였다.

그녀는 빙긋 웃고는 무릎을 세워 나정과 키를 맞췄다. 여전히 아름다운 그녀의 얼굴이 나정의 코 바로 앞으로 다가왔다. 나정은 저도 모르게 눈을 질끈 감았다.

그녀의 부드러운 숨결이 느껴졌다. 흔들리는 콧김이, 달콤한 향기가, 부들부들 떠는 자신의 어깨를 가볍게 쥐는 그녀의 손길이 나정의 오감을 자극했다.

그리고 너무나도 부드럽고 달콤해서 사람의 것이라고는 도저히 생각할 수 없는 무언가가 나정의 입에 닿았다. 나정의 몸이 벼락을 맞은 듯 크게 떨렸다.

그녀의 입술 사이에서 뱀 같은 것이 끈적거리며 기어 나와 나정의 입술을 비집고 들어왔다. 그것은 나정의 굳게 다문 치아를 여기저기 건드리며 애무했다.

그 쾌감을, 머리끝에서 발끝까지 단숨에 관통하듯 작렬하는 그 쾌감을 견디지 못한 나정이 부지불식간에 입을 벌렸고, 그녀의 그것은 미꾸라지처럼 그 안으로 쏙 들어왔다.

나정은 저도 모르게 그녀를 힘껏 끌어안았다.

"아!"

그녀의 입에서 신음도 비명도 탄식도 아닌, 애끓는 한 자락의 숨결이 단내를 뿜어내며 터져 나왔다. 나정은 정신없이 그녀의 입술과 혀와 치아를 탐했다. 그녀는 편안하고 부드럽게, 반면 한없이 요염하면서도 뇌쇄적으로 나정을 빨아들였다.

그 첫 입맞춤의 쾌감은 생각보다 너무나도 강렬하고 뜨거워서, 하마터면 나정은 제정신을 차리지 못할 뻔했다. 어쩌면 바로 그 자리에 그녀를 쓰러뜨린 후 정사를 벌였을지도 몰랐다.

그러나 나정이 한껏 쾌락에 도취되어 있을 때, 단전 깊숙한 곳에서 한 가닥 청량한 기운이 샘솟아 올랐다. 그 차갑고 시원한 기운으로 인하여 나정은 저도 모르게 정신을 차릴 수가 있었다.

그는 입술을 뗐다. 그녀가 할딱거렸다. 그를 쳐다보는 눈가는 요염해졌고 얼굴에는 은은한 홍조가 떠올랐다.

견딜 수 없는 쾌락이 멈춘 게 아쉬워서, 뜨거워진 몸을 어찌하지 못하는 게 안타까워서 그녀는 나정에게 온몸을 밀착했다. 그 아랫도리의 뜨거운 기운이 습기처럼 모락모락 피어올랐다.

하지만 나정의 표정은 어느새 차분해져 있었다. 그는 염화선자의 얼굴을 보면서 진심으로 말했다.

“고마워요, 누님.”

염화선자의 얼굴이 기이하게 변했다. 애타게 갈구하는 욕망의 불길이 천천히 사라지기 시작했다. 이윽고 그녀는 평소와 같은 얼굴이 되어 웃으며 말했다.

“아쉽네, 동정까지 떼어주려고 했는데. 어쩔 수 없지. 첫입맞춤으로 만족해야지 뭐.”

“그것만으로도 충분해요.”

나정이 말했다. 염화선자는 가만히 나정의 얼굴을 쳐다보다가 그의 가슴에 얼굴을 묻었다. 나정은 머뭇거리다가 손을 들어 그녀의 어깨를 부드럽게 어루만졌다.

왠지 포근하고 따스한 기분이었다. 방금 전까지 방 안에 가득 찼던 그 끈적거리는 열락의 기운이 아닌, 봄바람 살랑거리는 오후의 부드러운 햇빛을 쬐고 있는 듯한 느낌.

나정의 탄탄한 가슴에 얼굴을 묻은 채, 염화선자가 코맹맹이 소리를 내며 말했다.

“오늘은 여기서 자고 갈래.”

나정은 잠시 생각하다가 말했다.

“그래요, 누님.”

그들은 침상에 누웠다.

염화선자는 나정이 뻗은 팔을 베개로 삼았다. 그녀는 어린 아기처럼 나정의 품 안으로 자꾸만 기어들어왔다. 나정은 가만히 그녀를 껴안았다. 그리고 눈을 감았다.

입맞춤을 할 때까지만 하더라도 들끓던 욕정은 씻은 듯이 사라진 후였다. 비록 염화선자의 벌거벗다시피 한 육체를 껴안고 있었지만 그의 마음은 평온하기 이를 데가 없었다.

나정은 그제야 깨달을 수가 있었다.

'그렇구나, 노스님께서 말씀하신 게 바로 이것이었구나.'

나정은 예전 기억을 떠올렸다.

언젠가 취불이 귀문사마 중 부상당한 아가를 등에 업은 적이 있었다. 나정이 그 상황이 이해되지 않아 물으려고 했을 때 취불은 이렇게 소리쳤다.

"노납은 이미 그녀를 내려놓은 지 오래거늘, 어찌하여 너는 아직도 그녀를 업고 있더냐?"

나정은 그 일갈의 의미를 이제야 이해하고 깨달을 수가 있었다.

감정은 순간에 불과한 것. 아무리 뜨겁게 타오르는 불꽃이라도 결국에는 사위어들고 꺼지게 마련인 법. 그 부질없는 감정에 연연하지 말라는 의미였던 것이다.

　그 깊은 뜻을, 나정은 염화선자와의 입맞춤을 통해서 깨달을 수가 있었던 것이다. 그 짧은 한 순간 동안, 왠지 나정은 한 단계 성장한 듯한 기분이 들었다.

1

　다음 날 아침, 나정이 눈을 떴을 때 염화선자는 이미 사라진 후였다. 나정은 별채로 향했다. 별채에도 그녀는 없었다. 별채 객청에는 아침부터 술판을 벌인 두 늙은이만 앉아 있었다.

　"아무런 말도 없이 도대체 어딜 간 거야?"

　흑선노괴가 이상한 눈빛으로 나정을 바라보며 투덜거렸다. 나정은 그제야 그녀가 새벽 일찍 길을 나섰다는 사실을 깨달았다.

　'정말 성미도 급하시다니까.'

그렇게 생각하며 나정은 차탁에 앉았다.

"제가 부탁 좀 했어요."

"무슨 부탁?"

술을 따라 마시던 일양자가 나정을 바라보며 물었다. 나정
은 찻주전자를 찾아 차를 따르며 대답했다.

"귀문사마들을 찾아달라고 했거든요."

"귀문사마?"

이번에는 흑선노괴가 물었다.

"그 애송이들은 왜?"

"만나서 도움을 청하려구요."

"흥! 사람 죽여서 인육을 파는 놈들이다. 그런 녀석들이 네
게 도움을 줄 것 같더냐?"

흑선노괴가 코웃음을 쳤다.

"게다가 그 녀석들, 소식 끊어진 지가 수년이 넘었다. 모르
기는 몰라도 어딘가에서 칼 맞아 죽은 지 꽤 되었을 게야."

그의 말은 어젯밤 염화선자가 했던 이야기가 별반 다를 바
가 없었다.

'사람들의 인식이라는 건 정말 무섭다. 사실 귀문사마가
사람 죽여서 인육을 판 적이 단 한 번도 없는데 세상 사람들
모두 그렇게 알고 있는 걸 보면 말이지.'

나정은 차를 마시며 그렇게 생각했다. 선입견일 수도 있고

헛소문에 혹한 것일지도 모르겠지만 어쨌든 한 번 머릿속에 인식된 관념은 쉽게 깨지지 않는 법이었다. 그걸 두고 고정관념이라고 하던가.

"굳이 그들을 찾는 걸 보면 예전에 알고 지내던 관계인 것 같은데……."

일양자가 말꼬리를 흐리며 나정을 바라보았다. 확실히 흑선노괴보다 한 수 멀리 보는구나, 하는 생각을 하면서 나정이 입을 열었다.

"네. 예전에 잠시 인연을 맺은 적이 있습니다. 그리고 그때 그분들을 둘러싼 소문이 얼마나 잘못된 것인지 알게 되었죠."

흑선노괴의 눈이 휘둥그레졌다.

"그렇다면 인육을 팔지 않는다는 말이냐?"

나정은 쓴웃음을 흘리며 반문했다.

"그들이 인육을 파는 걸 본 적이 있으세요?"

"흠, 물론 한 번도 본 적이 없지. 그들과 마주친 적도 없으니까 말이다. 하지만 세상 사람들이……."

"세상 사람들이 신주오괴가 무섭고 괴악하며 잔인하다고 여기는데 사실인가요?"

"그야 아니지. 흠……."

흑선노괴는 고개를 저으며 말하다가 이내 할 말을 잃은 듯 입을 다물었다. 나정이 무슨 이야기를 하려는지 알아차린 것이다.

나정은 웃으며 말했다.

"그것 봐요. 결국 세상 사람들의 말이란 하나도 믿을 게 못 돼요. 자신이 직접 경험해보지 않는 이상, 세인들의 평가는 반신반의하는 게 옳다고 생각해요."

일양자가 껄껄 웃으며 고개를 끄덕였다.

"맞는 말이구나. 확실히 헛소문을 듣고 생긴 선입견처럼 무서운 게 없지."

그는 술잔을 비운 후 다시 입을 열었다.

"한데, 이왕 그들을 찾는 거라면 염화보다는 신목당을 이용하는 게 낫지 않느냐?"

물론 그럴 것이다, 아무래도 신목당은 중원 전역에 정보망을 두고 활동하는 세력이므로.

하지만 어젯밤에는 거기까지 생각할 겨를이 없었다. 어떻게든 염화선자를 떼어놓아야 했다. 그래서 불쑥 생각난 바대로 그녀에게 제안했던 것이다.

그런 속사정을 일일이 말할 상황이 아니었다. 그래서 나정은 애매하게 웃으며 말했다.

"아무래도 신목당에 폐를 끼치면 끼칠수록 원하는 게 늘어날 것 같아서요."

"맞는 말이다."

흑선노괴가 크게 고개를 끄덕였다.

"그 녀석 욕심이 바다같이 넓고 깊으니까. 게다가 조금도 손해 보지 않으려고 하는 놈이니 뭔가를 부탁하면 반드시 그에 상응하는 대가를 얻으려고 하겠지."

그렇게 중얼거리던 흑선노괴는 문득 고개를 갸웃거리더니 의아하다는 표정을 지으며 나정에게 말했다.

"그런데 그건 염화 그 계집도 마찬가지인데? 그 계집 성격에 맨입으로 부탁을 들어줄 리가 없어. 뭔가 반드시 대가를 요구했을 텐데."

'거참, 서로의 성격을 너무나도 잘 알고 있다니까.'

나정은 쓸쓸하게 웃으며 입을 열었다.

"맞아요. 나중에 무공 한 가지를 가르쳐드리기로 했죠."

흑선노괴의 눈이 번뜩였다. 일양자 역시 입가로 가져가던 술잔을 움찔거렸다.

"그, 그게 무슨 말이더냐? 그러니까 오행신마력 말고 또 다른 무공을 가르쳐주겠다는 게냐?"

흑선노괴가 더듬거리며 물었다. 나정은 당연하다는 듯이 고개를 끄덕였다.

"물론이죠. 원래 원하는 걸 얻으려면 내 것을 내놓아야하는 법이니까요."

흑선노괴의 얼굴 가득 안타까움의 빛이 서렸다. 그 얼굴에는 조금만 더 빨리 알았더라도 염화선자 대신 자신이 귀문사마를 찾으러 갔을 텐데, 하는 분한 기색마저 담겨 있었다.

나정은 해맑게 웃으며 말했다.

"걱정 마세요. 앞으로도 얼마든지 부탁드릴 게 있을 테니까요."

흑선노괴는 재빨리 가슴을 두드리며 말했다.

"무엇이든 말해보거라. 네게 무공을 얻으려고 널 도와주는 게 아니다. 아무것도 원치 않으니, 필요한 게 있으면 언제든지 말해다오."

"잘 알죠, 흑선 할아버지 마음은."

나정이 말할 때 일양자가 헛기침을 하며 끼어들었다.

"나도 심부름 하나는 곧잘 하는 편이다."

나정이 그를 돌아보았다. 일양자는 새하얀 수염을 매만지면서 전혀 관심없다는 투로 혼잣말을 하듯 중얼거렸다.

"어렸을 적부터 심부름 하나는 똑 부러지게 한다는 소리를 들었지. 뭐, 덜렁대는 흑선노괴보다는 백 배 나을 게야."

흑선노괴가 눈을 부라렸다.

"그게 뭔 소리야? 덜렁대다니? 내가 언제?"

"허험, 그건 그렇고……. 이틀 동안 예서 가만 앉아 있으려니 그것도 못할 일 같군그래. 내 이틀 후에 다시 옴세."

일양자가 자리에서 일어났다. 흑선노괴의 눈이 휘둥그레졌다.

"어디 가게?"

"바람 쐬러."

"뭔 바람?"

"바람이 바람이지, 뭔 바람이 어디 있겠나?"

그렇게 책망을 준 일양자는 나정을 돌아보며 말했다.

"신목귀령과 삼절수라가 돌아올 때까지 누구에게도 오행신마력에 대해 발설하지 않는 게 확실하지?"

"물론입니다."

"그리고 주는 게 있으면 받는 것도 있고?"

"물론이죠."

"좋아. 그럼 이틀 후에 봄세."

일양자는 도포 자락을 휘날리며 성큼성큼 밖으로 걸어 나갔다. 흑선노괴는 무슨 영문인지 몰라 눈만 끔뻑거렸다. 그 모습에 나정이 피식 웃자 흑선노괴는 나정을 보며 물었다.

"무슨 뜻이야, 저게?"

"글쎄요."

나정은 애매모호하게 대꾸하고는 곧바로 화제를 돌렸다.

"그나저나 배 안고프세요? 아침이나 먹으러 가죠."

단 두 사람이 남게 되자 나정이 굳이 객방을 따로 빌릴 필요가 없어졌다. 그래서 나정은 그날부터 흑선노괴와 함께 별채에서 지내기 시작했다.

지난 수 년 간 지저갱에서 강호의 노기인들과 함께 생활한 터였다. 노인들 특유의 성격에 대해서는 익히 잘 알고 있는 까닭에 나정은 흑선노괴와의 동거에 그리 큰 어려움을 겪지 않았다.

그렇게 흑선노괴와 별 탈 없이 지내면서 나정은 자신의 현재 상황에 대해서 곰곰이 생각해 보았다.

'상대는 취불 노스님을 비롯한 강호 최절정의 기인들을 모두 납치할 정도로 대단한 실력을 지닌 자들이다. 아무리 그분들의 몸이 정상적인 상황이 아니었다 하더라도 말이지. 과연 그런 자들을 상대로 내가 어르신들을 구해낼 수 있을까?

그러기 위해서는 지금보다 더 강해져야 했다. 겨우 일개 사령 따위에게 쩔쩔 맬 실력을 가지고서는 저 강대한 구중천과 대항하기란 이란격석(以卵擊石)과 같은 일이었다.

'사실 내공이 모자란 것도, 그렇다고 배운 무공이 약한 것도 아니다. 무엇보다 내가 부족한 건 실전 경험이다.'

나정의 생각은 정확했다. 취불을 비롯한 최절정 기인들의 무공과 유가밀공을 익힌 그였다. 거기에 무생화천의 기운과 달마보리심기 등을 통해 상당한 내력도 지닌 상태였다.

그럼에도 불구하고 장 사령과의 싸움에서 크게 어려움을 겪었던 것은 아무래도 실전 경험이 부족해서였다. 거기에다가 부처를 모시는 입장에서 인명을 살상한다는 것에 대한 죄책감도 적잖이 그의 손속을 어지럽게 만들었다.

'구중천에 대항해서 어르신들을 구해내려면 무엇보다 내 마음가짐이 중요하다. 손에 피를 묻히기 싫어서, 사람을 다치게 하고 해치는 것이 무서워서 우물쭈물한다면… 외려 내가 죽게 될 것이다. 물론 내가 죽는 일이야 대수롭지 않을 수도 있다. 하지만 그렇게 된다면 어느 누구 어르신들을 구해낼 수 있겠는가.'

나정은 문득 광도의 얼굴을 떠올렸다. 이조암에서 함께 여생을 보내고 싶다고 말하면서 웃던 그 모습이 기억났다. 광도야말로 이 세상에서 유일한 혈육이 아니던가.

그는 입술을 깨물었다. 조손(祖孫)이 함께 살아가기 위해서라도 지금처럼 우유부단해서는 안 되는 일이다. 최대한 냉정하고 강인한 성정으로 바뀌어야 했다. 물론 그게 어디 말처럼 쉬운 일이겠는가마는.

어쨌든 나정은 그 결심과 각오의 일환으로 흑선노괴를 선택했다.

"뭐? 나와 대련하자고?"

흑선노괴는 술잔을 내려놓으며 물었다. 나정은 고개를 끄덕였다.

"네. 실전 경험만큼은 흑선 할아버지를 따를 자가 없겠죠. 그걸 배우고 싶습니다."

흑선노괴의 입이 찢어지다가 문득 기분이 이상해서 고개를 갸웃거렸다.

"실전 경험만큼은? 그럼 다른 건 그렇지 않다는 게냐?"

나정이 슬그머니 웃으며 말했다.

"그야 뭐……."

"허어, 요놈 봐라."

흑선노괴는 소매를 걷으며 자리에서 일어났다.

"어여 마당으로 내려와라. 내, 흑선노괴라는 별호가 왜 생긴 것인지 제대로 가르쳐주마."

흑선노괴는 그렇게 말하며 마당으로 내려갔다. 나정은 얼른 그의 뒤를 따라 걸으며 말했다.

"저는 내공을 사용하지 않겠습니다. 하지만 할아버지는 마음대로 하셔도 되요."

흑선노괴의 눈썹이 지렁이처럼 꿈틀거렸다. 무슨 영문인지 모르겠지만 지금 나정은 계속해서 그의 자존심을 건드리고 있었다.

"좋다. 어디 한 번 붙어보자!"

흑선노괴는 낮게 으르렁거리며 두 팔을 벌렸다. 나정은 공손하게 고개를 숙였다가 곧바로 그의 사정권 안으로 뛰어들었다. 흑선노괴가 기다렸다는 듯이 두 손을 휘둘렀다.

*　　*　　*

그 이틀 동안 나정은 흑선노괴와 무려 백여 차례의 대련을 해냈다. 늙은 생강이 맵다고, 흑선노괴의 노련한 경륜에서 펼쳐지는 백전노장의 움직임은 말 그대로 나정의 정신을 헷갈리게 만들기에 충분했다.

처음에는 흑선노괴의 영활하고도 노회한 움직임에 당황하여 제대로 대처하지 못하다가 그의 주먹에 몇 차례 얻어맞고 쓰러져야만 했다.

나정은 흑선노괴가 번갈아 펼치는 허초(虛招)와 진초(眞招)를 구별하지 못한 채 허둥거렸다. 살기를 담고 날아드는 공격을 피할라치면 어느새 그것은 허초가 되고, 또 허초이겠거니 생각해서 등한시하다가 고스란히 한 대 얻어맞기도 했다.

하지만 시간이 흐르면서, 대련이 거듭되면서 나정의 움직임은 점점 나아지기 시작했다. 그는 허초와 진초를 구별하게 되었고 반대로 자신이 허초를 섞어 사용할 줄 알게 되었다.

또한 움직임에 따라 힘의 배분을 하게 되었고 공수 전환의 묘
리라는 것에 원활한 흐름이 있다는 사실을 깨우쳤다.

그렇게 나정이 싸움의 방식에 눈을 뜨게 된 이후로 흑선노
괴는 단 한 번도 그를 이기지 못했다. 결국 분노와 부끄러움,
자책감을 견디지 못한 흑선노괴는 내공까지 끌어올려서 나정
을 핍박했다. 반면 나정은 약속대로, 내공은 전혀 사용하지
않은 채 그와 맞서 싸웠다.

내공의 힘은 위대했다. 초식으로만 싸울 때는 한 번도 이기
지 못하던 흑선노괴였지만 내공을 운기하면서부터 압도적인
승리를 거머쥐었다. 그는 의기양양하여 소리쳤다.

"어떠냐? 이제 까불지 말고 네 녀석도 내력은 운기하거
라!"

그의 강맹한 일장에 얻어맞고 바닥에 나동그라진 나정은
입술에 묻은 피를 닦으며 일어났다. 그리고는 아무 말 없이
또다시 흑선노괴에게 덤벼들었다.

흑선노괴는 혀를 찼다.

"내공을 사용하지 않고 나를 이긴다면 내 평생 네 놈의 하
인이 되마."

"그 말 물리기 없깁니다!"

나정은 소리치며 흑선노괴의 품으로 뛰어들어 갔다. 흑선
노괴는 살짝 옆으로 비켜서며 손을 뻗었다. 강맹한 내력이 실

린 손길이었기에 잡히면 뼈가 부러질 게 분명했다. 나정은 달려들던 속도를 줄이지 않고 앞으로 엎어지듯 몸을 낮추면서 흑선노괴의 낭심을 쥐려 했다.

"좋은 수법이구나!"

흑선노괴는 그 파렴치한 행동에 대해서 분노하기는커녕 기뻐하며 소리쳤다.

목숨을 걸고 싸우는 상황에서 예의를 차리는 일처럼 어리석은 게 어디 있겠는가. 내가 예의를 차린다고 해서 상대가 내 대신 죽을 건 아니지 않은가.

그런 까닭에 흑선노괴는 저 정파의 알량한 금기에 대해서 비웃는 입장이었고, 또 그러한 이유로 나정이 자신의 낭심을 공격하는 걸 보고 기뻐한 것이었다.

하지만 그렇다고 해서 낭심이 공격당하는 걸 가만 놔둘 수는 없는 일, 그는 아래로 돌진하는 나정의 이마를 향해 무릎으로 가격했다.

퍽! 소리와 함께 이마가 깨지는 충격이 흑선노괴의 무릎으로 전달되었다. 하지만 나정은 멈추지 않았다. 피가 흘러 얼굴 전체를 흠뻑 적시는 와중에서도 그는 끈질기게 달라붙어 흑선노괴의 낭심을 잡는 데 성공했다.

"앗, 항복!"

흑선노괴가 깜짝 놀라며 소리쳤다.

물론 졌다고는 볼 수 없는 상황이었다. 낭심이 터질 걸 각오하고 나정의 등을 향해 일격을 가하면 승리는 흑선노괴의 것이 될 수 있었다. 하지만 이런 싸움에서 고자가 될 이유가 없었다. 또 나정의 목숨을 해할 이유도 없었기에 결국 흑선노괴는 항복을 선언한 것이었다.

나정이 숨을 거칠게 몰아쉬며 일어났다. 그의 얼굴은 온통 핏물로 흥건했다. 하지만 그는 기쁜 듯 웃고 있었다.

"제가 이겼습니다."

흑선노괴가 눈살을 찌푸리며 말했다.

"내가 봐줘서 이긴 게지. 만약 네 안위를 걱정하지 않고 일격을 날렸다면 죽거나 중상을 당할 쪽은 네 녀석이었다."

나정은 지지 않았다.

"그래도 항복이라고 말한 사람은 할아버지세요."

"허어, 그거야 네 안위를 걱정하는 마음에……."

"아니, 그건 확실히 흑선노괴가 진 거요."

두 사람의 대화에 끼어드는 목소리가 있었다. 나정과 흑선노괴는 동시에 처마 쪽을 쳐다보았다. 어느새 온 것인지, 별채 지붕 처마 위에 삼절수라가 앉아 있었다.

그는 가볍게 몸을 날려 두 사람의 곁으로 뛰어내린 후 다시 입을 열었다.

"항복을 선언한 쪽이 진 건 당연한 일, 그걸 가지고 왈가왈

부하는 것처럼 부끄러운 게 없지."

흑선노괴가 벌컥 화를 내려 할 때였다. 이번에는 담장 쪽에서 한 소리가 들려왔다.

"나도 삼절의 말에 동의해. 승부는 승부, 항복하기 싫었다면 나정을 죽이는 한이 있더라도 게서 일격을 가했어야지. 이제 와서 봐줬느니 하는 건 옳지 않아. 창피한 일이지."

목소리의 뒤를 이어 한 사내가 훌쩍 담을 뛰어 넘었다. 신목귀령이었다. 흑선노괴의 얼굴이 일그러지는 순간, 또다시 음성이 들려왔다.

"허허, 이거 꼼짝없이 나정의 하인이 되어야 할 판국이군 그래. 하지만 나 역시 다른 이들의 의견과 같네."

이번에는 일양자가 정문을 통해서 걸어 들어왔다. 흑선노괴는 울상을 지었다. 말 그대로 사면초가의 형국이었다. 그때 나정이 웃으며 말했다.

"하인은 무슨 하인입니까? 그저 서로 농담한 것에 불과한데요."

"농담은 무슨. 분명히 내 귀로 들었다. 내공을 사용하지 않고 네가 이긴다면 하인이 되겠다고 한 말."

"나도 들었다."

"나도 들었네."

일양자가 가까이 다가오며 말했다.

"무릇 신의는 용기에서 비롯되는 게야. 자신이 내뱉은 말에 대해 책임질 수 있는 용기. 사실 그게 아무에게나 있는 게 아니거든. 또 그래서 용기있는 자가 칭송을 받는 게고. 나는 흑선에게 그런 용기가 있다고 믿는 쪽인데."

삼절수라가 말을 받았다.

"그런 용기까지는 몰라도… 한 입으로 두말하는 건 사내가 아니지. 낭심이 박살 났어도 할 말 없는 거야."

신목귀령이 이어 말했다.

"최소한… 나 역시 약속은 지킨다."

일이 이렇게 되자 난감해진 건 흑선노괴 뿐만 아니었다. 졸지에 흑선노괴를 하인으로 두게 생긴 나정이 서둘러 화제를 돌렸다. 그는 신목귀령을 향해 말했다.

"딱 사흘째 되는 날에 오셨네요."

신목귀령은 힐끗 흑선노괴를 바라보며 말했다.

"나는 약속을 지킨다고 하지 않았나?"

흑선노괴의 얼굴이 일그러졌다. 일양자가 웃으며 말했다.

"우리 신주오괴가 괴팍하고 성질 더러우며 이것저것 잔꾀를 많이 부린다고 알려져 있지만 그래도 신의 하나는 잘 지키는 편이거든. 언젠가 나정, 너와 했던 내기도 서로간의 신의가 없었다면 성립되지 않을 내기였으니까."

흑선노괴가 더 이상 참을 수 없었는지 소리를 버럭 내질렸다.

"알았다! 내가 한 말, 지키면 되잖아! 나정의 하인이 되겠다. 될 테니까 그 일에 대해서는 더 이상 아무 말도 하지 마."

일양자가 딴죽을 걸었다.

"어느 하인이 주인의 이름을 함부로 부르지? 제법 오래 살았지만 단 한 번도 그런 하인을 본 적이 없는데."

삼절수라가 고개를 끄덕였다.

"그리 오래 살지는 않았지만 나 역시 보지 못했소."

신목귀령도 말했다.

"나도 마찬가지요."

흑선노괴는 얼굴이 시뻘겋게 달아올랐다. 그는 씩씩거리며 세 명의 동료를 노려보다가 문득 나정을 향해 허리를 굽히며 소리쳤다.

"죄송합니다. 이 늙은이가 아직 뭘 제대로 몰라서 주인 나리께 무례를 범했습니다!"

나정이 어찌할 바를 몰라 하다가 얼른 그를 일으켜 세우면서 말했다.

"다들 짓궂은 농담을 하는 건데 할아버지께서 그렇게까지 하실 필요가……."

"무슨 농담입니까? 저 놈들, 진심으로 날 곤경에 빠뜨리는 겁니다."

흑선노괴가 불퉁한 목소리로 투덜거리며 동료들을 노려보았다. 일양자는 애써 웃음을 참고 있었고 신목귀령과 삼절수라는 여전히 무표정한 얼굴이었다. 하지만 그들의 눈빛에 스며있는 그 야릇한 기색마저 감출 수는 없었다.

문득 흑선노괴의 눈가에 이채의 빛이 스며들었다. 그는 나정을 돌아보며 활짝 웃었다.

"아, 쉰네의 친구들을 소개하겠습니다. 일양자, 신목귀령, 삼절수라라는 녀석들인데 강호에서는 제법 유명한 신분이죠."

거기까지 말한 흑선노괴는 동료들을 돌아보며 다시 말을 이었다.

"뭣들하고 있나? 내 주인 나리께 인사드리지 않고! 자네들과 동료인 나, 흑선노괴의 주인 나리이시네. 그러니 함부로 경거망동하다가는 내가 가만히 있지 않을 게야!"

일순 일양자를 비롯한 사람들은 흠칫 하는 얼굴이 되었다. 왠지 일이 묘하게 흘러간다는 기분이 들었던 것이다.

나정은 길게 한숨을 쉬었다.

이러다가 네 사람 모두에게 존대를 듣게 생겼다. 더 이상 일이 엉뚱하게 번지기 전에 상황을 정리해야만 했다. 그래서 나정은 사람들을 둘러보며 말했다.

"그럼 이제 안으로 들어가서 이야기를 하죠."

3

한 조직의 수장이 한동안 자리를 이탈하게 되는 일이 발생할 경우, 그 조직이 앞으로 해야 할 일에 대해 미리 지시를 내리고 안배를 해두는 게 보통이다.

신목당을 이끄는 신목귀령이나 삼절방의 방주 삼절수라가 무리에 합류하기 이전 사흘의 유예기간을 달라고 나정에게 말한 이유가 바로 거기에 있었다.

하지만 신목귀령은 조직을 정비하는 데에만 그 사흘을 모두 사용한 게 아니었다.

"용음도로 아이들을 보내 행적을 조사하게 했지. 아무래도 자네는 추격술이나 추적 방식에 대해서 배우지 않았을 테니까 미세하게 남아 있는 흔적을 따라 추적하는 일을 하지 못했겠지."

신목귀령의 말에 나정의 눈이 휘둥그레졌다.

물론 나정은 그런 추적 방식이 있다는 것도 처음 들어본 소리였다. 하지만 무엇보다 그가 놀란 건 용음도에서 취불 일행이 행방불명된 지 벌써 이십여 일이 넘었는데도 불구하고 신목귀령은 여전히 그들의 행방을 추적할 수 있다는 자신감으로 넘쳐흘렀기 때문이다.

"물론 시간이 지나는 것과 추격의 실마리가 되는 흔적이 사라지는 건 거의 비례한다고 볼 수 있겠지. 하지만 조그만, 아주 조그만 흔적이라도 아직까지 남아 있다면 분명 그들의 뒤를 쫓아 움직일 수 있을 게다."

신목귀령의 이어지는 말에 나정은 입을 벌렸다. 그로서는 상상조차 하지 못하던 일이었다.

만약 신목귀령이 말하는 추격술을 익혔다면, 용음도에서 취불 일행이 행방불명되었을 때 곧바로 그 흔적을 따라 뒤를 쫓아갔을 텐데 하는 아쉬움이 가득한 얼굴이었다.

그 표정을 읽었는지 문득 신목귀령이 진지한 얼굴로 물었다.

"가르쳐줄까, 그 추격술?"

나정은 앞뒤 생각하지 않고 얼른 고개를 끄덕였다. 신목귀령의 입가에 가느다란 미소가 매달렸다.

"좋아, 가르쳐주지."

나정이 고개를 숙였다.

"감사합니다. 이 은혜를……."

"물론 조건이 있다."

나정은 고개를 들었다.

역시 하는 생각이 그의 뇌리를 스치고 지나갔다.

조금도, 단 한 푼도 손해 보지 않으려 할 사람들이다. 아니,

자신에게 이득이 없으면 아무것도 하지 않을 자들이다.

신목귀령은 당연하다는 듯이 말했다.

"추격술을 가르쳐주는 대신 무공 하나를 배우고 싶다. 물론 오행신마력이 아닌 다른 것 말이다."

나정은 가만히 신목귀령을 바라보았다. 가면처럼 뒤집어 쓴 무표정함 뒤로 기대와 흥분, 초조함이 섞인 눈빛이 언뜻 흘러나왔다.

신목귀령 뿐만이 아니었다. 지켜보고 있는 일양자나 흑선노괴 또한 탐욕으로 번들거리는 눈빛을 하고서 나정을 지켜보고 있었다. 어쩌면 무공에 대한 끊임없는 갈구와 욕심이야말로 무림인이 갖는 본능이 아닐까 싶었다.

나정은 잠시 생각했다.

'어쩌면 나도 벌써 무림인이 된 게 아닐까? 구태여 추격술 따위 익히지 않아도 되는데… 괜히 탐내고 욕심을 부리는 건 아닐까?'

아니라고 생각했다.

취불 일행을 찾는데 도움이 되기 때문이지 무공에 대한 욕심이 아니다.

'독해져야 한다. 강해져야 한다. 그래야만 어르신들을 찾을 수 있고 또한 놈들과 싸울 수 있다.'

그렇게 결정을 내린 나정은 신목귀령을 바라보며 천천히

입을 열었다.

"좋아요. 거래하겠습니다."

"이런."

누구보다도 먼저, 흑선노괴가 아쉬움의 탄성을 내질렀다. 삼절수라와 일양자의 얼굴에도 말로 표현할 수 없는 기묘한 표정이 스며들었다. 질투와 실망, 그와 정반대의 감정인 희망과 기대가 한 순간에 복합적으로 섞인 표정.

하지만 정작 당사자인 신목귀령은 여전히 담담한 어투로 말했다.

"좋아. 그렇다면 네가 건넬 수 있는 무공부터 확인해두자."

나정은 잠시 기억을 더듬었다. 그리고 이미 돌아가신 기인들 중에서 유족이 없는 사람들의 무공만 골라서 대답했다.

"자부선생, 구절편, 야유신, 동정어옹, 신기수사, 남해대협……."

나정의 입에서는 다섯 명을 넘어서 열 명, 그리고 열다섯 번째의 이름과 무공이 흘러나왔다.

듣고 있던 이들의 표정이 굳어졌다. 심지어는 신목귀령조차 그 특유의 무표정한 얼굴에서 벗어나 입을 벌려야만 했다. 일반 노기인들도 노기인들이었지만 저 우내십팔천의 고수들마저 나정이 건네줄 수 있는 무공의 명단에 있었던 것이다.

　칠절신군이나 패왕은 물론이거니와 심지어는 마야의 무공마저 그 안에 포함되어 있었으니, 신목귀령과 동료들의 군침이 절로 넘어가는 게 당연한 일이었다.

　이윽고 신목귀령이 입을 열었다.

　"그 중에서 나는……."

　하지만 나정이 곧바로 고개를 저으며 그의 말을 가로챘다.

　"전해드릴 무공은 제가 정하겠습니다."

　"응?"

　"염화 누… 선배께도 말씀드렸지만 제가 알고 있는 무공들은 각각 인연이 닿고 또 성격과 기질이 맞는 분에게 전해드려야 하거든요."

　"뭐라고, 염화? 설마 염화선자 그 계집에게도 무공을 전수해주기로 약속했더냐?"

　삼절수라가 놀라 소리쳤다. 흑선노괴가 입을 삐죽이며 말했다.

　"귀문사마를 찾아오는 대가로 한 가지 무공을 전수해주기로 했다더군그래."

　"이, 이런 젠장!"

　삼절수라가 욕설을 퍼부으며 눈을 부라렸다. 하지만 나정은 태연하게 말했다.

　"너무 걱정하지 마세요. 다른 분들께도 기회를 드릴 테니까요. 그러니 기회가 왔을 때 놓치지 않으시면 되는 겁니다.”

“뭐, 다른 사람이야 어찌 되든 상관없다.”

신목귀령이 주위를 환기시키며 말했다.

“내게 전해줄 무공이 무엇인지 궁금하다.”

나정은 기다렸다는 듯이 대답했다.

“마검자의 무공을 전해드리겠습니다.”

신목귀령은 잠시 생각했다.

‘마검자 천예혼이라면 잔인하고 악랄한 쾌검으로 유명하지. 확실히 그의 검법이라면 나와 어울릴 것 같군그래.’

마검자는 비록 우내십팔천에는 속하지 못하지만 그래도 검에 관한 한 백대 고수 중 상위권에 해당하는 높은 실력을 지닌 기인이었다. 우내십팔천 중 한 명이 아닌 게 아쉽기는 하지만 어쨌든 신목귀령보다 한 수 위의 실력자임에는 분명했다.

게다가 무엇보다도 사실 크게 내세울 것 없는 추격술을 가르쳐주고 얻게 되는 걸 감안한다면 입이 딱 벌어질 정도의 횡재라 할 수 있었다.

“좋아, 그렇게 하자.”

신목귀령은 고개를 끄덕였다.

그때였다. 지금껏 잠자코 듣기만 하던 일양자가 헛기침을 하며 입을 열었다.

"나도 한 가지 거래하고 싶은 게 있는데……."

일순 사람들의 시선이 모두 그에게로 향했다. 일양자는 새하얀 수염을 쓰다듬으며 말을 이었다.

"취불 일행에 대한 소식을 전해주는 대신 한 가지 무공을 얻고 싶네."

그의 말에 모든 사람들이 깜짝 놀랐다. 나정도 놀란 눈으로 그를 바라보았다. 흑선노괴가 눈을 부라리며 말했다.

"그게 도대체 무슨 소리인가? 자네가 어찌하여 취불 일행에 대한 소식을 알고 있단 말이지? 설마 거짓말을 하려는 건 아니겠지?"

"허어, 나 일양자를 어찌 보고 그런 소리를 하는 겐가?"

일양자는 점잖게 타박을 준 후 다시 나정을 돌아보며 말을 이었다.

"지난 이틀 동안 나름대로 연줄을 동원하여 이것저것 수소문 좀 했지. 덕분에 제법 짭짤한 수확을 얻을 수가 있었지. 어떤가, 거래할 텐가?"

나정은 길게 한숨을 내쉬었다.

"반칙이네, 이건!"

흑선노괴가 두 주먹을 불끈 쥐며 소리쳤다.

"우리가 이곳에 모인 이유가 뭔가? 바로 취불 일행을 찾기 위해서 모인 게 아닌가? 그런데 내가 나정의 실전 경험을 위해서 일부러 매 맞고 있는 동안 자네 혼자 바람 쐰다고 몰래 나가서 그런 조사를 해?"

"사람마다 남는 시간을 어떻게 사용하느냐 하는 건 자유가 아니겠나?"

"아니, 그건 확실히 흑선노괴의 말이 맞소."

삼절수라가 흑선노괴의 편을 들었다.

"다른 거라면 몰라도 최소한 취불 일행을 찾는 건 우리 공동의 목표, 오행신마력을 두고 거래한 게 아니오? 그러니 그 정보는 당신 혼자의 것이 아니라 우리 모두의 것이 되오."

하지만 일양자는 대꾸 대신 헛기침을 하며 나정을 바라보았다. 이 거래에 대한 대답은 오직 나정만 할 수 있다는 표정이었다.

흑선노괴가 나정의 소매를 부여잡았다.

"그러면 안 되지. 모든 일에는 도리라는 게 있는 법이야. 삼절의 말처럼 취불 일행을 찾는 건 오행신마력을 두고 한 우리들 전체의 거래였잖아? 그러니 일양자의 말은 욕심에 불과한 게야."

나정은 아무런 말을 하지 않았다. 흑선노괴와 삼절수라의 말에도 일리가 없는 건 아니었다. 하지만 다른 것도 아니고 취불 일행의 행적에 대해 알 수 있는 기회였다.

이윽고 흑선노괴도 입을 다물었다. 좌중은 쥐 죽은 마냥 조용했다. 누구 하나 입을 여는 사람이 없이 오직 나정을 바라보고 있었다. 나정은 좀처럼 결론을 짓지 못하다가 결국 크게 고개를 끄덕이며 말했다.

"확실히 이번 거래는 응할 수가 없을 것 같습니다."

일양자의 눈이 커졌다. 흑선노괴가 주먹을 불끈 쥐며 허공을 향해 휘둘렀다.

"그럼, 그래야지!"

나정은 차분한 어조로 설명했다.

"흑선 할아버지나 삼절 어르신 말씀처럼 우리가 모인 까닭은 취불 어르신과 다른 분들의 행적을 찾기 위해서입니다. 또 오행신마력 역시 그 대가로 건네 드리기로 한 것이구요. 그러니 그 일을 가지고 따로 거래할 수는 없습니다."

일양자는 나정의 대답이 뜻밖이었는지 아무 말 못한 채 그를 바라보다가 한숨을 내쉬며 물었다.

"내가 끝까지 입을 다물어도?"

나정은 말했다.

"어쩔 수 없죠, 우리끼리 찾아볼 수밖에."

그 말에 감격한 듯 삼절수라가 재빨리 말했다.

"최선을 다해 찾겠네."

흑선노괴도 끼어들었다.

"내 목숨을 걸고 찾겠네."

신목귀령도 고개를 끄덕이며 덧붙였다.

"신목당의 모든 전력을 다 쏟아 부을 것이야."

일이 이렇게 되자 졸지에 외톨이가 되어버린 일양자는 허허로운 웃음을 흘렸다.

"이거, 이거… 나만 몹쓸 놈이 되어 버렸군그래."

"당연하지!"

씁쓸한 그의 말에 흑선노괴가 고리눈을 뜨며 노려보았다.

"자네는 그 놈의 욕심보 때문에 편히 죽지 못할 것이야!"

일양자는 쓰게 웃었다. 그리고는 어쩔 도리가 없다는 듯이 어깨를 으쓱거리며 입을 열었다.

"이거 참. 더 미움 받기 전에 항복해야겠군그래. 좋아, 내 아무런 대가 요구하지 않고 말하겠네, 취불 일행의 행적에 대해서 말이야."

일순 나정의 몸이 눈에 띄게 경직되었다. 일양자는 내심 '조금 더 버텨볼 걸 그랬나?' 하며 아쉬워했지만 이미 때는 늦었다.

결국 그는 지난 이틀 동안 알아본 모든 것을 고스란히 이야기할 수밖에 없었다.

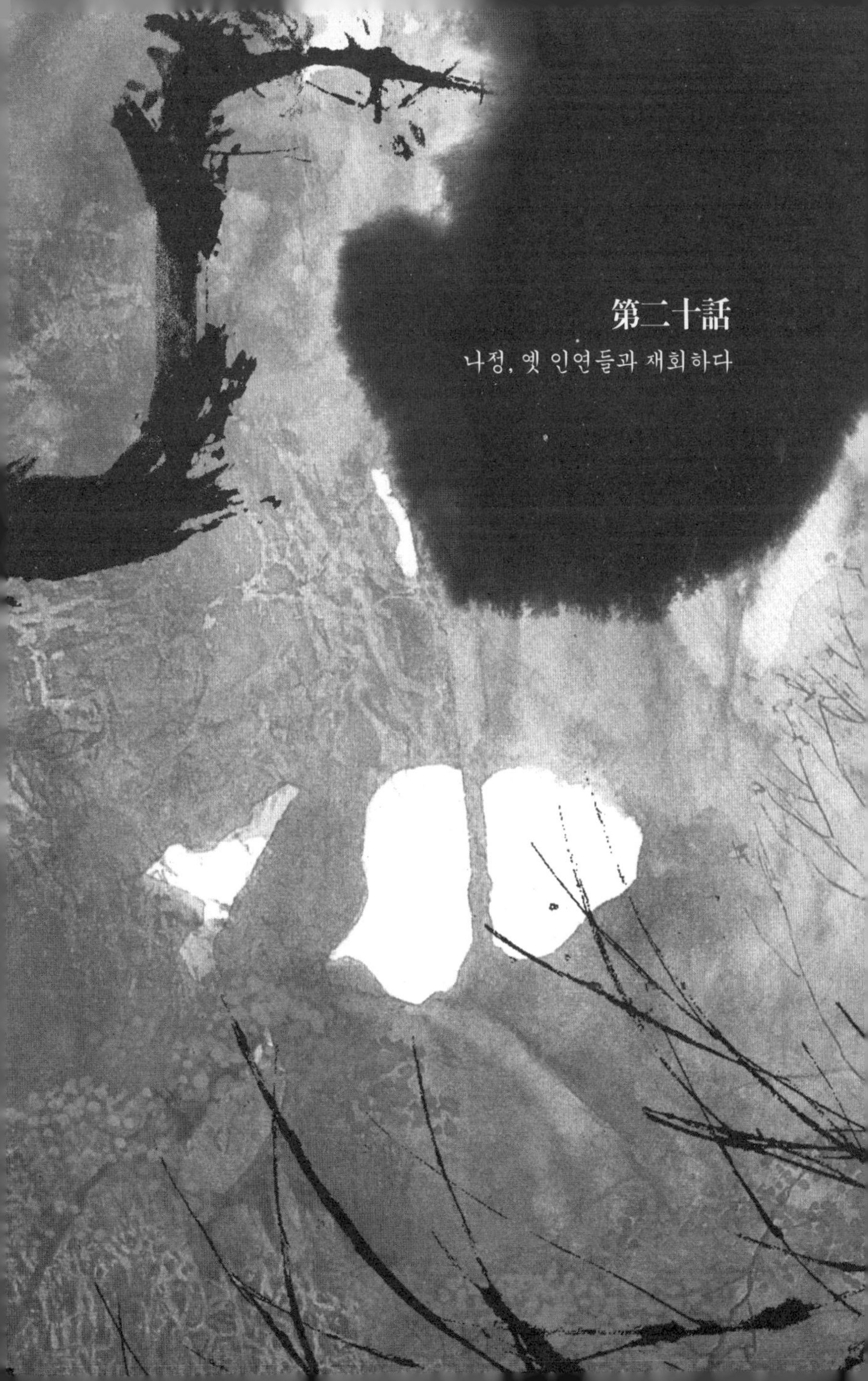
第二十話
나정, 옛 인연들과 재회하다

1

구중천이 대륙에 군림하고 천하를 지배하는 당금, 구파일 방을 비롯한 강호 명문들의 위세는 극도로 위축된 상태였다. 소림과 무당파를 비롯한 몇몇 정파는 봉문을 했고 또 몇몇 문 파는 구중천과 싸우다가 멸문했으며 어떤 문파들은 수치를 무릅쓰고 저들의 휘하에 들기를 자청했다.

그 와중에도 그나마 예전의 저력을 유지하고 있는 문파들 이 있었으니 바로 개방(丐幫)이 그 중 한 곳이었다.

개방은 말 그대로 거지들이 모여서 만든 조직이었다. 역대 로 수많은 황제와 권력가들이 노력했지만 단 한 번도 거지라는 존재를 없애지 못했던 것처럼, 역시 구중천 또한 개방이라는 조직은 무너뜨릴 수 있었어도 전국에 산재한 수만, 수십만의 거지들만큼은 어쩔 도리가 없었다.

기존 개방의 방주였던 이가 목숨을 잃고 후계자마저 구중천의 인질이 되면서 개방은 기존의 조직을 해체하고 지하로 숨어들었다. 그것으로 인해 개방은 더 이상 존재하지 않는 문파가 되었지만 어디까지나 표면상에 불과한 일이었다.

"거지들이 사라지지 않는 한 개방은 영원하다."

과거 개방의 전설적인 방주였던 홍공(洪公)이 남겼던 명언이 굳이 아니더라도 개방의 거지들은 개방의 부흥을 꿈꾸며 끈질기게 버텼다. 개방이라는 구심점이 사라진 상황이었지만 그들은 기존 분타를 중심으로 하여 구중천의 감시를 피해 다니며 정보를 공유하고 계획을 짰다.

물론 악양에도 그러한 거지들이 존재했고 그들의 정보망은 옛 개방의 그것에 비해 전혀 부족함이 없었다.

일양자는 그 점을 떠올려 지난 이틀 동안 악양 일대를 돌아다니며 안면이 익은 거지들을 찾아다녔다. 그리고 마침내 한때 인연을 맺고 호형호제하던 늙은 거지 한 명을 발견했던 것이다.

"술친구야. 누가 많이 마시나 하는 내기로 시작했다가 서로의 주량에 반해서 나중에는 둘도 없는 사이가 되었지. 왜, 해량개(海量丐)라고 들어본 적들 있지?"

해량은 술고래를 뜻한다. 결국 해량개는 술고래 거지라는 건데, 술 좋아하는 사람들이 많기로 유명한 개방 내에서도 다섯 손가락 안에 드는 주귀(酒鬼)가 바로 해량개였다.

"그 늙은 거지, 아직도 안 죽었나?"

흑선노괴가 알은척하며 물었다. 일양자가 웃었다.

"안 그래도 그 친구 역시 자네 아직 살아 있느냐고 묻더군. 아직까지 살아 있다면 역시 하늘이 공평치 않은 거라고 덧붙이면서 말이야."

"그건 또 무슨 헛소리야? 어쨌든 하던 이야기나 계속해 보게. 그래서, 해량개 그 늙은 주귀를 만나서 어쨌다는 게야?"

"물론 술을 마셨지. 밤새도록 스무 동이를 비우면서 꽤 많은 이야기를 나눴지. 그 중에서……."

일양자는 나정을 힐끗 바라보며 말꼬리를 흐렸다. 나정은 속이 타들어갔지만 겉으로는 침착함을 유지한 채 그의 얼굴을 바라보았다.

'흠, 확실히 예전의 그 애송이가 아니군그래.'

일양자는 입맛을 다셔야만 했다.

조금이나마 빈틈을 보였으면 다시 한 번 거래를 틀까 했는데, 소용이 없게 된 것이다.

그는 다시 말을 이어나갔다.

"개방 거지들이 하는 일 중에서 가장 중요시 여기는 게 바로 구중천을 감시하는 일이거든. 그들의 움직임과 동향을 살피고 분석해서 자신들의 행동 방식을 정해야 하니까 말이야. 만약 구중천이 자신들을 몰살하기 위해 움직이는 걸 뒤늦게 알아차린다면 그것만큼 낭패한 일이 없을 테니까."

"그래서? 그래서 뭘 알아냈다는 게야?"

흑선노괴가 답답하다는 듯이 짜증을 냈다. 그러거나 말거나 일양자는 느긋하게 계속해서 말했다.

"그래서 요즘 동향이 어떠냐고 물어봤지? 혹시 용음도 쪽에서 뭔가 움직임이 있지 않았냐고 했더니 그 친구 눈이 번쩍 뜨이더군. 그걸 어떻게 알았냐는 게야. 그래서 보름 전 그 근처를 지나다가 우연히 한 무리의 일당이 빠르게 이동하는 걸 봤는데 그 기세가 하도 거칠고 강한 것이 평범한 무림인이 아니라는 생각을 했다. 뭐 이런 식으로 말했지."

일양자는 게서 말을 멈추고 술잔을 비웠다. 나정은 입술을 깨문 채 그의 이야기를 기다렸다. 이윽고 일양자가 '술맛 좋구나!' 하면서 술잔을 내려놓은 후 다시 입을 열었다.

"해랑개가 고개를 끄덕이더군. 내 말이 맞다면서, 약 한 달 전 구중천의 정예들이 한꺼번에 용음도로 몰려들었다는 게야. 개방 사람들이야 잔뜩 긴장할 수밖에 없었지. 구중천의 핵심이라고 할 수 있는, 이른 바 구천시왕(九天十王)이 모두 출동했거든. 혹시 자신들 때문에 그런가 하고 잔뜩 이목을 집중하고 추이를 살폈는데…….”

“살폈는데?”

“어느 날 갑자기 그들이 다시 북쪽으로 이동하더라는 게야. 그게 바로…….”

일양자는 나정을 돌아보며 말을 이어나갔다.

“나정, 네가 이야기한 바로 그 날 이후라는 게야. 즉, 그들은 취불 일행이 용음도에 당도하기를 기다렸다가 그들을 붙잡은 후 다시 북상한 게지.”

일순 나정은 저도 모르게 입을 열었다.

“그렇다면 우리가 지저갱을 빠져나온 사실을 이미 알고 있었다는 거네요.”

“그렇지. 누군가 밖에서 지켜보고 있었던 게야. 그래서 발빠르게 대응할 수 있었던 게지.”

나정은 이를 악문 채 뭔가를 생각하다가 다시 물었다.

“그들은 어디로 갔답니까?”

“그러니까…….”

일양자가 고개를 끄덕이며 설명하려는 순간, 흑선노괴가 재빨리 말을 가로챘다.

“어디기는 어디겠어? 구중천뢰(九重天牢)로 갔겠지.”

“구중천뢰요?”

“구중천에 반대하거나 항명하는 자들을 잡아 가둔 감옥이지. 북망산(北邙山)의 초연봉(梢研峰)에 커다란 탑을 세워놓고 그곳 꼭대기에 사람들을 가뒀는데… 그들을 구하고자 많은 무림인들이 찾아갔지만 불과 일층을 통과한 자가 없었다더군.”

“구중천뢰…….”

나정이 중얼거릴 때 일양자가 쓴웃음을 지으며 말했다.

“아니, 흑선이 틀렸어.”

흑선노괴의 눈이 커졌다.

“뭐? 그렇다면 어디로 갔는데?”

일양자가 어깨를 으쓱거리며 말했다.

“그 부분에 대해서는 해랑개도 자세히 알지 못하더군. 북상하던 무리들이 도중에 각자 여러 갈래로 흩어졌다는 거야.”

“아아…….”

나정은 탄식을 흘렸다. 일양자가 차분하게 말했다.

“분명 그 중 한 갈래에 취불 일행이 있었겠지. 하지만 개방 거지들은 미처 그 사실을 몰랐으니까 끝까지 주시하지 않았던 게야.”

“뭐냐? 그렇다면 네가 맨 처음에 말했던 것과 전혀 다르잖아? 취불 일행의 행방을 알고 있다면서?”

흑선노괴가 으르렁거리자 일양자는 살짝 짜증을 내듯 손을 내저으며 말했다.

“허 참, 그렇게 매번 말 끊지 말고 좀 참을성있게 들어 보게. 자네보다 더 급한 나정도 아무 말 하지 않는데.”

흑선노괴가 입을 내밀었다. 하지만 일양자의 말처럼 차분하게 지켜보고 있는 나정을 의식해서인지 더 이상 말을 하지는 않았다.

일양자는 다시 술을 따라 마시며 여유를 부렸다. 나정은 묵묵히 그가 입을 열기만을 기다렸다. 흑선노괴는 몇 번이나 일양자를 노려보다가 ‘에잇!’ 하면서 자신도 술을 따라 마시기 시작했다.

일양자는 세 잔의 술을 비운 후에야 말을 하기 시작했다.

“그래서 내가 조금 머리를 굴렸지. 용음도로 내려갈 때와 다시 북상할 때, 인원수가 현저하게 달라진 무리가 있다면 그건 알 수 있지 않을까 하고 말이지.”

“아! 그렇군.”

흑선노괴가 손뼉을 치며 말했다.

“그들의 동향을 주시하고 있었다면 대략적인 인원수는 파악하고 있었을 테니까. 그 수가 달라졌다면 거지들도 쉽게 알아낼 수 있을 거야.”

“그렇지. 해서 물은 거고, 해량개가 알아보겠다더군. 그리고 오늘 낮에서야 결국 원하는 대답을 들을 수가 있었지.”

“어디로 갔다고 하던데?”

흑선노괴의 질문에 일양자는 천천히, 또박또박 말했다.

“감숙성과 섬서성의 경계 부근.”

일순 사람들의 입에서 저마다 탄식이 튀어나왔다.

“이런!”

“천계(天界)로구나!”

흑선노괴의 얼굴이 일그러졌다.

“하필이면 그곳이라니……. 일이 쉽지 않게 되었네.”

그 뿐만 아니었다. 잠자코 듣고만 있던 삼절수라, 신목귀령 또한 안색이 창백하게 변했다. 나정만 영문을 몰라 그들을 돌아보며 물었다.

“천계가 어떤 곳인데요?”

2

대륙을 지배하는 구중천의 본산(本山)을 가리켜 천계라고 했다. 하지만 놀랍게도 그 천계의 위치를 정확하게 알고 있는 무림인은 없었다. 심지어 천계에 갔다 온 자들 또한 제대로 그곳의 위치를 기억하지 못했다.

"글쎄. 안개 속을 한참 걷다보니까 그곳이 나오더군. 정말 도원경(桃源境)이었다니까. 뭐, 그곳에서 나올 때도 마찬가지였다구. 이번에는 제대로 길을 알아둬야지 하고 정신을 똑바로 차렸는데… 역시 구름을 밟고 걷는 듯한 기분에 휩싸였다가 정신을 차리고 나니 어느새 그곳에서 수백 리나 떨어져 있더군."

천계를 왕래했던 이들의 증언은 한결같았다. 모두들 꿈꾼 듯, 혹은 환상을 본 듯한 표정을 지은 채 천계의 위치와 모습에 대해서 그렇게들 설명했다. 그런 까닭에 세상 사람들은 그곳을 일컬어 '아홉 겹 하늘 너머의 땅'이라고 경외하기도 했다.

하지만 무림인들은 달랐다. 그들은 구중천 사람들이 진법으로 천계의 위치를 감추고 섭혼술 등의 특별한 방식을 통해서 사람들의 기억을 세뇌시킨 게 분명하다고 생각했다.

그래서 그들은 천계로 추정되는 지역을 샅샅이 뒤졌지만, 결국 감숙성의 동쪽, 섬서성의 서쪽 접경 지역 수천 리 안에 천계가 존재한다는 것 이외에는 더 이상의 자세한 정보를 알아내지 못했다.

3

"그래, 우리도 모른다. 비록 신목당이 강호의 대소사에 대해서 제법 많이 알고 있기는 하지만 그럼에도 불구하고 천계의 위치가 어디인지는 정확하게 알지 못한다."

나정의 시선을 받은 신목귀령이 고개를 끄덕이며 말했다. 나정은 저도 모르게 실망한 기색을 드러냈다. 그럴 수밖에, 천계라는 단어가 나왔을 때까지만 하더라도 나정은 드디어 찾았구나 하는 생각에 들떠 있었으니까.

하지만 나정은 곧 다시 침착한 표정을 지으며 입을 열었다.

"그렇다면 구중천 사람을 협박하거나 혹은 그 뒤를 미행하는 방식으로 천계의 위치를……."

"그런 간단한 방법을 누가 몰랐겠느냐? 이미 다들 해보고 결국 포기한 방법들이다."

흑선노괴는 혀를 차며 말했다. 일양자가 싱글거리며 끼어들었다.

"자네는 하인 주제에 반말을 하는군그래."

흑선노괴가 인상을 찌푸렸다. 그리고는 나정이 뭐라고 말릴 틈도 없이 곧바로 고개를 숙이며 사과했다.

"죄송합니다, 도련님. 노복(老僕)이 실수를 저질렀습니다."

"할아버지……."

"제 동료들이 감히 자신들의 처지도 모르고 도련님께 하대한 점, 다시 한 번 사과드립니다. 녀석들이 워낙 배우지 못하고 자라서 그런 것이니 용서하시기 바랍니다. 두 번 다시 이런 일이 벌어지지 않도록 이 노복이 녀석들에게 따끔하게 주의를 주겠습니다.”

“허어.”

일양자가 입을 벌렸다.

흑선노괴는 지금 물귀신처럼 자신들을 끌어들이는 것이다. 자칫하다가 그들 모두 흑선노괴와 함께 나정에게 존대해야 할 처지가 될 수도 있었다.

“장난도 적당히 해야 재미있는 법입니다.”

그때 나정이 진지하게 말했다.

“앞으로 한 번 더 제게 노복이니 존대니 하며 장난치신다면 절대로 여러 어르신들께 오행신마력을 전해드리지 않겠습니다.”

흑선노괴가 두 손을 들며 활짝 웃었다.

“물론이지. 앞으로 절대 노복이니 하는 말 하지 않으마.”

일양자도 씁쓸하게 웃으며 고개를 끄덕였다.

“그렇지. 장난도 적당히 해야 재밌는 법이니까.”

나정은 그제야 다시 미소를 머금으며 말했다.

“어쨌든 다들 모이셨으니까 그럼 이제 오행신마력을 전해드리겠습니다.”

일순 사람들의 얼굴에 긴장감이 역력하게 배어나왔다. 다들 눈빛이 달라지면서 집중하는 게 한 눈에 들어왔다.

"그래도 되겠나?"

흑선노괴가 마른침을 꿀꺽 삼키면서 물었다.

"만약 우리가 오행신마력을 배우고 나서 도망친다면? 취불 일행을 찾을 때까지 협력하기로 한 약속을 헌신짝처럼 내팽 개친다면? 그런 위험을 각오하고서라도 우리에게 먼저 오행 신마력을 전해줄 게냐?"

"물론이죠."

나정은 웃으며 말했다.

"만약 어르신들이 약속을 지키지 않는다면 제 안목을 탓해 야겠죠. 사람 제대로 볼 줄 모르는, 분명히 약속을 지킬 분들 이라고 믿었던 제 안목에 대해서요."

"으음."

흑선노괴가 침음성을 흘릴 때 신목귀령이 빠른 어조로 말 했다.

"아까도 말했지만 나는 약속을 지킨다."

"물론 잘 알고 있습니다. 그러니까 미리 오행신마력에 대 해 말씀드리는 겁니다."

그렇게 말한 후 나정은 곧바로 오행신마력의 구결을 천천 히 읊기 시작했다. 흑선노괴는 얼른 눈을 감고 그 구결을 외우기 시작했다. 일양자 역시 어느새 가부좌를 튼 상태였다. 신목귀령이나 삼절수라 역시 나정의 말에 정신을 집중했다.

나정은 세 번이나 연속해서 구결을 읊어준 다음 사람들을 돌아보며 다들 제대로 외웠는지 확인하면서 몇 번이고 되풀이하여 읊어주었다. 그리고 제대로 이해가 가지 않는 부분에 대해서는 상세하게 설명을 했다.

그렇게 대략 한 시진이 흐른 후, 사람들은 각자 운기조식을 시작했다. 나정은 잠시 그들의 모습을 바라보다가 살그머니 객청을 빠져나왔다.

어느새 밖은 한밤중이었다. 나정은 밤하늘을 올려다보았다. 무수한 별빛들이 어둠을 뚫고 반짝였다.

'노스님도, 할아버지도, 다른 어르신들도 저 별빛을 바라보고 계실까?

나정은 한숨을 내쉬었다.

앞으로 어떻게 해야 할지 감이 오지 않았다.

무턱대고 천계의 위치를 찾으러 돌아다니기에는 시간도 부족했고 가능성도 그리 높지 않았다. 뭔가 다른 방법을 찾아야 하는데 뾰족한 수가 떠오르지 않았다.

'이럴 때일수록 느긋하게, 침착하게, 그리고 냉정하게.'

나정은 길게 숨을 들이마셨다. 밤공기의 차가운 기운이 그의 폐부를 가득 메웠다. 정신이 맑아지는 기분이었다. 나정은 그 상태로 눈을 감은 다음 차분하게 생각했다.

맑은 정신, 고즈넉한 분위기 속에서 나정의 상념은 천천히 하나의 형태를 이루기 시작했다. 이윽고 나정은 지금껏 들어서 알게 된, 제각각 정보들의 연결고리를 찾을 수가 있었다.

나정은 눈을 떴다. 그의 얼굴이 조금 전과는 다르게 편안하게 보였다.

나정은 다시 객청으로 향했다. 신주오괴들은 여전히 운기조식 중이었다. 나정 또한 그들의 곁에 앉아서 운기조식을 시작했다.

그가 가부좌를 틀고 운기조식을 시작하는 순간 어제와는 또 다른 기운이, 훨씬 더 부드럽고 안정된 흐름으로 기맥을 타기 시작했다.

부지불식간의 향상.

급할수록 돌아가야 하는 법이었고 그러한 평범한 진리를 진심으로 깨달으면서 나정은 정신적으로도, 또한 무공에 있어서도 조금 더 성장하게 된 것이다.

4

그로부터 닷새가 또 흘렀다.

오행신마력을 배운 신주오괴들은 취불 일행을 함께 찾겠

다는 약속을 잊어버리기라도 한 것처럼 오로지 그 심결을 자기 것으로 소화시키는데 여념이 없었다.

하지만 나정은 굳이 먼저 이야기를 꺼내지 않았다. 초조할 수밖에 없는 나정이었지만 그렇다고 무턱대고 그들을 종용할 수도 없거니와 그렇다고 혼자 움직일 수도 없는 노릇이었다. 그 닷새 동안 나정은 신주오괴들이 오행신마력을 익히는 걸 도와주면서 차후 계획에 대해서 심사숙고했다.

그의 헌신적인 도움 덕분인지 아니면 기존에 익힌 무공과 조화가 이뤄져서인지 신주오괴들의 오행신마력은 단시일 내에 상당한 성과를 이뤄냈다.

흑선노괴가 껄껄 웃으며 말했다.

"이제 어떤 놈과 싸워도 이길 것 같은데."

일양자가 피식 웃었다.

"예전에는 그런 생각을 하지 못했나 보군그래."

흑선노괴는 그를 잠시 노려보다가 문득 어깨를 축 늘어뜨리며 말했다.

"뭐 수십 년 동안 오행마군이 두려워서 늘 도망쳐 다녔으니까 말이지. 그리고 요새는 구중천 놈들과 마주칠까 두려웠기도 했고."

흑선노괴가 순순히 말하는 통에 당황한 건 일양자였다. 그는 뭐라고 이야기를 해야 할지 난감해하다가 입을 열었다.

"그건 나도 마찬가지일세. 하지만 이제는 확실히 달라진 기분이야. 그깟 구중천 놈들, 한 손가락으로 상대할 수 있을 것 같네."

흑선노괴의 얼굴이 밝아졌다.

"자네도 그렇지?"

그때 문득 삼절수라가 물었다.

"하지만 백팔기인 정도의 고수와 싸운다면?"

일순 흑선노괴와 일양자의 표정이 굳어졌다.

물론 신주오괴나 귀문사마는 강호에서 인정하는 일류 급 고수들이었다. 그러나 백팔기인이라면 달랐다. 그들은 절정에 달한 고수들이었고 저 우내십팔천과 비교해도 크게 뒤떨어지지 않은 자들이었다.

아무리 신주오괴가 새롭게 오행신마력을 익혔다고는 하지만 백팔기인과 싸워 이길 수는 없는 노릇이었다.

다시 흑선노괴와 일양자의 어깨가 축 늘어졌다. 정작 질문을 던졌던 삼절수라나 묵묵히 이야기를 듣고 있던 신목귀령 또한 밝은 표정이 아니었다.

입가에 희미한 미소를 머금고 그들의 대화를 듣기만 하던 나정이 문득 입을 열었다.

"안타깝군요."

신주오괴가 그를 돌아보았다. 그리고 첫 번째 질문은 흑선노괴의 몫이었다.

"뭐가 안타깝다는 게냐?"

"그렇게 우울해하시니 말입니다. 사실 어르신들은 더 대단한 능력을 발휘하실 수 있는데 그걸 모르시니 하는 말입니다."

두 번째 질문은 일양자의 몫.

"더 대단한 능력이라니?"

"예를 들자면……."

나정은 말을 끊고 잠시 생각했다. 신주오괴는 궁금하다는 듯이 나정의 곁으로 다가와 앉았다.

"가령 백팔기인 중 한두 명 정도는 해치울 수 있거든요. 다섯 분이 힘을 합치신다면 말이죠."

"에이, 말도 안 돼."

흑선노괴가 손을 내저으며 고개를 돌렸다. 다른 이들도 어이가 없다는 표정이었다.

하지만 나정은 침착하게 말했다.

"뭐 지금대로라면 어르신 말씀대로 말도 안 되는 일이기도 합니다만……."

"그럼 우리가 백팔기인들을 상대할 수 있는 방법이 있다는 게냐?"

"물론입니다."

"그게 뭔데?"

"합격술입니다."

나정은 다시 말했다.

"오행신마합격술(五行神魔合擊術)이라고 하더라구요, 오행 어르신께 들은 이야기대로라면."

일순 신주오괴의 눈이 커졌다. 오행마군이 그렇게 말했다면 확실히 믿을 만한 이야기였다.

"부, 분명히 그렇게 말씀하셨더냐?"

흑선노괴는 말까지 더듬었다. 나정이 말했다.

"오행 어르신께서 말씀하시기를 오행신마력을 익힌 다섯 명이 이 합격술을 펼친다면 당신께서도 감당하기 어려울 것이다라고 하셨습니다."

흑선노괴는 침을 꿀꺽 삼켰다. 그리고는 일양자를 비롯한 동료들을 돌아보았다. 일양자와 삼절수라, 그리고 신목귀령 또한 갈증에 목이 타는 표정들을 하고 있었다.

나정은 덤덤하게 말했다.

"뭐 익히고 싶으시다면야 언제든지 가르쳐드릴 수 있습니다."

흑선노괴는 머리를 긁적이며 한숨을 내쉬었다.

"그건 다시 말해서 이 녀석들과 함께 움직이며 함께 힘을 모아야 한다는 뜻이 아니더냐?"

“물론 그렇죠.”

“그것참…….”

일양자가 아쉽다는 듯이 입맛을 다셨다.

“현실적으로 우리 다섯 명이 함께 모여서 움직인다는 건 힘든 일이지.”

다른 이들도 동의한다는 듯이 고개를 끄덕였다. 나정은 지나가는 말투로 말했다.

“뭐든 배워두면 좋지 않겠습니까?”

신주오괴는 일제히 고개를 끄덕였다.

“그렇지. 뭐든 배워두면 쓸모가 있는 법이니까.”

흑선노괴가 활짝 웃으며 말했다.

그렇게 해서 그들은 다시 오행신마합격술을 익히기 시작했다.

다시 사흘이 흘렀다. 그날 아침, 나정은 침상에 누운 채 늦장을 부렸다. 몸보다는 정신이 지쳐 있었다. 그래서 조금이나마 더 휴식을 취하려고 일어나지 않는 것인데, 그 와중에도 여전히 그의 뇌리는 쉬지 않고 돌아갔다.

어떤 식으로든 천계의 위치를 찾아내는 게 중요했다. 간단하면서도 좋은 방법은 역시 나정 스스로 그곳을 찾는 일이다. 하지만 지금껏 많은 무림인들이 실패했던 일인데, 나정이 간다고 해서 금세 발견될 리는 없을 것이다.

　그러니 두 번째 방법이 필요했다. 뭔가 방법이 있을 것이다.

　나정은 침상에 누운 채 곰곰이 생각했다.

　'구중천의 진법이 천의무봉하다는 건 지저갱의 진법들을 통해서 익히 알고 있지. 그러니 진법에 대해서 거의 모르는 내가 그곳을 찾아가봤자 소용이 없는 거야. 그곳의 위치를 아는 사람을 찾는 게 더 나아.'

　하지만 흑선노괴나 일양자의 말을 빌자면 그곳을 다녀온 사람들 모두 그곳의 위치를 알지 못한다고 했다. 그건 구중천 사람들도 매한가지라고 했다.

　나정은 고개를 저었다.

　'그곳의 위치를 아는 사람이 전혀 없을 리가 없어.'

　구중천의 하급무사들이 아닌, 중요한 임무를 맡고 있는 자들이라면 분명 그 위치를 파악하고 있을 것이다.

　조직의 중추적 인물들을 믿지 못해서 정신을 잃게 만들거나 혹은 기억을 소멸시키는 행위를 한다는 것은 외려 조직의 사기를 떨어뜨릴 수가 있었다. 아무래도 있을 수가 없는 일이었다.

　'하지만 어디에서 구중천의 고위 인물을 찾아낸다는 말인가?

고위직이라면 최소한 회주 아래 당주 급에 해당되는 인물들. 그들의 위치를 찾는 것도 문제이거니와 설령 그들을 찾아낸다 하더라도 문제였다.

그들과 싸워 이길 자신이 있는가.

나정은 진지하게 자신에게 물었다. 그리고 고개를 저었다. 일개 사령과 목숨을 건 싸움을 벌였던 게 불과 한 달도 되지 않았다. 그동안 나름대로 많은 수련을 했고 또 스스로 생각해도 한 계단 더 오른 것 같다는 기분이었지만 그것만으로는 불확실했다.

그러니 나정의 입에서 나오는 건 한숨뿐이었다.

"휴우. 이게 다 내가 모자란 탓이다."

그가 그렇게 중얼거릴 때였다.

"뭐가 다 네가 모자란 탓인데?"

흑선노괴가 문을 열고 들어서며 물었다. 나정이 자리에서 벌떡 일어났다. 흑선노괴의 뒤로 일양자를 비롯해 신주오괴가 따라 들어왔다.

"해가 중천에 떴는데 아직도 누워 있다니, 이 게으른 녀석!"

흑선노괴가 킬킬거리며 말했다.

나정은 문득 그 소리가 취불의 나무람처럼 들려서 가슴이 찡해왔다. 흑선노괴는 나정의 얼굴을 보고는 고개를 갸웃거렸다.

"어라? 우는 게냐?"

"울긴요."

나정은 씩씩하게 말했다.

"그런데 어쩐 일로 제 방에 이렇게 다들 모이셨어요?"

"아, 그거 말이다. 우리끼리 조금 계획을 짜봤는데……."

흑선노괴는 침상 옆 차탁에 앉으며 말했다.

"아무래도 우리가 직접 천계를 찾는 것보다는 천계의 위치를 아는 놈을 잡는 게 더 빠를 것 같더구나."

흑선노괴의 말은 나정이 했던 조금 전의 생각과 일치하고 있었다, 문제는 그 위치를 아는 자를 어떻게 찾느냐 하는 것인데.

"그래서 고민해 봤는데……."

흑선노괴가 은근슬쩍 말꼬리를 흐렸다. 나정의 애를 태우려는 속셈이었다. 하지만 일양자가 그 뒷말을 가로챘다.

"구중천뢰에 가보는 게 어떨까 싶다."

"내가 말하려고 했잖아!"

흑선노괴가 버럭 소리쳤다. 하지만 누구 하나 그에게 신경 쓰지 않았다. 나정은 일양자를 돌아보며 물었다.

"구중천뢰요?"

일양자는 고개를 끄덕였다.

"그래. 그곳을 책임지는 뢰주(牢主)라면 충분히 구중천의 위치를 알고 있을 테니까. 거기에다가 구중천뢰에 갇혀 있는 자들 중에서도 천계의 위치를 알고 있는 인물들이 있을 것이다."

"그런가요?"

"그래. 구중천뢰에는 구중천의 일급 범법자들이 갇혀 있거든. 구중천에 반기를 든 자들은 물론이거니와 내부의 배신자들도 있으니까."

일양자의 말에 나정의 눈이 반짝였다.

"그렇다면 당장 가야죠!"

하지만 신주오괴의 표정은 여전히 신중했다. 나정은 그들의 표정에서 뭔가를 읽은 듯 다시 침착한 어조로 물었다.

"뭐가 문제인데요?"

잠자코 있던 신목귀령이 입을 열었다.

"뢰주."

"뢰주요?"

"그래."

신목귀령이 말했다.

"그는 다름 아닌 구천시왕 중의 한 명이거든."

삼절수라가 말을 받았다.

"그만큼 강하다는 거지. 게다가 한때 우내십팔천 중의 한 명이었고."

 '우내십팔천?

나정의 얼굴이 창백해졌다.

바로 그때였다. 방문이 덜컹 열렸다. 사람들의 시선이 일
제히 그쪽으로 향했다. 풍만한 육체와 뇌쇄적인 미모를 지닌
여인이 방 안으로 들어왔다.

사람들의 눈이 휘둥그레졌다. 특히 나정은 놀라 입을 다물
지 못했다. 그렇게 느닷없이 나정의 방으로 들어선 여인은 바
로 염화선자였던 것이다.

"어라? 임자가 여기 웬일인가. 지금쯤 귀문사마가 어디 있
는지 찾기 위해서 동분서주해야할 사람이?"

흑선노괴가 떨떠름한 표정을 지으며 말했다. 염화선자는
피식 웃고는 침상으로 걸어와 걸터앉으며 나정을 바라보았
다. 그 눈빛이 하도 부드럽고 따뜻해서 나정은 어찌할 바를
몰랐다.

"임자 성격에 설마 포기한 건 아닐 테고?"

흑선노괴는 다시 경계하듯 물었다.

"포기는 무슨 포기? 임무를 끝냈으니까 돌아온 것뿐이죠."

다시 한 번 사람들의 눈이 휘둥그레졌다.

"벌써?"

"설마?"

　　사람들의 입에서 믿을 수 없다는 듯 의혹의 일성들이 터져 나왔다. 염화선자는 기분 나쁘다는 듯 그들을 째려보고는 다시 나정을 향해 방긋 웃으며 말했다.

　　"생각해 보니까 굳이 내가 발품을 팔 필요가 없더라구요. 천하에 으뜸가는 정보조직이 있는데 왜 내가 힘들게 직접 귀문사마를 찾아요? 멍청하게시리."

　　"으음."

　　신음성을 흘린 건 일양자였다.

　　"설마 자네도 개방을……."

　　"왜 아니겠어요?"

　　염화선자는 일양자를 돌아보며 웃었다.

　　"개방 하니까 말이죠. 꽤 오래 전부터 나와 어떻게 해보려고 안달이 났던 작자가 떠오르지 않겠어요? 물론 그 호색 변태 늙은이를 찾는데 시간이 조금 걸렸죠. 거의 열흘 가까이 찾아다녀야 했으니까요."

　　염화선자는 한숨을 쉬었다. 하지만 곧 방긋 웃으며 말을 이어나갔다.

　　"하지만 그 영감태기를 만나서 그의 입을 통해 귀문사마의 행적이 흘러나오기까지는 한 시진이면 충분했어요."

　　그녀는 의기양양하게 말했다. 흑선노괴가 의구심 가득한 눈빛으로 염화선자를 훑어보며 말했다.

“설마 또 그 육체 공세를…….”

“육체 공세라니요? 불결하게.”

염화선자는 짜증내듯 말했다.

“그냥 줄 듯 말 듯 애만 태웠을 뿐이에요. 남자나 여자나 자신이 원하는 걸 얻게 되면, 그것으로 모든 게 끝나는 법이니까요. 결코 주면 안 되는 거죠.”

“그런데 그 호색 변태 영감태기는 결국 자네에게 그 정보를 주고 말았군그래.”

일양자는 탄식했다. 역시 청수하고 탈속해 보이는 그도 신주오괴 중 한 명이었다. 타인의 행복이 곧 자신의 불행이며 남이 이득 보는 게 배 아픈 사람들.

“그 호색 변태 영감태기가 누군지 궁금한데.”

흑선노괴가 투덜거렸다.

“다음에 내가 만나게 되면 임자에게 무언가 원하는 걸 받을 때까지 결코 먼저 내 주지 말라고 가르쳐주고 싶단 말이지.”

그 말에 염화선자는 혀를 내밀었다. 듣고 있던 나정이 불쑥 물었다.

“그래서, 귀문사마는 지금 어디에 있는데요?”

염화선자는 한쪽 눈을 찡긋거렸다.

“물론 약속…….”

나정이 서둘러 말했다.

"약속은 반드시 지킵니다."

"좋아."

염화선자는 어깨를 으쓱거리며 말했다.

"바로 북망산에 있대."

일순 사람들은 황당하다는 눈빛으로 서로를 돌아보았다. 나정 또한 비슷한 눈빛이었다. 염화선자는 그들의 반응이 이상하자 고개를 갸웃거리며 물었다.

"왜? 북망산이 왜?"

나정은 한숨처럼 중얼거렸다.

"구중천뢰가 북망산에 있으니까요."

二. 협행지도

1

사방에서 고함 소리가 들려왔다. 이곳저곳에서 병장기 부딪치는 소리가 들렸고 간헐적으로 단장이 끊어지는 듯한 비명 소리도 들려왔다.

"헉헉."

숨이 턱까지 차올랐지만 결코 쉴 틈이 없었다. 그는 빠르게 나뭇가지를 박차며 신형을 날렸다. 나뭇잎들이 자지러지게 소리치며 파닥였다.

"절 두고 가세요, 진 사부."

그의 옆구리에 낀 소녀가 할딱거리며 중얼거렸다. 그는 나뭇가지에서 다른 나뭇가지로 쏜살처럼 이동하며 대꾸했다.

"헛소리."

"아니에요. 이러다가는… 결국… 잡힐 거예요."

소녀는 말하기도 벅찬 듯 띄엄띄엄 숨을 몰아쉬었다.

"말할 힘이 있으면 체력부터 회복해라."

오로지 앞만 보고 내달리는 그의 목소리는 여전히 딱딱했다. 하지만 그 속에 담겨 있는 잔정을 모를 소녀가 아니었다. 그녀는 입술을 깨물었다.

'지혈을 했지만 워낙 부상이 커서 쉽게 움직이지 못해. 이 상황에서 나는 그저 진 사부의 짐만 될 뿐이야. 차라리 내가 없어진다면……'

사부 혼자라면 충분히 이 포위망을 벗어날 것이다.

소녀는 모진 결심을 했다. 그렇게 결심하자마자 곧장 사내의 어깨를 떠밀며 그의 옆구리에서 빠져나왔다. 눈 깜짝할 사이에 그녀는 나무 아래로 굴러 떨어졌다.

사내는 워낙 창졸간에 벌어진 일이라, 또한 오로지 도주하는 데에만 정신을 집중하고 있던 터라 미처 그녀의 행동을 눈치채지 못했다.

"이런!"

소녀가 자신을 떠밀고 나무 아래로 떨어지는 순간, 그의 입에서 짧은 책망의 말이 새어나왔다. 그는 곧바로 방향을 바꾸며 추락하는 소녀를 향해 빠르게 날아갔다. 그 광경을 본 소녀가 울상을 지었다.

'절 버리세요!'

하지만 그녀의 목소리가 입 밖으로 나오기도 전에 사내는 번개처럼 날아 들어와 그녀를 껴안고 지면에 안착했다. 사내는 소녀를 내려다보며 말했다.

"자꾸만 엉뚱한 생각하면 볼기를 때려줄 테다."

소녀의 얼굴이 발그스름 물들었다. 무안해진 그녀가 변명처럼 입을 열려는 순간이었다. 사내는 안색을 급변하며 소녀의 입을 막았다. 그리 멀지 않은 곳에서 인기척이 느껴진 것이다.

사내는 소녀를 안고 수풀 우거진 쪽으로 이동한 후 몸을 숙였다. 인기척들은 점점 가까워졌고 이윽고 그들의 대화 소리가 두런두런 들려왔다.

"이것 참, 길을 잃은 것 같은데."

"북망산에 가기도 전에 이 모양이니 원……."

"허어, 자꾸만 정신 헷갈리게들 할 거요?"

늙수그레한 목소리와 중년 사내의 목소리가 번갈아 들려왔다. 수풀 속의 사내는 들려오는 대화를 들으며 그 인기척들의 수를 헤아렸다.

'남자 넷, 여자 하나… 모두 다섯 명인가? 다들 상당한 내

공을 지닌 고수들이다.'

그나마 다행인 것은 저들이 나누는 대화로 짐작하건대, 자신들을 뒤쫓는 자들과는 전혀 상관없는 인물들 같다는 점이었다.

하지만 상황이 상황이니만큼 조심해야만 했다. 그는 품 안의 소녀를 덤불 한쪽 구석에 누이며 소곤거렸다.

"예서 가만 있거라."

소녀는 고개만 까닥거렸다. 그때였다.

"잠깐만요."

젊은 목소리가 덤불 너머에서 들려왔다. 일순 수풀 속의 사내는 인상을 찌푸렸다.

'이런. 여섯 명이었군.'

사내는 긴장했다.

나름대로 자신의 무공에 관해서 자부심을 느끼고 있는 그였다. 그런 자신의 이목으로도 미처 찾지 못한 인기척이라니. 그게 또 저 젊은 목소리의 주인이라니.

"아무래도 공기가 좋지 않아요."

젊은 목소리가 다시 들려왔다.

"응? 산속 공기가 다 이렇지 뭐."

늙수그레한 목소리의 말에 젊은 음성이 조금은 낮게 이어졌다.

“그게 아니라… 곳곳에 살기가 감돌고 있어요. 게다가…….
쉿!”

젊은 음성의 말을 끝으로 대화가 중단되었다. 그러자 멀리서 희미하게 들려오는 소리들이 있었다. 병장기 부딪치는 소리, 고함 소리, 그리고 단말마.

“그렇구나. 싸움이 벌어지고 있었네.”

늙수그레한 음성이 들렸다.

“도대체 무슨 일이지? 이 흑수산(黑穗山)이 비록 험준하고 산세 깊다고는 하지만 산적이 있다는 소리는 들어보지 못했는데 말이야.”

흑수산은 산적뿐만 아니라 평소 오가는 이들도 그리 많지 않은 산이었다. 워낙 경사 가파르고 굴곡이 심하며 절벽이 많은 산이라서 어지간한 사냥꾼이나 약초꾼이 아니면 들어설 생각조차 하지 않았다.

“이것 참… 괜히 이곳이 지름길이라고 해서 따라온 게 실수였어.”

대화가 다시 이어졌다.

“그게 뭔 소리요? 그러니까 꼭 이곳이 지름길이라고 나만 말한 것 같소이다.”

“뭐, 물론 나도 그렇게 생각하기는 했지만 굳이 이 흑수산을 넘자고 하지는 않았잖은가? 괜히 이곳으로 와서 길을 잃고 또 엉뚱한 소동에 휩싸이게 되게 생겼으니……."

"말은 바로 합시다. 내가 이곳이 지름길이라고 했을 때 흑
선 당신이 가장 크게 맞장구를 쳤소. 비록 산이 험하지만 돌
아가는 것보다 닷새는 빠를 거라고 말이오."

수풀 속에서 사내는 티격태격하는 대화를 들으며 잠시 저
들의 정체에 대해서 생각해보았다.

'흑선이라……. 강호에서 흑선이라는 별호를 가진 이
가…….'

바로 그때였다.

사내의 등 뒤, 그러니까 대화가 들려오고 있는 곳과는 정
반대쪽에서 불쑥 한 인영이 튀어나왔다. 사내는 뒤늦게야 그
기척을 느끼고는 '아차!' 하며 황급히 몸을 돌렸다.

'벌써 쫓아온 건가?'

사내는 이를 악물며 다짜고짜 낯선 자를 향해 주먹을 내질
렀다. 하지만 낯선 자는 가볍게 어깨를 틀어서 사내의 일격을
피해냈다. 사내가 다시 주먹을 휘두르려고 했지만 그는 이내
두어 걸음 뒤로 물러나며 빠르게 입을 열었다.

"어어, 진 어르신?"

사내, 진서문은 상대가 자신을 알아보는 눈치를 보이자 더
이상 공격을 하지 않았다. 하지만 여전히 경계심을 늦추지 않
은 채 자세를 낮추며 그를 노려보았다.

갓 스무 살을 넘겼을까. 어깨까지 기른 장발이 덥수룩해 보이는 젊은 청년이었다. 순박해 보이는 인상에 맑은 정광이 빛나는 눈빛을 지닌 청년은 믿을 수 없다는 시선으로 사내, 진서문을 바라보고 있었다.

'어디서 본 듯한 얼굴인데…….'

진서문이 그렇게 생각할 때, 청년이 얼른 한 손을 세로로 세우며 허리를 굽혔다.

"이조암의 나정이 진 어르신을 뵙습니다. 정말 오래간만이네요. 북망산으로 가셨다는 소문을 들었는데 예서 뵙게 되다니요."

"나정?"

진서문의 눈이 커졌다.

"네가 그 나정이라는 말이냐? 취불 어르신의 제자……."

"네, 그렇습니다."

진서문은 나정의 아래위를 훑어보았다. 정말이지, 몰라볼 정도로 달라진 모습이었다. 하지만 자세히 보니 그 눈빛만큼은 예전의 그 동자승 때와 마찬가지로 순수한 빛을 발하고 있었다.

"그렇구나. 그런데 이곳에는 무슨 일로?"

진서문이 그렇게 물어볼 때였다. 그의 등 뒤, 그러니까 애당초 대화가 들려왔던 쪽의 덤불을 뚫고 다섯 명이 한꺼번에

들이닥쳤다. 진서문은 깜짝 놀라며 황급히 몸을 돌렸다. 그리고는 허리춤에서 판관필을 꺼내들며 대적할 준비를 했다.

나정이 얼른 말했다.

"아, 제 일행 분들입니다."

아니나 다를까, 그들은 신주오괴들이었다. 진서문은 재빨리 판관필을 거둬들였다. 흑선노괴가 눈살을 찌푸리며 말했다.

"상대가 누구인지 확인하기 전에 병장기를 휘두르려 하다니, 귀문사마가 겨우 이 정도였나?"

진서문의 눈썹이 꿈틀거렸다. 상대가 신주오괴임을 모르는 진서문의 입장에서는 꽤나 불쾌할 법한 말투였다.

진서문은 덤불 안쪽으로 들어온 자들을 일일이 바라보았다. 나이나 풍기는 기도로 보아 범상치는 않아 보이는 인물들이다. 하지만 그렇다고 귀문사마를 업신여기는 식의 말을 할 정도로 대단해 보이지는 않았다.

그때 나정이 얼른 다가와 수인사를 시켰다.

"다들 처음 만나는 건가 보네요. 이쪽은 귀문사마의 마유진 어르신입니다. 그리고 이쪽은 신주오괴 분들이십니다."

진서문의 눈빛이 가볍게 흔들렸다. 신주오괴라면 강호 일류의 고수들. 그러니 저들이 뿌리는 기세가 남다른 게 당연했다.

하지만 그렇다고 해서 귀문사마라는 별호 역시 신주오괴

에게 꿀릴 위명은 아니다. 강호에 알려진 정도라면 외려 귀문사마가 더 유명했다.

그러나 어디까지나 상대는 무림의 선배들, 진서문은 두 손을 잡고 고개를 숙였다.

"귀문사마의 진서문이 여러 선배를 뵙소이다."

흑선노괴가 코웃음을 쳤다.

"뵙소이다?"

그 말투가 마음에 들지 않는 모양이었다. 진서문은 손을 내렸다. 그리고는 싸늘한 기색으로 흑선노괴를 노려보고는 나정을 돌아보며 말했다.

"어쨌든 예서 이럴 시간이 없다."

그의 표정은 다급해 보였다.

"무슨 일이신데요?"

나정이 물었다. 진서유의 얼굴이 딱딱하게 굳었다.

2

악양을 떠난 지 이레째. 나정 일행이 험난하기로 소문난 굳이 흑수산에 오른 이유는 간단했다. 흑수산을 넘으면 바로 북망산, 즉 흑수산과 북망산은 몇 개의 봉우리를 두고 이어져 있었던 까닭이다.

북망산에는 구중천뢰가 있었고 또 귀문사마가 있었다. 한 시라도 빨리 그곳으로 가서 귀문사마를 만나야하는 입장이었다.

구중천뢰는 북망산 산줄기 최북단에 위치한 초연봉에 자리를 잡고 있었다. 그러니 그곳을 가는 최단 지름길은 바로 흑수산을 넘어 곧장 북상하는 길이라 할 수 있었다.

그런데 안내를 맡은 신목귀령이 길을 잃고 헤매는 바람에 이곳저곳 떠돌던 와중, 나정은 덤불 속의 인기척을 느끼고 신주오괴들에게 눈짓을 보냈다. 그리하여 나정은 신주오괴들이 잡담을 늘어놓으며 그들에게 시선을 쏠리게 하는 동안 덤불 뒤로 돌아가서 그 속에 숨어 있던 자를 찾아낸 것이다.

물론 그때까지만 하더라도 그 자가 놀랍게도, 북망산에 있을 줄 알았던 귀문사마의 진서문일 줄은 꿈에도 생각하지 못했지만.

3

"길게 설명할 시간이 없다. 대신 부탁할 게 있다. 나를 좀 도와다오."

진서문은 설명 대신 나정을 향해 허리를 숙였다. 깜짝 놀란 나정이 그를 일으켜 세우며 말했다.

"부탁이라니요, 당치도 않습니다. 말씀만 하시면 무슨 일이든 하겠습니다. 여기 어르신들도 도와드릴 겁니다."

거기까지 말한 나정은 신주오괴들에게 눈짓을 건넸다. 일양자가 웃으며 말했다.

"이 아이의 친구는 곧 우리의 친구, 그러니 우리도 한 몫 거들 수 있다면 두 소매를 걷고 달려들 것이오."

흑선노괴가 인상을 찡그렸다. 나정에게 좋은 점수를 딸 기회를 놓친 것이다.

"고맙습니다."

진서문은 신주오괴를 향해 손은 모아 인사한 다음 빠른 어조로 말했다.

"내 동료들이 곤경에 처해 있습니다. 지금 각자 패가 갈리어 도주하고 있는데… 그들을 도와서 이곳을 빠져나가게 해주시면 훗날, 목숨으로 이 빚을 갚겠습니다."

도움을 청하는 입장이 되어서일까. 그의 말투는 달라졌다. 나정이 무조건 그렇게 하겠다고 대답하려는 순간 신목귀령이 먼저 입을 열었다.

"누구에게 쫓기는 것이오?"

진서문은 살짝 망설이다가 대답했다.

"구중천뢰."

일순 나정을 비롯한 신주오괴의 얼굴빛이 확 달라졌다. 나정의 말을 믿지 않았는데, 정말 귀문사마는 구중천과 대항하여 싸우고 있는 것이었다.

물론 그들과 달리 나정은 이미 예상했다는 얼굴이었다. 염화선자로부터 귀문사마가 북망산에 있다는 이야기를 들은 순간, 바로 구중천뢰를 떠올렸으니까.

진서문이 다시 입을 열었다.

"구중천뢰의 열쇠를 훔치다가 그만 들통나는 바람에 이렇게 쫓기는 중입니다."

"열쇠라니요?"

나정이 고개를 갸웃거릴 때 흑선노괴가 재빨리 말했다.

"구중천뢰에 갇힌 죄인들을 풀어줄 수 있는 열쇠일 게다. 다름 아닌 귀문사마가 노릴 정도의 열쇠라면 그것 밖에 없겠지."

진서문은 고개를 끄덕이며 말했다.

"맞습니다. 그 열쇠만 있으면 구중천뢰의 실력자들과 맞부딪치지 않고서도 그곳에 갇혀 있는 많은 군웅을 구할 수 있으니까요."

염화선자가 조금은 의심스럽다는 눈초리로 진서문을 바라보며 물었다.

"그런데 왜 다른 정파의 무인도 아닌 귀문사마가 그들을 구하려 하는데요?"

진서문은 당연하다는 듯이 대답했다.

“그들은 구중천에 항거하다가 잡힌 자들입니다. 그러니 당연히 구해야하죠.”

나정은 크게 고개를 끄덕이며 기뻐했다.

“역시 귀문사마 어르신들입니다. 비록 사람들은 어르신들을 오해하고 있지만 여전히 강호를 위해 목숨을 아끼지 않고 협행지도(俠行之道)를 걷고 있으니 말입니다.”

“협행지도니, 사람들이 알아주지 않느니 하는 것은 그리 중요하지 않다. 우리는 그저 우리가 해야 할 일을 하고 있을 뿐이니까. 누구나 그렇지 않겠느냐?”

진서문의 담담한 말에 신주오괴들은 고개를 숙이거나 외면했다. 조금은 부끄럽다는, 혹은 겸연쩍어하는 빛이 그들의 얼굴에 스며들었다.

그때였다.

덤불 속에서 희미한 신음 소리가 들려왔다. 나정을 비롯한 신주오괴들이 경각심을 일으킬 때 진서문이 ‘아차!’ 하는 표정을 지으며 황급히 그곳으로 달려갔다. 그는 덤불 깊숙한 곳에 숨겨진 것처럼 누워 있던 소녀를 품에 안았다.

‘음? 어디서 본 얼굴 같은데……’

진서문 곁으로 다가온 나정은 그녀의 얼굴이 어딘지 낯이 익다는 기분이 들었다.

열예닐곱 살 정도 되었을까. 꽤나 아름다운 미모를 지닌 소녀는 부상이 심한 까닭인지 혼절한 상태였다. 조금 전의 신음도 혼절한 상태에서 자기도 모르게 흘린 것이리라.

"많이 다쳤군요."

나정의 말에 진서문은 고개를 끄덕이며 말했다.

"내상이 심해. 얼른 좋은 의생을 찾아서 제대로 치료해야 하는데……."

그때였다. 삼절수라가 앞으로 나서며 말했다.

"내가 볼 수 있겠소?"

진서문이 돌아보자 삼절수라는 힐끗 나정을 보며 다시 말했다.

"대단하지는 않지만 내 삼절(三絶) 중에 의(醫)가 있으니까."

나정은 깜짝 놀랐다.

"삼절이라는 게 하늘과 땅과 사람이라는 뜻이 아니었나요?"

삼절수라는 인상을 찌푸렸다.

"그거와 삼절과 무슨 상관인데?"

원래 무림인의 별호에서 절(絶)이라는 단어는 어느 한 분야의 고수임을 뜻했다. 삼절(三絶)은 즉 세 가지 분야의 고수라는 의미, 삼절수라의 경우에는 암기, 오행신마력 중 금력(金力), 그리고 의술에 있어서 나름대로 일가견이 있었다.

무공은 꽤 높은 경지에 이르렀지만 강호의 세세한 일에 대해서는 무지한 까닭에 나정은 미처 그런 사실을 알지 못한 것이다. 나정이 흑선노괴에게 설명을 듣는 동안 삼절수라는 묘령의 소녀를 진맥하기 시작했다.

곁에서 초조한 얼굴로 그 광경을 지켜보던 진서문은 문득 자신이 도주해왔던 방향으로 고개를 돌렸다. 희미하게 들려오던 고함 소리들이 점점 더 가까워지고 있었다.

삼절수라는 품에서 상비약을 꺼내 소녀의 입에 넣은 다음 일으켜 앉게 만들었다. 그리고 나정을 돌아보며 물었다.

"혹시 달마보리진기를 익혔나?"

나정의 스승이 취불임을 감안하고 물어본 것이다.

나정은 고개를 끄덕였다.

"네. 아직 많이 부족하지만……."

"잘 되었군. 내상을 치유하는데 달마보리진기만큼 훌륭한 내력은 없으니까."

삼절수라는 나정에게 손짓하며 말했다.

"이 아이의 명문혈에 손을 대고 달마보리진기를 주입하게. 그 진기의 운용에 대해서는 내가 일러주는 대로 따라만 하면 되네."

나정은 그의 말에 따라 소녀의 등 뒤로 다가가 앉았다. 그리고 내공을 운기하면서 소녀의 명문혈에 손을 댔다. 그가 무생화천의 기운에 의해 심마에 빠져들었을 때 취불도 이런 식으로 자신을 치유했던 기억이 떠올랐다.

나정은 호흡을 가다듬으며 눈을 감았다. 그리고 당시 취불이 운기했던 그 진기의 운용방법을 생각하며 그녀의 명문혈에 진기를 불어넣었다. 일순 혼절해 있던 그녀의 온몸이 경련을 일으켰다. 나정은 황급히 진기의 양을 조절했다.

옆에서 삼절수라가 빠른 어조로 여러 혈도를 읊었다. 그 혈도를 따라 진기를 이동하라는 것이다. 나정은 소녀의 명문혈로 불어넣은 자신의 진기를, 그녀의 혈도를 따라 천천히 움직여 나갔다.

"막힌 부분이 있을 게다. 그 부위를 다독이고 어루만지듯, 어머니의 손길로 감싸고 보살피듯 부드럽게 진기를 운행하라."

삼절수라의 말대로였다. 나정의 진기는 얼마 가지 못해서 더 이상 앞으로 가지 못하고 멈춰야만 했다. 내상을 입으면서 손상당한 혈맥인 것이다.

나정은 침착하게 진기를 운용했다. 또다시 소녀의 몸이 부르르 떨렸다. 진서문이 주먹을 불끈 쥐며 중얼거렸다.

"힘내라, 다라야."

'다라?'

나정의 귀가 쫑긋거렸다.

다라라니.

그렇다면 이 미모의 소녀가 천외조수 황숭의 의손녀였다는 것인가. 나정을 가리켜 동자 악귀라고 불렀던, 또 나정을 소림의 비밀 제자라고 착각하여 비무를 벌인 적이 있던, 그 보타암의 귀여운 쌍쪽머리 계집애였다는 말인가.

"집중해라!"

삼절수라의 목소리가 나정의 정신을 일깨웠다. 다라의 몸이 크게 경련을 일으키고 있었다. 나정이 상념에 빠지는 바람에 진기의 유입량이 일정해지지 않았고, 그 까닭에 다라가 주화입마에 걸리려는 순간이었다.

나정은 얼른 정신을 집중하여 진기의 양을 조절했다. 그리고 삼절수라의 지시에 따라 진기를 운용했다.

이윽고 나정은 다라의 명문혈에서 손을 뗐다. 그녀가 뒤로 나가떨어지려는 것을 삼절수라가 재빨리 부축하여 자리에 눕혔다. 그리고는 진지한 얼굴로 다라의 맥을 짚었다.

진서문이 초조하게 그 광경을 지켜보는 가운데, 나정은 한 쪽으로 물러나 운기조식을 시작했다. 그의 얼굴이 창백해진 걸로 보아 이번 일로 상당한 심력을 소모한 것 같았다.

"역시……."

삼절수라가 고개를 끄덕이며 말했다.

"천하십대내력 중의 하나인 달마보리진기답군그래. 막힌 혈도와 손상된 혈맥 대부분이 치유되었소. 위험한 상황은 지나갔소이다. 이제 안정을 취하고 좋은 약으로 다스리면 한 달 후 정상으로 돌아올 것이오."

그는 품에서 상비약을 꺼내 그 중 몇 알을 진서문에게 건네
며 말을 이었다.

"닷새에 한 번씩 새벽 동틀 무렵 이 알약을 먹이고 운기조
식을 시키시오. 그렇게 한다면 조금 더 빨리 완쾌할 수 있을
것이오."

진서문은 공손하게 알약을 받아들며 허리를 숙였다.

"감사합니다. 이 은혜, 훗날 목숨으로 갚겠습니다."

나정은 그 진지한 목소리를 들으며 내심 감동했다.

그는 진서문의 자긍심이 얼마나 높은지 잘 알고 있었다. 저
천하의 취불 앞에서도 진서문은 당당했다. 결코 약하거나 부
족한 모습을 보여주지 않았다.

그런 진서문이 지금 저렇게 허리를 숙이고 있는 까닭은 오
로지 다라의 안위 때문이었다. 또 동료들에 대한 걱정 때문이
었다. 자신이 아니라 타인을 위해서 허리를 숙인다는 게 얼마
나 대단한 일인지, 적어도 나정은 알고 있었다.

그래서 나정은 신주오괴들을 둘러보며 빠른 어조로 말했다.

"자, 그럼 이제 다른 귀문사마 분들을 찾아봐야죠."

1

“빌어먹을!”

뚱뚱한 중년 사내가 거칠게 소리치며 주판을 휘둘렀다. 쇠로 된 주판은 가공할 기세로 상대의 턱을 후려쳤고, 픽! 하는 소리와 함께 상대의 턱이 박살 났다. 동시에 뚱보는 팽이처럼 몸을 회전하며 등 뒤에서 칼을 휘두르던 자의 발을 걸어 쓰러뜨리고는 그 머리를 향해 주판을 내려찍었다.

눈 깜빡할 사이에 두 명의 적을 해치웠지만 여전히 적들은 고함을 내지르며 덤벼들었다.

“어디서 감히!”

뚱보는 크게 고함치며 주판을 휘둘렀다. 막강한 경기가 태풍처럼 휘몰아쳤다. 그 강렬함에 놀랐는지 잠깐이나마 적들의 기세가 주춤해졌다. 덕분에 뚱보는 잠시 한숨을 돌리고 주변을 돌아볼 여유를 가질 수 있게 되었다.

적의 수는 대략 오십여 명, 반면 이쪽은 단 둘. 역시 수적으로 확실히 불리한 싸움이었다. 그나마 다행인 것은 아직 놈들의 주력이 당도하지 않았다는 점이다. 이 상태에서 좀 더 강한 자들이 몰려온다면…….

'역시 한 사람이라도 도망치는 게…….'

뚱보, 그러니까 인육상이라는 어마어마한 별호를 지닌 포단은 눈동자를 이리저리 굴리며 각오를 다진 후 소리쳤다.

"이곳은 내가 맡을 터이니 얼른 후퇴하시오, 누이!"

포단과는 약 이십여 장 떨어진 곳에서 용두지팡이를 휘두르며 싸우고 있던 노파, 흑대낭랑이 그 소리를 듣고는 성질을 부리듯 소리쳤다.

"내가 왜 후퇴를 해? 여긴 내가 맡을 테니까 너나 얼른 가서 가가와 아가를 도와줘!"

"그쪽은 대형이 있으니 괜찮겠죠! 우리가 문제입니다!"

"무슨 소리? 그쪽에는 다라와 려운까지 있어서 운신하기가 힘들 거라구!"

두 사람은 적들과 한데 뒤엉켜 싸우면서 서로 자신이 맡을 터이니 도망치라고 종용했다. 하지만 그렇게 의견이 맞지 않아 시간을 끄는 가운데 그들을 둘러싼 포위망은 점점 더 좁혀지고 있었다.

아무래도 불길했다. 하늘마저 갑자기 어두워지기 시작했다. 소나기라도 내릴 듯한 모양이었다. 멀리서 우뢰까지 내려쳤다.

"젠장, 날씨조차 더럽구나!"

포단은 크게 소리치며 주판을 휘둘렀다. 철로 만든 주판이 허공을 가를 때마다 우웅! 거리며 바람 소리가 세차게 울려 퍼졌다. 그 무섭고 흉흉한 기세에 적들은 주춤거리며 물러났지만 그것도 잠시, 곧바로 흉악한 고함을 터뜨리며 덤벼들었다.

그렇게 일진일퇴의 공방이 이어지면서 포단은 점점 수세에 몰리기 시작했다. 무려 오십 근이 넘는 쇠주판을 수백 번, 수천 번이나 휘둘렀다. 샘처럼 끊이지 않고 흘러나오는 내공이 아니고서야 결국에는 기력이 떨어지고 체력도 쇠진할 수밖에 없었다.

체력이 달리고 기력도 소진되자 무엇보다 반응 속도가 느려졌다. 상대가 칼을 휘두르는 걸 뻔히 보면서도 한 걸음 늦게 피하거나 상대의 허점을 알면서도 미처 몸이 따라가지 못해 제대로 응징하지 못하는 식의.

그런 까닭에 몇 차례의 칼질을 얻어맞고 피를 흘리게 되면서 더더욱 몸이 느려졌다. 고통은 정신을 집중하지 못하게 만들었고 출혈은 의식을 흐릿하게 만들었다.

"한 마리 범이 백 마리 늑대를 당해내지 못하는구나!"

포단은 크게 주판을 휘두르며 껄껄 웃었다.

전신이 선혈로 뒤범벅이 된 상태에서 그렇게 소리치자 흉신악귀가 따로 없었다. 기세등등하게 덤벼들던 적들이 놀라 움찔거릴 정도의 기개가 넘쳐흘렀다.

하지만 상황은 극도로 좋지 않았다. 적의 수는 점점 더 불어났으며 흑대낭랑 역시 저들을 감당하지 못하고 비틀거렸다. 불과 한 식경도 버티지 못할 듯싶었다.

그때였다.

한 무리의 사람들이 적들의 뒤쪽에서 바람처럼 날아들었다. 그들은 다짜고짜 살수를 날리기 시작했다. 그들의 무공은 상당히 강하고 악랄했으며 손속은 더없이 잔인했다. 그들이 한 번 손을 쓸 때마다 비명과 더불어 선혈이 사방으로 튀었다.

"뭐냐? 또 다른 적이다!"

"뒤쪽이다! 다들 놈들을 죽여라!"

구중천뢰의 무사들이 연신 소리치며 그들에 대항하여 싸우기 시작했다. 덕분에 한숨 돌리게 된 포단은 안전한 곳으로 피신하여 그 광경을 지켜보았다.

불과 다섯 명 뿐이었지만 마치 양 떼에 난입한 호랑이들처럼 이리저리 날뛰며 구중천뢰의 무사들을 해치우는데, 그 기세와 실력이 결코 귀문사마에 비해 떨어지지 않았다.

그 다섯 명들 중 포단의 눈을 사로잡은 사람은 개중 가장 젊은 청년이었다. 그의 실력은 다른 네 명의 그것보다 훨씬 뛰어났으며, 손속 또한 다른 이들과는 달리 너그럽고 자비로워서 결코 사람들을 쉽게 해치지 않았다. 그가 손을 한 번 움직일 때마다 적들은 마치 잠든 듯 그 자리에 쓰러졌다.

'점혈이로구나!'

포단은 고개를 끄덕였다.

그 혈도를 제압하는 솜씨만으로도 충분히 강호 일절이라 불릴 만했다. 점혈법으로 유명한 진서문조차 저 정도로 예리하고 매서운 솜씨를 발휘하지는 못했다.

어쨌든 그들의 활약 덕분에 한숨 돌린 포단은 흑대낭랑을 찾았다. 그녀 역시 자신을 상대하던 적들이 모두 새로 나타난 다섯 명에게 몰려간 까닭에 몇 걸음 물러난 곳에서 휴식을 취하고 있었다.

마침 그녀 역시 포단을 찾아 고개를 돌렸다. 두 사람의 눈이 마주쳤다.

'누구지?

혹대낭랑의 눈빛을 본 포단이 고개를 저었다. 이제 갓 약관을 벗어난 듯한 청년이나 냉막한 인상의 중년인들, 그리고 백발이 성성한 늙은이들 모두 포단과는 안면이 없는 자들이었다. 물론 포단은 저들이 진서문을 돕기로 약속한 나정과 신주오괴라는 사실을 알리가 없었다.

'아니, 왠지 저 청년은 낯이 익은 것 같은데?

포단이 나정을 보며 그런 생각을 할 때였다.

"포 아우!"

진서문이 뒤늦게 나타나 소리쳤다. 그의 품에는 다라가 죽은 듯이 안겨 있었다. 그 모습을 본 포단이 크게 소리쳤다.

"다라는? 다라는 어찌 되었습니까?"

진서문이 신법을 발휘하여 다가왔다. 그러나 구중천뢰의 무사들이 그가 곁을 지나치는 걸 가만 놔두고 볼 리가 없었다. 그들은 진서문이 빠르게 날아들자 맹렬하게 칼을 휘둘렀다. 하지만 그보다 먼저,

"어딜!"

낭랑한 목소리가 진서문의 곁에서 울려 퍼졌다. 어느새 진서문의 곁에 다가선 나정의 목소리였다.

그는 진서문을 보호하듯 함께 몸을 날리며, 주변의 적들이 칼을 휘두를 때마다 손가락을 뻗었다. 소림사의 칠십이종절기 중 하나인 금강일선지(金剛一線指)가 새하얀 빛살을 내뿜

으며 뻗어 나갔다. 그 금강일선지는 정확하게 적들의 혼혈과 마혈을 가격했고, 격중당한 적들은 칼을 휘두르다가 그대로 고꾸라졌다.

그렇게 나정의 도움을 받은 진서문은 단숨에 포단의 앞까지 이르렀다. 진서문은 포단의 상처 부위들을 살피며 물었다.

"견딜 만하나?"

"물론입니다. 그런데 이 친구는……?"

진서문은 포단의 말에는 아랑곳하지 않고 안고 있던 다라를 그에게 떠넘겼다. 그리고는 다시 몸을 날려 흑대낭랑에게로 달려갔다. 물론 이번에도 그의 앞을 가로막는 자들이 있었지만 두 손이 자유로워진 진서문의 상대는 되지 않았다.

포단은 진서문이 두 손을 마구 휘저으며 적들을 쓰러뜨리고 흑대낭랑에게 다가가는 광경을 보다가 나정을 향해 고개를 돌렸다. 나정이 싱긋 웃으며 한 손을 세워 인사했다.

"오랜만입니다, 포 어르신."

"응? 날 아나?"

포단이 묻자 나정은 순박하게 웃었다.

"나정입니다. 기억나지 않으십니까?"

포단은 고개를 갸웃거리다가 '아!' 하고 소리쳤다.

"취불 어르신의 어린 동자승!"

"네, 바로 그 동자승입니다."

포단은 이제 동자승의 모습이라고는 단 하나도 찾아볼 수 없게 된 나정을 보면서 옛 기억을 더듬었다. 까까머리는 장발로 바뀌었고 포동포동한 볼과 턱에는 거뭇한 수염이 자라 있었다. 그래도 그 시절과 달라지지 않은 게 하나 있었으니 바로 그의 눈빛이었다.

"그렇구나. 네가 그 동자승이었어."

포단은 고개를 끄덕이다가 문득 생각났다는 듯이 물었다.

"취불 노선배는? 그리고 어떻게 진 형님과 만났지? 저 자들은 누구고?"

나정은 간략하게 설명했다. 이야기를 듣는 동안 포단의 눈이 휘둥그레졌다. 설명을 마친 나정은 주위를 둘러보며 다시 말을 이어나갔다.

"그런데 아가 선배님은 보이지 않는군요."

"응? 진 형님과 함께 있지 않았나?"

포단의 말에 나정은 고개를 갸웃거렸다.

"진 어르신은 포 어르신과 합류한 줄 알고 계시던데요?"

"뭐? 그럼 도대체 어떻게 된 거지?"

포단의 얼굴이 일그러졌다.

"나는 누이와 려운 모두 진 형님과 함께 있다고 생각했는데."

그 말을 들은 나정은 입술을 깨물었다.

그는 다시 주변을 둘러보았다. 구중천뢰 무사들의 수는 아직도 많았다. 하지만 신주오괴의 다섯 명과 진서문이 합류한 이상, 새로운 적이 나타나지만 않는다면 충분히 싸울 만한 수이기도 했다.

"그럼 제가 찾아보겠습니다."

나정이 포단을 향해 말했다. 포단은 '나도 함께'라고 말을 하다가 문득 제 품에 축 늘어져 있는 다라를 보고는 포기했다.

"마지막으로 아가 누이를 본 게 예서 오백여 장 정도 떨어진 동남쪽 기슭이었다."

포단은 나정을 바라보며 말했다.

"잘 부탁하네."

나정은 고개를 숙였다.

"최선을 다해 찾아보겠습니다."

2

나정은 곤룡조천하의 신법을 이용하여 나는 듯 산길을 달렸다. 한낮임에도 불구하고 사방이 어둑어둑해진 가운데 주변 풍경이 휙휙 지나갔다.

현재 나정이 익힌 신법은 모두 십여 가지. 그 중에서 빠르기로만 치자면 곤룡조천하를 앞서는 신법이 없었다. 또 곤룡조천하는 나정이 가장 능숙하게 펼칠 수 있는 신법이기도 했다.

한참 산길을 타던 나정은 포단이 말해주었던 그 기슭 언저리에 당도한 후, 신형을 멈추고 주위를 살폈다. 내공을 한껏 끌어올리고 이목을 집중했지만 별 다른 기척이 들리지 않았다. 멀리서 뇌성이 우르릉거렸다.

나정은 주변에서 가장 높은 나무를 찾아 훌쩍 몸을 날렸다. 나뭇가지를 밟고 손을 뻗어 다시 더 높은 곳의 나뭇가지로 이동하는 그의 모습은 원숭이보다 더 날렵했다.

몇 차례의 도약만으로 나무 꼭대기에 오른 나정은 일대를 둘러보았다. 날씨가 급변하면서 바람이 세차게 불었다. 그가 밟고 서 있는 나뭇가지가 크게 출렁거렸다.

하지만 나정은 전혀 불안한 모습을 보이지 않은 채 그 출렁임에 몸을 의지하면서 매의 눈으로 사방을 훑어보았다. 그런 나정의 시야에 무언가가 잡혔다. 덤불 우거진 숲속, 언뜻 보아서는 도저히 알아차릴 수 없는, 새빨간 헝겊 같은 것이 덤불 사이로 삐죽 나와 있었다.

나정은 곧바로 두 팔을 벌린 채 수십 장 나무 위에서 뛰어내렸다. 마치 한 마리 거대한 새가 활강을 하듯 그의 신형은 우아하게 허공을 날았다.

나무에서 나무로, 나뭇가지에서 나뭇가지로, 그렇게 도약과 비공(飛空)을 거듭하며 순식간에 삼백여 장의 거리를 날아간 나정은 미끄러지듯 지면에 안착했다. 그리고 유령혼귀보를 펼쳐 은밀하고 날렵하게 그 덤불가로 가까이 다가갔다. 그제야 비로소 나정은 새빨간 헝겊인 줄 알았던 그것이 피가 잔뜩 묻은 옷임을 알아차렸다.

그 옷자락을 주우려는 순간 덤불 안에서 거친 목소리가 들려왔다.

"이 계집, 드디어 내 손아귀에 잡혔구나."

젊은 사내의 목소리치고는 음탕한 기운이 끈적거리게 묻어나오는 목소리였다.

"그러니까 벌써 몇 년이 흘렀지? 오 년, 육 년? 그런데도 여전히 너는 아름답구나. 주안과라도 복용한 게냐? 처음 본 순간부터 어떻게든 널 가지고 싶었는데……. 이제야 소원을 풀게 되는구나."

사내의 음탕한 목소리를 이어 여인의 앙칼진 목소리가 들려왔다.

"나쁜 자식! 그러고도 네가 명문 정파의 후예라는 말이더냐?"

"명문 정파? 요즘 세상에 누가 그런 걸 따지더냐? 구중천으로 모든 게 하나가 된 세상에 소림사니 무당파니 하는 것들이 무슨 상관이 있겠느냐?"

"그래서 저 무당파 장문인의 제자인 네 놈이 구중천의 주구가 되어 구중천뢰의 옥졸 노릇을 하고 있는 것이냐?"

사내가 크게 웃었다.

"옥졸이라니, 이래봬도 구중천뢰에서는 일인지하 만인지상인 부뢰주(副牢主)란다."

"퉤! 제 사부와 동도들을 팔아넘기고 얻은 자리!"

"웃기지 마! 그나마 내 덕분에 그들이 목숨이라도 연명하고 있는 거지. 만약 그들의 계획대로 거사를 일으켰다고 해봐. 구중천에 의해서 몰살당했을 걸?"

"너야말로 말이 안되는 소리를 하는구나. 계획대로 구파일방을 비롯한 백팔 문파가 한꺼번에 들고 일어났다면 아무리 구중천이라고 하더라도……."

"아아, 됐어. 지나간 이야기는 하지 말자고."

"뭐하는 짓이냐!"

"뭐하기는, 뻔히 알면서. 하하하! 기대하고 있어라. 네 년도 곧 안달이 나서 견디지 못할 테니까. 아니, 이럴 게 아니라 셋이서 함께 뒹구는 것도 재미있을 것 같지 않느냐? 나도 지금껏 그렇게 논 적이 한 번도 없어서 말이야."

"저 아이는 가만 놔둬."

문득 여인의 목소리가 부드러워졌다.

"저런 어린 계집이 뭘 알겠어? 이 누님이 운우지락의 참맛을 보여줄 테니까."

사내는 잠시 고민하는 듯했다. 하지만 그는 곧 웃으며 말했다.

"뭐, 상관없겠지. 어쨌든 너는 내 첫사랑이었으니까 말이야. 하지만 잘 생각해. 만약 내 성이 차지 않는다면 저 어린 계집을 가만 놔두지 않을 테니까."

"걱정 마. 이 누님을 한 번 맛보면 절대로 다른 여자 생각은 나지 않을 테니까."

나정은 더 이상 망설이지 않았다. 그는 재빨리 덤불 안으로 뛰어들었다.

덤불 안쪽 좁은 공간에는 아름다운 중년 여인이 거의 전라인 상태로 누워 있었으며, 그 위로 잘 생긴 청년이 걸터앉아 있었다. 또 그들과 얼마 떨어지지 않은 곳에 십대 후반으로 보이는 소녀가 정신을 잃고 쓰러져 있었다.

바로 아가와 려운이었다.

"더러운 자식!"

나정은 소리치며 청년을 향해 금강일선지를 날렸다. 하지만 청년은 여타 다른 무사들과는 달리 빠르게 몸을 날려 그 지풍을 피했다. 나정은 인상을 찡그렸다. 청년이 바지를 벗은 까닭에 하물이 덜렁거리고 있는 것이다.

그러나 청년은 당당한 얼굴로 나정을 쏘아보며 입을 열었
다.

"네 놈은 누군데 함부로 그런 살수를 펼치는 게냐?"

나정은 청년을 노려보았다. 낯이 익은 얼굴이었다. 그러고
보니 아가가 했던 무당파 장문인의 제자라는 말이 떠올랐다.

나정이 이를 갈 듯 중얼거렸다.

"그렇구나. 철검자였구나."

무당파 장문인인 천우진인이 늘그막에 얻은 막내 제자. 기
재는 출중하지만 오만하고 편협한 성격을 지녀 뭇 사람들의
인상을 찡그리게 만들었던 자. 예전 귀문사마와 군웅들과의
전투 당시 아가에게 푹 빠진 모습을 보여서 군웅들의 비웃음
을 샀던 사람이 바로 그였다.

철검자는 고개를 갸웃거렸다.

"한 번도 본 적이 없는 것 같은데… 어찌 날 알지?"

나정은 차갑게 말했다.

"알 필요 없다. 어쨌든 너와는 인연이 있으니 이대로 물러
간다면 목숨만큼은 살려주마."

철검자가 피식 웃었다.

"그건 또 어디서 개 짖는 소리야? 내가 누구인지 알면서도
그런 소리가 나오는 게야?"

"물론이지, 철검자."

철검자의 입가에서 미소가 사라졌다. 그는 샛노랗게 빛나는 눈길로 나정을 쏘아보았다.

명색이 무당파 장문인의 제자였고 지금은 구중천뢰의 부뢰주였다. 아무리 색(色)에 들떠 평정심을 잃었다고는 하나 상대의 실력이 어느 정도인지 알아차리지 못할 정도까지는 아닌 것이다.

'아무런 기척도 없이 이곳에 나타난 것도 그렇고 조금 전의 지풍도 그렇다. 저 녀석, 결코 귀문사마의 아래가 아니다.'

내심 그렇게 중얼거리던 철검자의 눈빛이 살짝 흔들렸다.

'가만. 조금 전의 지풍은… 금강일선지가 아니었던가?'

무당파는 원래 소림사와 깊은 인연이 있었으며 그런 만큼 빈번한 교류가 이뤄졌다. 그런 까닭에 철검자가 소림사의 무공에 대해서 적잖은 식견이 있는 건 당연했다.

"너, 소림의 사람이더냐?"

철검자는 나정의 장발을 바라보며 물었다. 나정은 살짝 인상을 찡그리며 말했다.

"그런 거 알 필요 없으니까 얼른 사라져라."

나정의 계속되는 차가운 말투에 철검자는 더 이상 냉정을 유지할 수가 없었다.

"어디서 이 개자식이……"

그는 소리치며 손을 뻗었다. 이내 그의 손이 엿가락처럼 주욱 늘어나더니 한 자루의 검이 되어 나정을 공격해왔다. 무생유가진력을 바탕으로 한 상피공이었다.

나정은 불영산운보를 펼쳤다. 그의 몸이 십여 개의 불영(佛影)을 남기며 종적을 감췄다.

"불영산운보! 확실히 소림의 제자로구나!"

철검자는 악을 쓰며 검을 휘둘렀다. 무당파의 절기인 장홍경천의 일식이 그의 검에서 흘러나왔다. 한 줄기 무지개가 허공을 갈랐다.

하지만 그 검끝이 찔러간 곳에는 나정이 없었다. 나정은 어느새 철검자의 뒤로 돌아가 있었다. 그는 수미불면장의 일식으로 철검자의 등을 내려쳤다.

"어딜!"

마치 기다리고 있었다는 듯이 철검자가 버럭 소리치며 발을 빠르게 놀렸다. 암향표의 신법이 펼쳐지면서 그는 아슬아슬하게 수미불면장을 피하는 동시, 일섬관일(一閃貫日)의 쾌식을 사용하여 나정의 목을 찔러갔다.

그 단 한 수의 움직임만으로 지금의 그가 예전의 철검자보다는 몇 배나 강하다는 사실을 알 수 있었다. 하지만 나정도 예전의 나정이 아니었다.

수미불면장을 펼치던 그의 손이 갑자기 기괴한 변화를 일으키며 철검자의 검을 휘감았다. 마치 고무처럼 말랑말랑해진 손은 정확하게 철검자의 검을 움켜쥐었다.

일순 철검자의 눈이 화등잔만 하게 커졌다.

"그, 그 수법은?"

동시에 나정의 왼손이 한 자루의 칼이 되어 곧장 철검자의 아랫배를 그었다. 그것이야말로 도왕 천야종이 직접 전수해 준 일도양단의 수법!

아무리 철검자라 하더라도 그 쾌속함과 그 파괴력을 당해낼 수는 없었다. 게다가 지금 철검자는 나정이 펼친 유가진력의 수법에 까무러칠 정도로 놀란 상태, 말 그대로 '아차!' 하는 순간에 나정의 칼은 그의 배를 갈랐다.

"컥!"

비명도 신음도 아닌 소리가 철검자의 입에서 튀어나왔다. 놀라서, 믿을 수 없어서 부릅뜬 그의 두 눈도 튀어나올 것만 같았다.

"소림의 제자가… 어떻게 무생화천의 기를……."

철검자는 믿을 수 없다는 듯이 중얼거리며 제 배를 내려다보았다. 하물이 덜렁거리는 가운데 갈라진 배에서 창자가 뱀처럼 기어 나오고 있었다.

나정은 입술을 깨물었다.

단칼에 죽일 정도로 악감정이 있는 자는 아니었다. 하지만 철검자는 나정이 전력을 다하지 않으면 외려 자신이 당할 수도 있는 실력을 지닌 데다가, 무엇보다 상황이 다급했다. 얼른 이곳의 일을 마치고 진서문과 신주오괴들과 합류해야만 했다.

"미안하지만 어쩔 수 없구나."

나정은 조그맣게 중얼거렸다. 철검자가 무릎을 꿇으며 물었다.

"도, 도대체 네 놈은 누구냐?"

나정은 그제야 제 신분을 밝혔다.

"나정. 취불 어르신을 모시는 동자승이지."

"나, 나정……."

철검자는 잠시 기억을 더듬었다. 아가를 처음 만나던 날, 그를 분노하게 만들었던 조그만 동자승이 떠올랐다. 철검자는 한숨을 내쉬었다.

"그래. 왠지… 기분 나쁜 동자승이라고 생각했었지."

그 기분 나쁜 예감이 이렇게 현실로 다가올 줄은 미처 몰랐지만 말이다.

라는 말을 하고 싶었지만, 더 이상 철검자는 입을 움직일 수가 없었다. 그는 천천히 앞으로 꼬꾸라졌고 그대로 죽음을 맞이했다.

나정은 물끄러미 그 광경을 지켜보다가 저도 모르게 불호를 외웠다.

"아미타불……."

사람을 해치고 죽이는 일이 기쁘거나 즐거울 리가 없다. 구중천뢰의 수하들을 상대할 때 굳이 혼혈과 마혈을 제압하던 것도 그러한 이유에서였다. 그런데 이렇게 또다시 한 사람의 생명을 마감시킨 것이다.

'지옥에 갈 것이다, 나는.'

나정은 머리를 흔들었다.

이런 식의 자괴감, 자조는 더 이상 하지 않기로 결심하지 않았던가. 적어도 취불 일행을 구해낼 때까지는 말이다.

그런 마음 한편으로 또 일말의 의아함이 피어오르고 있었다. 철검자와 상대하면서 느꼈던 의아함. 그것은 철검자의 무생화천진력이 생각보다 미약하다는 것이었다.

'외려 사령이 더 강했던 것 같다.'

나정은 철검자의 시신을 내려다보며 그렇게 생각했다. 무생화천의 기운을 받아들인 지 얼마 되지 않아서일까.

그때였다.

"네, 네가 나정이니?"

나정은 아가의 목소리에 퍼뜩 정신을 차렸다. 그는 고개를 돌려 아가를 바라보다가 그만 저도 모르게 얼굴을 붉히며 시선을 외면했다.

이때 그녀는 고쟁이만 남겨둔 채 홀딱 벗은 상태였다. 밥그릇 엎어놓은 듯한 젖무덤과 허리에서 둔부로 이어지는 매혹적인 선, 그리고 흐벅진 허벅지가 고스란히 드러나 있었다.

나정은 덤불 밖으로 걸어가 선혈 낭자한 옷을 주워든 후 그녀에게 덮어주며 말했다.

"입으세요."

아가가 말했다.

"혈도를 풀어줘야 입지."

나정은 그제야 왜 아가가 여태 그 민망한 자세로 누워있는지 알 수 있었다.

'바보 같군. 조금만 냉정하게 생각했다면 금세 눈치챌 일인데 여인의 육체에 홀린 나머지……'

나정은 그렇게 생각하며 아가에게 다가가 혈도를 풀어주었다. 염화선자와는 또 다른 감촉의 살결이었지만 이미 나정은 평상심을 되찾은 후였다.

아가는 옷을 입으면서 물었다.

"조금 전에 네가 펼쳤던 무공 말인데… 그거 구중천의 무공이 아니니?"

"아, 그건 말입니다."

나정은 몸을 돌린 채 그간 상황에 대해서 간략하게 설명했다. 지저갱의 일, 취불들과 헤어진 일, 그리고 어떻게 진서문을 만나게 되었는지에 대해서까지.

"그랬구나. 그동안 정말 많은 일이 있었네."

아가가 부드럽게 말했다. 나정은 고개를 돌렸다. 그녀는 옷을 입은 후였다. 수 년 전 어린 동자승의 가슴을 뛰놀게 했던 그녀의 미모는 여전했다.

"정말 고마워, 우리를 구해줘서."

눈이 마주치자 아가는 고개를 숙이며 인사했다. 나정이 깜짝 놀라 같이 고개를 숙이며 말했다.

"당연한 일을 했을 뿐입니다. 운도 좋았구요."

"하지만 너 아니었다면……."

그렇게 말꼬리를 흐리던 아가는 문득 생각났다는 듯이 '아!' 하고 탄성을 지르고는 얼른 한쪽 구석에 쓰러져 있는 려운에게 다가가 혼혈을 풀어주었다. 려운은 마치 단잠을 잔 것처럼 기지개를 켜며 눈을 뜨다가, 뒤늦게 상황 파악을 하고는 소리쳤다.

"사부님! 그 악적은요?"

"걱정마라. 나정이 해치웠단다."

아가가 부드럽게 말하자 려운은 눈을 동그랗게 뜨며 물었다.

"나정이라니요? 나정……. 설마 그 꼬마 악귀?"

그때 나정이 웃으며 말했다.

“그 꼬마 악귀가 여기있소.”

려운은 커다란 두 눈을 말똥거리며 나정을 쳐다보다가 문득 얼굴이 새빨개졌다. 그녀는 재빨리 아가의 뒤로 몸을 숨겼다. 아가는 려운의 행동을 이해한다는 듯이 웃더니 나정을 돌아보며 말했다.

“그럼 돌아가자.”

나정은 고개를 끄덕였다.

“제가 모시겠습니다.”

세 사람은 곧 덤불을 빠져나갔다. 그 자리에는 아랫도리를 벗은 시체 한 구가 앞으로 코를 박은 채 쓰러져 있었다.

그 위로 비가 내리기 시작했다. 한 방울씩 떨어지나 싶더니 이내 거친 폭우가 되어서 타타탁! 소리와 함께 흙탕물을 일궈냈다. 핏물이 냇물처럼 흐르기 시작했다.

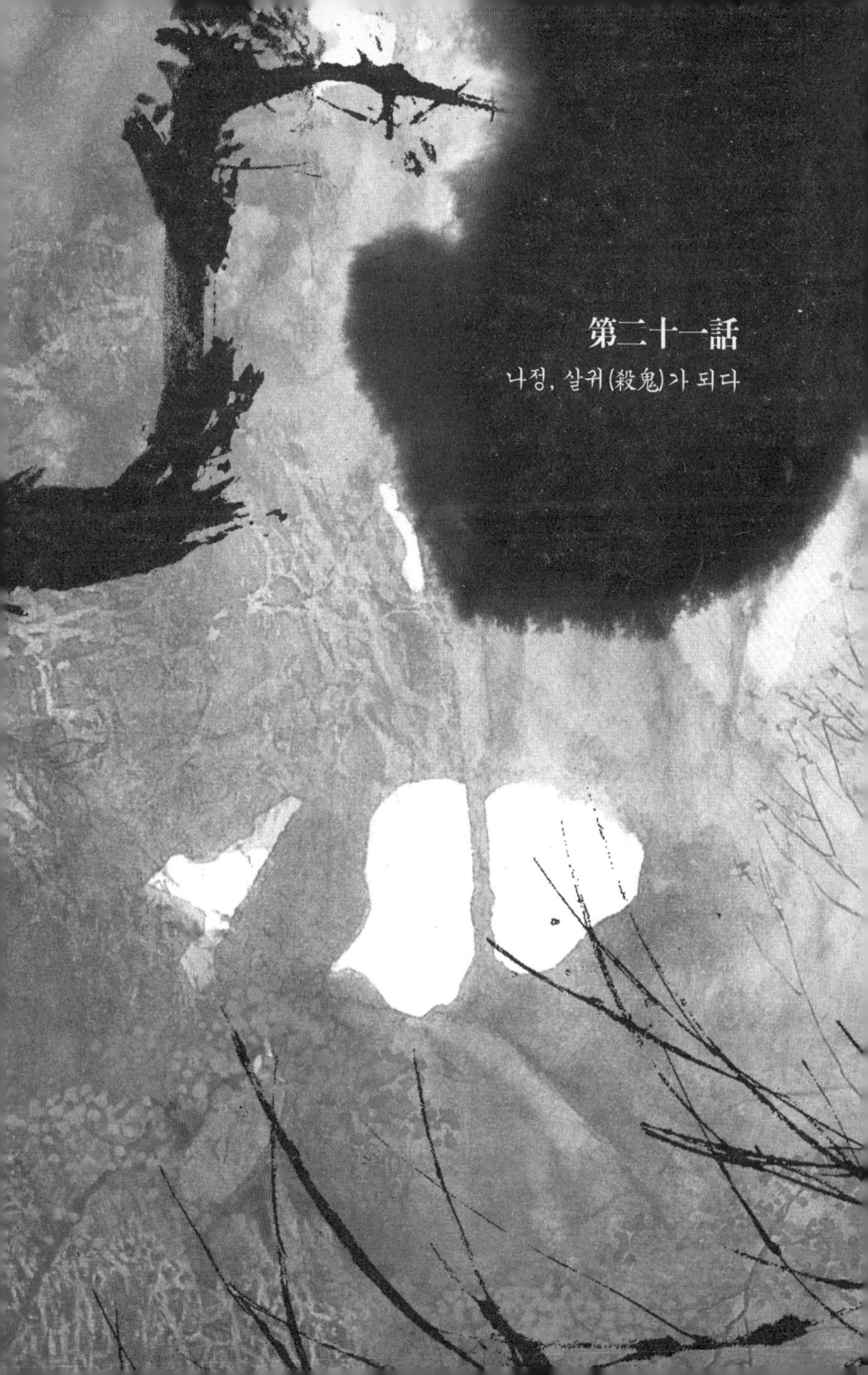

第二十一話
나정, 살귀(殺鬼)가 되다

1

　나정이 아가와 려운과 함께 다시 돌아갔을 때 진서문을 비롯한 군웅들은 백여 명이 넘는 구중천뢰 무사를 상대로 승리를 거둔 후였다. 절반이 넘는 자들이 죽거나 중상을 입게 되자 나머지 무사들은 무기를 버린 채 머리를 감싸고 황급히 도주했다.

　사실 이번 추격대의 우두머리는 철검자였다. 귀문사마를 뒤쫓던 철검자는 상황이 절대적으로 유리해지자 오직 아가만 뒤쫓아 그녀를 겁탈하려 했다.

　그런 철검자가 나정에게 죽음을 당한 이후로 구중천뢰의

추격대는 중심이 되어줄 자가 없게 되었다. 거기에 신주오괴들이 새롭게 등장하면서 난전이 벌어지고 중상자가 늘어나자 결국 그들은 끝까지 싸울 생각을 하지 못한 채 뿔뿔이 흩어져 도주한 것이다.

"다들 무사했구나."

진서문이 아가와 려운을 보며 안도의 한숨을 내쉬었다. 아가는 흑대낭랑을 보고는 눈물을 글썽거렸다. 귀문사마들 중에거 가장 부상이 심한 그녀였던 것이다.

"울기는 얼어 죽을……."

흑대낭랑이 투덜거리자 아가는 얼른 눈물을 닦으며 말했다.

"누가 울었다고 그래?"

"자, 자. 이러고 있을 때가 아니다. 언제 다시 놈들이 올지 몰라."

진서문은 빠르게 상황을 정리했다.

구중천뢰의 힘이 불과 이 정도라면 귀문사마가 이토록 힘들어할 리가 없었다. 정작 두려운 자들은 아직도 모습을 드러내지 않고 있었다.

"그게 철검자를 말하는 거라면… 그는 이미 죽었습니다."

나정의 말에 진서문은 살짝 놀란 눈치였지만 곧 고개를 저으며 말했다.

"철검자는 애송이일 뿐이야. 말이 좋아 부뢰주이지, 실권은 하나도 없는 허수아비에 불과해."

명색이 무당파 장문인의 제자인 만큼 그를 앞세우면 뭇 명문정파들의 기세도 꺾을 수 있고 또 다른 구파일방에 대한 무언의 압력도 되는 바, 구중천에서는 그에게 꽤 높은 직위를 안겨주었던 것이다.

"구중천뢰의 우두머리인 뢰주, 아니 그를 제외하고 실질적인 권력자들인 삼옥주(三獄主)만 하더라도 저 우내십팔천의 실력에 결코 뒤떨어지지 않아."

진서문은 자신들이 열쇠를 훔치려다가 그 삼옥주 중 한 명을 당해내지 못하는 바람에 결국 내상들을 입고 저들에게 쫓기게 되었다고 설명했다.

나정의 얼굴이 굳어졌다.

사실 철검자를 상대한 후 구중천뢰에 대한 두려움이 가셨음을 스스로 알고 있었다.

'철검자가 강하다고는 하지만 그래도 귀문사마나 신주오괴에 비해 압도적인 실력이라고는 할 수 없다. 한 명이라면 몰라도 두 명이 합공한다면 결코 귀문사마나 신주오괴를 당해낼 수 없을 것이다. 이인자라는 부뢰주의 실력이 그 정도에 불과하다면 뢰주 정도야……'

하면서 조금은 구중천뢰를 경시하고 있었다.

하지만 진서문의 설명을 듣자니 그게 아닌 것이다. 귀문사마 네 명이 힘을 합쳤는데도 불구하고 뢰주는커녕 그 하수인 격인 옥주 하나를 감당하지 못해서 크고 작은 내상을 입어야 했다는 게다.

진서문의 설명이 이어지는 동안에 폭우가 쏟아졌다. 앞이 보이지 않을 정도로 세차게 내리는 빗줄기였다.

그들은 서둘러 자리를 옮겼다. 다행히 그들은 주변에서 얼마 떨어지지 않은 곳에서 자그마한 동굴 하나를 발견할 수 있었다.

사람들은 모닥불을 피우고 구석진 곳에 다라와 흑대낭랑을 눕혔다. 바로 그녀들이 일행 중 가장 부상이 심한 사람들이었다. 사실 귀문사마들은 물론이거니와 신주오괴들 역시 적지 않은 상처를 입었지만 그들은 운기조식과 상비약으로 치료를 대신했다.

포단 또한 상처에 지혈제와 금창약을 바르고 품에서 약을 꺼내 먹은 후 운기조식을 하는 것으로 대충 치료를 마쳤다. 그리고는 나정을 향해 진심으로 감사했다.

"고맙네. 덕분에 우리 형제들이 목숨을 구할 수 있었네."

나정은 머쓱한 얼굴이었다. 아가가 눈을 동그랗게 뜬 채 말했다.

"불과 몇 년 사이에 대단한 성장을 했더구나. 나조차 쉽게 상대하지 못했던 철검자를 불과 몇 수만에 해치우다니.”

나정은 머리를 긁적였다.

사실 철검자를 간단하게 해치울 수 있었던 가장 큰 이유 중의 하나가 무생화천의 기운 때문이었다. 철검자는 나정이 그 무생유가진력을 익혔을 거라고는 상상조차 하지 못했고, 그렇기 때문에 그에 대해서는 전혀 방심하고 있었다. 만약 철검자가 좀 더 주의하고 조심했더라면 이렇게 그를 간단하게 해치울 수는 없었을 것이다.

아가의 뒤쪽에서는 려운이 고개를 빠끔히 내밀고 나정을 훔쳐보았다. 지금의 나정에게서 육 년 전 보았던 그 꼬마 동자승의 흔적을 찾으려는 것일까. 나정을 쳐다보는 그녀의 눈빛이 진지했다.

하지만 세월은 흘렀고 나정은 훤칠한 청년이 되어 있었다. 온몸의 근육들이 보기 좋게 튀어나와 있었으며 신체의 균형이 제대로 잡혀서 조금만 꾸미면 상당한 호남이 될 모양새였다. 그 어디에고 육 년 전의 꼬마 악귀승의 모습은 존재하지 않았다.

몰라보게 성장한 나정을 바라보던 려운은 왠지 가슴이 두근거리기 시작했다. 하지만 가슴 한 구석에는 예전에 알던 그 꼬마 악귀승의 모습이 전혀 보이지 않는 것에 대한 아쉬움이 알게 모르게 스며들었다.

묘한 기분이었다.

2

사람들은 운기조식을 마치고 잠시 휴식을 취하는 것으로 기력을 회복했다. 흑선노괴가 어깨를 으쓱거리며 자랑하듯 말했다.

"일곱 명을 죽였나? 생각보다 적게 죽였군그래. 역시 오래간만에 몸을 움직였더니 솜씨가 줄은 것 같아."

일양자가 피식 웃으며 말했다.

"줄어들 실력이 어디 있다고 그러나."

흑선노괴가 발끈했다.

"그런 네 녀석은 도대체 몇이나 해치웠는데?"

일양자가 잠시 생각하다가 말했다.

"아홉."

염화선자가 웃었다.

"나는 열한 명을 해치웠으니 내가 제일 열심히 싸운 건가요?"

잠자코 있던 삼절수라가 기다렸다는 듯이 말했다.

"나는 열셋."

신목귀령이 피식거리며 말했다.

"열여섯."

흑선노괴가 눈을 부릅뜨고 동료들을 노려보다가 문득 헛기침을 하며 말을 돌렸다.

"설마 내가 전력을 다했는데도 불과 일곱 밖에 해치우지 못했다고 생각하는 건 아니겠지? 한참 살수를 펼치다가 보니 문득 녀석들이 불쌍해지더군. 그래서 손속에 정을 남겨뒀을 뿐이야."

입가에 희미한 미소를 머금고 듣기만 하던 나정이 문득 손뼉을 치며 주위를 환기시켰다. 사람들이 입을 다물고 그를 바라보았다. 나정은 진서문을 돌아보며 물었다.

"열쇠를 구하려다가 이런 사달이 일어났다고 들었는데… 구하셨습니까?"

진서문은 잠시 생각하다가 입을 열었다.

"그 질문에 대답하기 전에 먼저 물어보고 싶네."

"말씀하십시오."

"아까 듣자 하니 우리를 찾았다고 하는데 이유는?"

"구중천을 상대하고 또 구중천뢰에 가는 일에 도움이 필요했기 때문입니다."

"그렇다면 자네는 왜 구중천뢰에 가려는 게지?"

그의 질문에 나정은 망설이지 않고 대답했다.

"취불 노스님과 다른 어르신들을 구하기 위해서입니다."

진서문이 고개를 갸웃거렸다.

"취불 노선배가 그곳에 갇혀 있나?"

"아닙니다."

"그런데 왜?"

"놈들이 취불 노스님과 다른 어르신들을 끌고 간 곳은 천계입니다."

"으음."

진서문 뿐만 아니라 포단이나 아가 또한 신음을 흘렸다. 지난 육 년간 오로지 구중천에 대항하여 싸워왔던 그들 역시 천계의 위치는 정작 알지 못했다.

나정은 차분한 어조로 말했다.

"구중천뢰에는 구중천에 항거하다가 잡힌 협사들이 대다수인 것으로 알고 있습니다. 어쩌면 그들 중에 천계의 위치를 알고 있는 분도 계시겠죠. 그들의 도움을 받아 취불 노스님을 비롯한 어르신들을 구하고 싶은 게 첫 번째 이유입니다."

"그럼 두 번째는?"

"물론 그 협사들을 그곳에서 구해내는 것이죠."

나정은 잠시 망설이다가 말을 이어나갔다.

"어느 게 선(先)이고 후(後)냐 라고 굳이 따지신다면 지금처럼 말씀드리겠습니다. 하지만 그 두 가지 사유 모두 결국에는 구중천과 맞서 싸우는 일과 하나도 다를 바가 없으니, 바로 그것이 제가 구중천뢰로 가는 이유입니다.”

진서문은 곰곰이 생각하다가 말했다.

“아마 그 협사들도 천계의 위치는 모르고 있을 것이다.”

“상관없습니다.”

나정은 당연하다는 듯이 말했다.

“방금 전 말씀드린 대로 취불 노스님들을 구하는 일과 저 협사들을 구출하는 건 결국 구중천과 맞서 싸운다는 점에서 전혀 다른 일이 아니니까요. 만약 그 협사들에게서 천계의 위치를 알아내지 못한다면……. 또 다른 방법을 찾으면 됩니다.”

진서문은 잠시 나정을 바라보았다.

‘여전한 녀석이다.’

문득 그런 생각이 들었다.

상대의 기분을 맞춰주고 마음을 얻기 위해서라도, 얼마든지 대의를 위해 구중천뢰로 간다는 식의 알량한 거짓말을 할 수 있었다.

하지만 나정은 오로지 진실만을 이야기하고 있었다. 설령 그로 인해 불이익을 얻거나 상대의 마음을 사지 못한다 할지라도, 나정은 적어도 같은 편에게만큼은 거짓말을 하지 않았다.

진서문은 고개를 끄덕였다.

“열쇠는 다행스럽게도 구할 수가 있었다. 하지만 하나의 열쇠만으로는 구중천뢰의 탑에 갇힌 협사들을 구출할 수가 없다.”

구중천뢰는 구층으로 이뤄진 거대한 탑이었고, 그 칠팔구 층에 협사들이 갇혀 있다고 했다. 진서문이 훔쳐온 열쇠는 구층의 문을 열 수 있는 열쇠, 그러니까 칠층과 팔층의 열쇠가 없는 한 무용지물인 셈이었다.

막상 칠층의 문을 열려고 했을 때, 힘들게 훔친 열쇠가 그 문을 여는 열쇠가 아니라는 사실을 알게 되었다는 것이다, 그때의 참담함이란.

진서문은 한숨을 내쉬며 말을 이어나갔다.

“안타깝게도 그 사실을 뒤늦게 알았지. 조금 일찍 알았더라면 다른 방법을 사용했을 텐데……. 이제는 놈들도 열쇠를 바꿨을 테고 무엇보다 두 번 다시 열쇠를 도둑맞지 않도록 만반의 준비를 하고 있을 게야.”

진서문은 품에서 열쇠를 꺼냈다. 손바닥 크기만 한 열쇠의 뒷면에는 구(九)라는 글자가 양각으로 새겨져 있었다.

“이걸 훔칠 때만 하더라도 구룡천뢰의 구라는 표식인 줄 알았지, 누가 구층을 여는 열쇠라고 생각했겠느냐?”

진서문은 쓴웃음을 흘렸다.

“그렇군요.”

나정은 고개를 끄덕이며 그 열쇠를 바라보았다.

저들이 열쇠를 잃어버린 사실을 알게 되었으니 최소한 새로운 열쇠로 바꿨을 게 자명한 터, 진서문의 말대로 이제 쓸모가 없어진 열쇠였다.

하지만 나정은 침울해하지 않았다. 그는 진서문에게 구중천뢰의 구조에 대해서 물었다.

"가보면 알겠지만 대략 오십여 장 높이의 거대한 탑으로 되어 있다. 일이삼 층은 하급무사들의 거처인 동시에 식품 저장고, 무기 창고 등으로 되어 있고 사오륙 층은 뢰주를 비롯한 고위층 인사들이 기거하고 있지."

진서문은 자신들이 어떻게 열쇠를 훔쳤는지에 대해서도 상세하게 설명했다.

"우리는 하급무사들로 변장하고 삼층까지 몰래 올라간 다음 게서 탑 밖으로 나왔지. 각 층마다의 높이가 십여 장이 넘는데다가 벽면이 매끄럽고 잡을 만한 곳이 없어서 기어오르거나 도약하기가 힘들어. 하지만 우리는 서로 손을 붙잡고 위로 내던져주는 식으로 해서 육층의 옥주 방으로 들어갈 수가 있었지. 게서 열쇠 하나를 훔친 다음, 곧바로 칠층으로 올라가 문을 열려고 했는데……."

진서문은 한숨을 내쉬었다.

"열쇠가 맞지 않는 바람에 게서 허둥대고 시간을 낭비하다가 그만 들통이 나고 말았어."

"그래도 다행입니다. 다들 무사히 빠져나올 수 있어서."

"그래. 불행 중 다행이라고 할 수 있지. 때마침 그곳에는 옥주 한 명만 있었으니까."

"옥주 한 명이요?"

"그래. 다른 옥주들과 뢰주는 모종의 일로 자리를 비웠거든. 그때만 하더라도 몰랐는데… 아마 취불 어르신과 관련된 일이었을 거야."

그 말에 흑선노괴가 눈빛을 반짝이며 끼어들었다.

"그렇다면 지금 그곳에는 옥주 한 명 뿐이라 이건가?"

진서문은 어깨를 으쓱거리며 말했다.

"그게 벌써 열흘 전의 일이니까… 지금 상황은 또 달라졌을 겁니다."

나정은 입술을 깨물었다. 알고 보니 귀문사마 일행은 무려 열흘 동안 놈들에게 쫓기고 있었던 게다.

'하기야 구중천뢰에서 예까지 거리를 생각하면……'

나정은 사람들을 둘러보며 말했다.

"우선 그곳에 뢰주를 비롯한 모든 자들이 모여 있다는 가정 아래에서 계획을 짜야겠군요."

"만사 불여튼튼이니까."

일양자가 당연하다는 듯이 말했다. 흑선노괴가 살짝 눈살을 찌푸리며 말을 받았다.

"한데 진 아우의 말을 듣자 하니 계획이라고 할 만한 게 없을 것 같은데. 이건 그야말로 이란격석(以卵擊石)과 다를 바가 없어."

삼절수라도 동의했다.

"옥주 개인의 힘이 귀문사마를 능가한다면… 저들이 다 모여 있을 경우 결코 그들과 대항할 수 없을 거야."

일양자도 입맛을 다시며 고개를 끄덕였다. 나정이 침착한 어조로 말했다.

"그들은 제가 맡겠습니다."

"응?"

흑선노괴의 눈이 휘둥그레졌다.

"지금 뭐라고 했느냐? 그러니까 네가 뢰주와 옥주들을 맡겠다고?"

나정은 고개를 끄덕였다.

"비록 능력이 부족할지는 모르겠지만 최선을 다해 놈들을 상대하겠습니다. 그러니 여러 어르신들은 그곳에 갇힌 협사들을 구출하는데 전력을 기울여주시면 됩니다."

"말도 안 된다."

진서문은 고개를 저었다.

"비록 네가 그동안 많은 일을 겪으면서 꽤 실력이 향상되었다는 걸 알고 있다. 하지만 그렇다고 해서 네가 저 구천시왕 중의 한 명인 뢰주를 상대할 정도는 아니라고 생각한다. 거기에다가 옥주들까지? 그렇게 할 수는 없다.”

진서문은 단호하게 말했다. 그때 아가가 입을 열었다.

“맡겨 보죠, 나정에게.”

진서문이 그녀를 노려보았다. 아가는 부드럽고 달콤한 미소를 지으며 물었다.

“저 아이가 싸우는 거 본 적이 없으시죠?”

진서문은 입을 열지 않았다.

나정이 금강일선지로 구중천뢰의 무사들을 제압하는 광경을 곁에서 본 그였다. 하지만 전력을 다해 싸운 걸 말하는 거라면 확실히 본 적이 없었다.

“겨우 철검자 따위를 상대로 전력을…….”

진서문이 말을 꺼내려 하자 아가는 고개를 저으며 그의 말을 잘랐다.

“아니, 그렇지 않아요. 나정은 철검자를 상대로 전력을 다하지 않았어요. 그는 그러니까… 아아, 오라버니께서 직접 보셨다면 충분히 저 아이의 실력을 알 수 있을 텐데.”

진서문은 잠시 아가를 바라보다가 자리에서 일어났다. 그리고 나정을 돌아보며 말했다.

“잠깐 나가자.”

“네?”

나정이 당황할 때 아가가 웃으며 그를 부추겼다.

“오라버니를 따라가 봐.”

나정은 엉거주춤 자리에서 일어났다. 이미 진서문은 동굴을 벗어나 쏟아지는 폭우를 맞고 있었다. 나정은 한숨을 쉬고는 동굴에서 나갔다. 진서문은 뒷짐을 진 채 동굴에서 점점 멀어져갔다. 나정은 도살장에 끌려가는 소처럼 묵묵히 그 뒤를 따랐다.

“한바탕 싸워볼 생각인가 본데.”

흑선노괴가 킬킬 웃으며 말했다.

“나정을 만만하게 봤다가는 큰 코 다치지.”

일양자가 그 말을 받았다.

“자네가 큰 코 다쳐봤으니 잘 알겠군그래.”

흑선노괴가 인상을 썼다.

“내가 봐 준 게지.”

“허어, 내공을 쓰지 않은 나정에게 패배해놓고 봐줬다?”

“그러니까 봐 준 게지. 내가 전력으로 싸웠어 봐. 그 녀석이 내공을 쓰지 않고 어찌 이기겠누?”

“흠… 과연 그럴까?”

일양자는 진지한 표정을 지으며 말을 이었다.

“제대로 붙는다면 사실 나도 그 아이의 오초지적이 되지 못할 거야. 아니, 그것도 그 아이를 과소평가한 건가?"

그때, 듣고만 있던 려운이 눈을 반짝이며 물었다.

"그 꼬마 악귀… 아니, 나정 오라버니가 그렇게나 강해요?"

"허어. 강하지. 강하고말고."

일양자는 웃으며 말했다.

"이 할아비는 말이지. 그 아이가 뢰주와 옥주들을 모두 상대한다고 말했을 때, 그 말을 진심으로 믿었거든."

"설마요. 믿을 수 없어요."

"허허. 조금 기다리면 알게 될 게다. 네 사부가 돌아오면 말이야."

려운은 고개를 돌려 동굴 밖을 바라보았다. 물안개가 피어오를 정도로 쏟아지는 폭우로 인해 밖의 풍광은 전혀 보이지 않았다. 그녀의 가슴이 콩닥콩닥 뛰었다.

이윽고 두 사람이 다시 돌아왔다. 진서문의 표정은 변함이 없었고 나정은 역시 고개를 들지 못한 채 그 뒤를 따라왔다.

"누가……."

려운이 입을 열려는 순간 아가가 그녀의 손을 잡았다. 려운이 시선을 돌리자 아가는 고개를 저었다. 말하지 말라는 뜻이었다.

비에 흠뻑 젖은 두 사람이 동굴 안으로 들어서자 불가에 앉아 있던 이들이 자리를 비켜 주었다. 진서문은 고맙다고 인사를 하며 자리에 앉았다. 그리고는 모닥불을 쬐며 조용히 말했다.

"그럼 계획은 정면 돌파, 그리고 뢰주와 옥주들은 나정이 맡기로 합시다."

나정은 고개를 숙인 채 묵묵히 그의 말을 들었다.

흑선노괴가 저도 모르게 킬킬 웃다가 일양자에게 한 소리를 들었다. 려운은 입을 벌린 채 진서문을 바라보았다. 그의 무표정한 얼굴에서 참담한, 수십 년 동안 각고의 노력을 통해서 쌓아 올렸던 모든 게 한순간에 무너진 듯한 좌절감이 희미하게 묻어나왔다.

'지셨구나.'

그것도 참담하게.

려운의 눈에서 눈물이 흘러나왔다.

대사부가 패배하시다니.

믿을 수 없었다. 믿을 수 없는 일이 벌어진 것이다. 아마도 저 꼬마 악귀승이 뭔가 술수를 쓴 게 분명했다. 독을 사용했거나 혹은 암기를 발출했거나. 그렇지 않고서야 대사부가 질 리가 없는 거다.

려운이 눈물을 흘리며 나정의 뒷모습을 노려보고 있을 때 누군가 그녀의 어깨를 다독거렸다. 려운이 고개를 들었다. 아가가 부드럽게 웃으며 그녀를 어루만졌다. 려운은 아가의 품으로 뛰어들었다.

"장강인 거야."

아가는 려운의 귀에 대고 소곤거렸다.

"늘 앞 물결은 뒷 물결에 의해 밀려나게 되어 있지. 그게 강호의 법칙이거든."

아가는 흐느끼는 려운은 다독이며 말했다.

"이제는 젊은이들의 시대가 된 거야. 저 신주오괴나 우리 귀문사마들이 아닌 나정이나 너, 다라 같은 젊은이들이 전면에 서서 활약할 시대가 된 거지. 언제나 그렇게 시대가 변했으니까. 그러니까 너무 서운해할 필요가 없단다."

그녀가 그렇게 려운을 다독이는 동안 진서문은 평소와 다를 바 없는 표정과 목소리로 차분하게, 나정과 신주오괴들과 함께 구중천뢰에 갇힌 협사들을 구출할 계획을 세우고 있었다.

아가는 려운의 등을 토닥거리며 동굴 밖을 쳐다보았다. 비의 장막이 천하를 뒤덮고 있었다.

1

하남의 낙양 북쪽에 위치한 북망산.

그 험하게 굴곡진 산굽이를 따라 북쪽으로 가다보면 촛대 모양의 봉우리 하나를 만날 수 있다. 초연봉이라고 하는 그 봉우리 중턱에 높이 오십여 장에 이르는 거대한 탑이 세워져 있으니, 바로 그곳이 구중천뢰였다.

그 초연봉 중턱에서 약 이백여 장 떨어진 비탈에 몸을 숨긴 채 구중천뢰를 지켜보는 일단의 무리가 있었다. 닷새 전 흑수산을 떠나 이곳 초연봉까지 쉬지 않고 달려온 나정과 그 일행이었다.

“대단하군.”

붉게 물드는 석양 하늘을 인 채 우뚝 서 있는 구중천뢰를 지켜보던 흑선노괴가 마른침을 삼키며 중얼거렸다. 그 역시 구중천뢰를 보는 건 처음이었던 게다.

“대단한 게 아니라 할 일이 없는 게지. 이런 외진 곳에 저렇게 거대한 탑을 세우다니 말이야.”

일양자가 가볍게 눈살을 찌푸리며 말했다. 흑선노괴는 그를 한 차례 노려보고는 시선을 돌려 나정을 바라보며 물었다.

“언제 쳐들어갈 생각이냐?”

나정은 구중천뢰에서 눈을 떼지 않은 채 대답했다.

“해가 진 후에요. 분위기를 보니 다행히 우리가 먼저 도착한 것 같으니까요.”

흑수산에서 북망산 초연봉까지 쉬지 않고 내달려서 닷새 만에 주파한 까닭은 바로 거기에 있었다. 철검자가 이끌던 추격대들이 구중천뢰로 되돌아가기 전에, 그래서 놈들이 긴장의 끈을 더욱 죄기 전에 기습하고자 함이었다.

“그동안 제대로 쉰 적이 없으니까… 해가 질 때까지 다들 최대한 체력을 회복하셔야 합니다.”

나정은 뒤를 돌아보며 말했다. 하지만 이내 말할 필요가 없었음을 깨닫고 멋쩍은 표정을 지었다. 이미 사람들은 운기조식을 하면서 체력과 기력을 회복하는 중이었다.

나정은 다시 구중천뢰를 바라보았다. 하늘을 찌를 듯이 우뚝 서 있는 석탑. 그 괴물 같은 모습을 물끄러미 지켜보던 나정은 이윽고 자리에 주저앉았다. 그리고 눈을 감고 운기조식을 시작했다.

2

우우우웅!

매서운 삭풍이 귀곡성(鬼哭聲)과 함께 세차게 들이닥쳤다.

"거 날씨 한 번 더럽군."

화룡도(火龍刀) 주강(周强)은 술잔을 내려놓으며 투덜거렸다.

해가 지면서 한 자 두께의 돌벽 너머로 들리는 바람 소리가 요란해졌다. 약 이 장 높이에 뚫려 있는 조그만 창밖으로 삭풍이 불어올 때마다 돌벽에 걸려있는 횃불들이 세차게 춤을 추며 그림자를 만들어냈다.

주강은 자신의 빈 술잔에 술을 따르려다가 맞은편에 앉아 있는 노인의 잔이 빈 것을 보고는 그쪽 먼저 술을 따르며 말했다.

"비었으면 말을 하시지 그러셨소, 뢰주."

뢰주라 불린 초로의 노인은 빙긋 웃으며 말했다.

"잠깐 다른 생각 중이었네."

"아하, 철검자 녀석 말이오?"

주강의 말에 오른쪽에 앉아 있던 사내가 가볍게 눈살을 찌푸리며 그를 나무랐다.

"아무리 그래도 명색이 부뢰주네. 존칭은 써줘야지."

"하하, 형님도 참. 우리끼리 있는데 존칭은 무슨 존칭."

주강은 그렇게 말하며 술잔을 비웠다.

나무탁자를 가운데 두고 네 명의 사내가 마주 앉아서 술을 마시고 있었다. 하나같이 태산 같은 기도를 내뿜고 있는 그들이 바로 이곳 구중천뢰의 최고 권력자들인 뢰주와 삼옥주였다.

화룡도 주강은 팔층의 옥주, 화룡도라를 별호로 짐작할 수 있듯이 한 번 칼을 휘두르면 거대한 염화(炎火)의 불꽃이 한 마리 용처럼 꿈틀거리며 피어올랐다. 하지만 그는 과거 광도와 싸웠던 백팔 명의 영웅들 중 한 명으로 더 유명했다.

그의 오른쪽에 앉아 있는 노인도 백팔 명의 영웅 중 한 명이었다. 젊었을 적에는 탈명검군(奪命劍君)이라는 호칭으로 불리다가 수염이 하얗게 물들면서 탈명검옹(奪命劍翁)이라는 별호로 불리는, 구층의 옥주가 바로 그였다.

주강의 왼쪽에 앉아 있는, 침울한 기색으로 묵묵히 술잔을 비우고 있는 자는 두 개의 극(戟)으로 천하를 위진한 바 있던 진천쌍극(震天雙戟) 호산화(胡山華)였다.

칠층을 담당하는 옥주로, 비록 칠층의 열쇠는 아니더라 하더라도 자식이 책임을 지고 구중천뢰에 남아 있을 때 열쇠를 도둑맞은 까닭에 꽤나 심기가 상한 상태였다.

사실 그는 보름 전 놈들을 지옥 끝까지 쫓아가고 싶었지만 저 애송이 부뢰주 철검자가 나서는 바람에 뜻을 이루지 못했다. 결국 호산화는 그렇게 홀로 구중천뢰에 남아 뢰주와 다른 옥주들이 돌아오는 것을 기다려야 했으니, 그 분함과 부끄러움을 어찌 말로 표현할 수 있을까.

그런 까닭에 호산화는 다른 이들과는 달리 술 한 잔을 두고 제사 지내듯 묵묵히 지켜보고만 있는 것이다.

"그래도 서열은 지켜줘야지."

주강의 넉살에 살짝 눈살을 찌푸린 탈명검옹은 매섭게 웅웅거리는 바람 소리에 귀를 기울이며 입을 열었다.

"부뢰주가 침입자들을 쫓아간 지도 벌써 보름이 되었다고 하오. 그런데도 여태 돌아오지 않고 있다는 것은……."

"뭐 어디서 놀고 있겠죠."

주강이 이죽거렸다.

"그 애송이 부뢰주가 사달을 일으킨 게 어디 한두 번이었어야 말이죠. 일전에는 사슴을 사냥한다고 나갔다가 화전민의 계집들을 겁탈하고 항의하는 화전민들을 사냥하는 바람에 난리가 나지 않았소? 아마 이번에도 그러고 있을 것이오."

"아무리 천방지축이라고는 하지만 사안이 사안이니만큼 그렇게 엉뚱한 짓을 할 리는 없을 것이다."

"하지만 그때도 뢰주 생일상에 올릴 사슴을 잡으러 간 게 아니었소?"

주강은 이가 갈린다는 표정이었다.

"잡아 죽이려고 했으면 아예 화근 남기지 않고 모조리 죽이던가. 몇 명 살려주는 바람에 그들이 관아에 신고를 하게 되고… 결국 그 뒷처리를 하느라 우리가 얼마나 곤란을 겪었소?"

다시 생각해도 화가 치밀어 오른다는 듯이 씩씩거리며 말하던 그는 단숨에 술잔을 비웠다. 그리고 거친 동작으로 입술을 훔치며 다시 말을 이었다.

"애당초 우리 네 명이 한꺼번에 천뢰를 비우는 게 아니었소. 비록 상부의 명령이 있었다고는 하나 굳이 우리 모두가 나갈 필요까지는 없었던 것 같소. 한 명 정도는 이곳에 남아서 지키고 있었어야 했는데……."

"하지만 상부의 명령이 그러했는데 어떡하겠느냐? 게다가 지저갱을 빠져나온 자들을 잡는 일이었다. 저 화전민 따위와는 비교도 되지 않는 사안이 아니더냐?"

“뭐 꼭 그렇게 말한다면야 할 말이 없소이다만… 그래도 우리가 자리를 비운 사이에 일이 터졌다는 게 영…….”

“놈들이 노렸겠지.”

탈명검옹은 턱수염을 쓰다듬으며 말했다.

“보고를 듣자 하니 귀문사마가 저지른 일이더구나. 그들이라면 충분히 우리의 행적을 확인하고서 일을 저지른 게 분명해.”

“젠장. 그 자식들은 도대체 우리와 무슨 전생의 원수를 졌다고 사사건건 시비를 거는지. 어디 한 번 내 손에 걸리기만 해봐라!”

주강이 눈을 부릅뜨며 소리쳤다.

그때였다. 그저 술잔만 비우며 그들의 대화를 묵묵히 듣고만 있던 뢰주의 눈빛이 예리하게 빛났다. 그는 가볍게 손을 들어 탈명검옹과 주강의 대화를 제지했다. 주강이 왜 그러냐고 물어보려다가 문득 그 또한 뭔가 알아차렸는지 입을 다물고 귀를 기울였다.

우우우웅!

여전히 밖에서는 매서운 삭풍이 서슬 퍼렇게 불어닥쳤다. 잠시 귀를 기울이던 주강의 표정이 일순 딱딱해졌다. 쉴 새 없이 불어오는 삭풍 사이로 희미하나마 이질적인 소리를 들었던 것이다.

“신음 소리?”

주강은 저도 모르게 중얼거렸다.

그랬다. 그 이질적인 소리는 탑 밖에서, 저 삭풍 거칠게 휘몰아치는 탑 아래 경계지역에서 경비무사들이 하나둘씩 쓰러지며 흘리는 신음 소리였다.

“으윽.”

그 신음성은 몇 걸음 떨어지지 않은 동료무사들조차 미처 알아차리지 못할 정도로 나직하게 새어나왔다. 하지만 놀랍게도 수십 장 떨어진 석탑 오층의 한 방에서, 이렇게 바람이 세차게 부는 상황에서 뢰주와 옥주들은 그 희미하면서도 짧게 흘리는 신음을 들었던 것이다.

“무슨 일이지?”

탈명검옹이 중얼거리며 고개를 돌려 수하를 부르려는 순간 주강이 피식 웃으며 말했다.

“무슨 일은요? 또 앞뒤 잴 줄 모르는 녀석들이 어쭙잖은 협의심과 영웅심리로 무장한 채 쳐들어왔겠죠.”

“흠, 그렇겠지?”

탈명검옹은 고개를 끄덕이며 수하를 불러 무슨 일인지 확인하려던 생각을 버렸다.

사실 구중천뢰에 많은 무림인들이 갇혀 있다는 사실은 이미 세상에 모르는 이가 없었다. 그런 까닭에 지난 몇 년 동안,

구중천뢰에 갇혀 있는 자들과 인연이 있거나 혹은 협의심을 발휘하여 그들을 구해내고자 하는 이들이 적지 않게 몰려들어 공격을 펼쳤다. 많을 때는 수백 명이, 적을 때는 수십 명이 서너 달에 한번 꼴로 구중천뢰의 죄인들을 구출하고자 이곳을 찾아왔다.

그러나 지금껏 단 한 번도 그들이 목적을 달성한 적은 없었다. 아니, 구중천뢰의 외곽 경비를 뚫고 탑내로 들어선 적도 전혀 없었다.

"안 그래도 올 때가 되었는데, 하고 생각하던 참이었소. 마침 날씨 수상하고 바람이 세차게 부니 이때다 하고 불나방처럼 모여든 것이겠지."

주강은 별일 아니라는 듯 대수롭지 않게 말하며 술을 따랐다. 벌써 혼자서 네 동이의 커다란 술통을 비웠음에도 불구하고 그는 여전히 술잔을 놓지 않았다.

"아니, 예전과는 좀 다른데."

뢰주가 중얼거렸다. 옥주들의 시선에 그에게로 쏠렸다.

"꽤 강한 자들이군. 경비를 서는 아이들이 여태 그들의 행적을 눈치채지 못한 걸 보면 말이지."

그의 말에 사람들의 표정이 굳어졌다.

그러고 보니 이상한 일이었다. 그들이 신음 소리를 알아차린 지도 벌써 일 각 가까이 흘렀다. 일 각이라는 시간은 놈들의 행적을 발견했거나 혹은 경비망에 문제가 생긴 걸 몇 번이나 확인하고도 남을 시간이었다.

또한 예전 상황을 비춰보자면 벌써 호각 소리가 난무하고 사방에서 고함이 오가며 병장기 부딪치는 소리가 요란하게 울려 퍼져야 할 시각이었다.

그런데도 탑 밖에서는 아무런 반응이 없었다. 그것은 그들의 경비망이 아직까지 놈들의 행적을 전혀 눈치채지 못하고 있다는 사실의 반증이었다. 지금껏 이런 경우는 처음이었다.

"에이, 술맛 떨어져!"

주강은 탁자 옆에 세워둔 칼을 집어 들며 자리에서 벌떡 일어났다.

"두어 달 우리가 밖에 나갔다 온 사이에 기강이 엉망이 되었다니까! 이게 다 그 철검자 애송이 때문이다!"

그는 짜증내듯 투덜거리며 방문을 열고 밖으로 나갔다. 쿵! 하는 소리와 함께 철로 만들어진 방문이 닫혔다.

"내일 모레면 환갑인데 여전히 저 성질은……."

탈명검옹이 혀를 찼다. 뇌주가 빙긋 웃으며 말했다.

"열화의 무공을 익혀서 그런 것 아니겠소?"

탈명검옹이 웃으며 말을 받았다.

"열화의 무공 탓이 아니라 성격 자체가 워낙 애들 같아서 그런 걸 겁니다. 일전에 부뢰주와 한바탕 싸웠던 것도 다 치기 넘치는 성격 때문에 나잇값하지 못하고 그랬던 게 아니겠습니까?"

"그런가요? 그러나저러나 부뢰주가 늦기는 늦는구려."

그들은 침입자에 대한 생각은 잊은 듯 전혀 다른 화제를 가지고 이야기를 나눴다.

물론 침입자들이 다른 여느 때보다 훨씬 강한 자들이라는 사실을 짐작하고는 있었다. 하지만 다른 사람도 아닌 팔옥주 화룡도 주강이 직접 나섰기 때문에 금세 정리가 될 거라고 철석같이 믿고 있는 것이다.

아니나 다를까, 화룡도 주강의 고함이 들리나 싶더니 금세 호각 소리가 울려 퍼졌고 무사들이 다급하게 움직이는 소리들이 이어졌다.

"역시 애들 다를 줄 안다니까."

탈명검옹이 껄껄 웃었다.

계속해서 대화는 화기애애하게 이어졌고 술잔도 한 순배 돌았다. 탈명검옹이 뢰주의 두 번째 술잔에 술을 따를 때였다. 뢰주는 들고 있던 술잔을 내려놓았다. 탈명검옹이 의아한 눈빛으로 그를 바라보았다.

뢰주는 가볍게 한숨을 쉬며 중얼거렸다.

"내 예상이 틀렸군그래."

그는 허리를 숙여 탁자 옆에 놓여 있던 장창을 집어 들었다. 탈명검옹이 무슨 영문인지 모르겠다는 표정을 지으며 물었다.

"예상이 틀리다니요?"

"놈들을 고수라고 했던 예상 말이오."

뢰주는 방문으로 시선을 돌리며 말했다.

"알고 보니 그냥 고수가 아니라 초절정의 고수였구려."

그와 동시에 방문이 미끄러지듯 열렸다. 그리고 장발의 젊은 사내가 천천히 방 안으로 들어섰다. 그 광경에 탈명검옹이 깜짝 놀랐다.

'아니, 전혀 기척을 느끼지 못했는데……'

탈명검옹 정도 되는 이가, 문을 열고 들어설 때까지 전혀 기척을 눈치채지 못했다는 것은 그만큼 저 젊은이의 실력이 대단하다는 것을 의미했다.

게다가 그들이 지금 앉아 있는 방은 구중천뢰의 오층. 이 거대한 석탑이 세워진 이래로 일층을 통과한 침입사가 단 한 명도 없었다는 사실을 상기해볼 때, 확실히 저 장발의 젊은 사내는 심각할 정도로 위험한 자였다.

젊은 사내가 방 안에 들어서자 제일 먼저 반응한 사람은 지금껏 단 한 마디도 하지 않고 술잔만 기울이던 진천쌍극 호산화였다.

그는 젊은 사내가 문을 열고 방으로 들어서자마자 어느새 빼든 쌍극을 힘껏 내던졌다. 두 개의 극이 허공을 일직선으로 가르며 순식간에 사내의 목과 가슴을 내리찍었다.

바로 그 순간, 사내의 신형이 흐릿해지나 싶더니 두 개의 극은 그의 몸을 관통하여 그대로 방문에 부딪쳤다. 쩌엉! 하는 소리와 함께 놀랍게도 철문에 박힌 극의 자루들이 그 남은 힘을 주체하지 못하고 마구 요동쳤다.

그 광경을 지켜보던 뇌주의 눈가에 미미한 동요의 빛이 떠올랐다. 호산화가 내던진 전광석화와 같은 쌍극의 공격을 가볍게 피해낸 그 보법이 눈에 익었던 것이다.

"유령혼귀보?"

그는 저도 모르게 나직하게 중얼거렸다. 그 유령혼귀보는 지저갱에 갇혔다가 죽은 것으로 파악된 야유신 구부의 성명절기 중 하나였다.

'그렇구나.'

그는 탁자를 향해 천천히 다가오는 사내의 정체를 파악할 수 있었다.

'취불의 제자, 광도의 후예.'

뇌주는 손을 들어, 막 자리에서 일어나려는 호산화와 탈명검옹을 제지했다. 가까이 다가온 젊은 사내가 뇌주를 바라보며 입을 열었다.

"오랜만이군요."

뢰주는 차분하게 대답했다.

"오랜만이다. 청련봉 지저갱 입구에서 본 후 처음이지, 아마?"

젊은 사내, 나정은 뢰주의 얼굴을 뚫어지게 바라보며 말했다.

"그러니까 육 년만인가요, 창왕 백리 어르신."

3

아미파의 속가제자이면서 저 백리세가의 현 가주인 자.

우내십팔천 중 가장 나이가 어리면서도 오왕의 한 자리를 차지한 자.

그런 까닭에 그가 취불이나 광도의 나이에 이르게 될 즈음에는 검신을 몰아내고 창신이라 불릴 것이라고 사람들이 예상했던 인물.

지저갱의 문을 열기 위해 모였던 많은 군웅들을 선도하고 이끌어서 그들을 함정에 빠뜨리고 자신은 홀로 도주했던 그 인물.

그가 바로 창왕 백리제일이었으며, 또한 구중천뢰의 책임자 뢰주였던 것이다.

지저갱이 무너지던 순간 나정은 돌에 머리를 맞아 혼절한 채 지하로 떨어졌다. 그런 까닭에 백리제일의 배신을 직접 보지는 못했지만 훗날 취불의 입을 통해서 그러한 사실을 전해 들을 수가 있었다.

당시 사람들은 다른 이도 아닌 창왕 백리제일의 배신에 큰 충격을 느끼고 허탈해했다. 하지만 취불은 이해가 간다는 듯이 눈을 감고 중얼거렸다.

"부족한 형을 둔… 착한 동생이기 때문이지."

그게 무슨 뜻인지는, 바로 곁에 앉아서 유일하게 취불의 중얼거림을 들었던 나정이 알 리가 없었다. 하지만 나정은 그렇게 중얼거리며 안타까워하는 취불의 표정을 아직도 기억하고 있었다.

어쩌면 그는 다른 사람과 달리 자신의 욕망을 위해서 배신한 게 아닐 것이다. 피치 못한 사정이 있는 것이리라.

나정은 그렇게 추측했고, 구중천뢰의 뇌주가 다름 아닌 창왕 백리제일이라는 소리를 신주오괴로부터 들은 순간, 어쩌면 취불 어르신과 일행을 구할 수 있는 방법이 구중처뢰에 있지 않을까 하는 생각이 떠올랐던 것이다.

'그가 마음을 바꾸는 것이야말로… 천계로 갈 수 있는 유일한 방법일 것이다.'

나정은 육 년만에 만나게 된 창왕 백리제일을 천천히 바라

보았다. 육 년 전, 오십대 초반의 나이였으니 이제 환갑 전후
일 것이다. 청수해 보이는 얼굴은 여전했고 고고한 기운도 달
라지지 않았다.

하기야 호칭도 별반 달라지지 않았으니까. 예전의 창왕에
서 지금은 구천시왕 중 한 명인 뢰왕(牟王)으로 불린다는 차
이일 뿐, 결국 그는 세인들의 평대로 창왕에서 창신이 되지는
못했다.

"노스님이 제게 해주셨던 말이 있습니다."

나정은 창왕, 아니 이제는 뢰왕으로 더 유명한 백리제일을
바라보며 입을 열었다.

"백리 어르신께서 언질을 주셨기에 저 지저갱에서 끝까지
버티고 살아 나오실 수 있었다구요."

백리제일의 눈빛이 살짝 흔들렸다.

그가 지저갱의 함정을 열고 뭇 군웅들을 그곳에 빠뜨린 후
빠져나오려 할 때 취불과 한 번 맞부딪친 적이 있었다. 당시
취불의 그 강력한 신위를 본 백리제일은 '어쩌면' 하는 마음
으로 그에게 몇 마디 경고를 보냈던 적이 있었다.

"구중천의 힘은 무섭습니다!"

"그는 그가 아닙니다! 구중천의 주인이 바로 그입니다!"

그 날 이후 백리제일은 취불이 지저갱을 빠져나왔다는 소식을 애타게 기다렸다. 하지만 세월은 무심하게 흘렀고 결국 이 년 전, 그는 취불의 생환을 포기하게 되었다.

'정말 묘하다니까. 모든 걸 포기하는 순간 취불 선배들이 지저갱을 빠져나왔다는 소식을 듣게 되다니……'

백리제일은 몇 달 전의 일을 떠올렸다. 지저갱의 결계가 무너지고 취불을 비롯한 군웅들이 나타났다는 소식과 그들을 사로잡으라는 명령이 떨어졌을 때, 그는 꽤나 큰 번민에 휩싸여야만 했다.

'이미 때는 늦었다.'

구중천은 완벽하게 중원 위에 군림하고 있었다. 최소한 이 년만, 이 년만 앞서서 그곳을 빠져나왔더라도…….

백리제일은 포기했다.

그리고 백리제일은 다른 구중시왕들과 더불어 취불 일행을 잡기 위해 길을 떠났으며 결국 예상대로 그들을 잡아서 천계로 보냈다. 그것으로 모든 것이 끝났다라고 생각하던 참이었는데, 이렇게 취불의 제자가 뜬금없이 나타난 것이다.

"취불을 찾는 거라면 이곳에 없다."

백리제일은 차분하게 말했다. 나정은 고개를 끄덕였다.

"알고 있습니다."

"그렇다면 왜 이곳에?"

“물론 이곳에 온 이유는 노스님과 다른 어르신들을 구출하기 위해서입니다.”

“오해하고 있군그래. 이곳에는 취불이 없다니까. 그는……”

“천계에 계시다는 거, 알고 있습니다.”

“이것 참, 말이 계속 빙빙 도는 것 같은데. 그렇다면 왜 이곳에 온 거지?”

“천계로 갈 방법이 이곳에 있으니까요.”

나정의 말에 백리제일은 입을 다물었다. 백리제일의 제지로 인해 그동안 묵묵히 그들의 대화를 듣고만 있던 탈명검웅과 호산화의 눈빛이 기이하게 반짝였다. 뭔가 분위기가 이상하다는 것을 느낀 까닭이었다.

백리제일은 잠시 나정을 지켜보다가 말했다.

“물론 뇌옥에 갇혀 있는 자들 중 천계의 위치를 아는 사람이 있기는 하지. 하지만 쉽지 않을 거야, 뇌옥을 열기까지는.”

나정은 침착하게 말했다.

“각오하고 있습니다.”

그때였다.

“각오하고 있다니 다행이군.”

탈명검웅이 검을 쥔 채로 자리에서 일어나며 입을 열었다.

“나는 입만 살아 있는 자를 경멸하니까 말이지. 어디 진짜 각오하고 왔는지 한 번 볼까?”

나정은 그제야 처음으로 탈명검옹을 돌아보았다. 그 무심하고 차분한 눈길에 탈명검옹은 저도 모르게 움찔거렸다. 눈빛 속에 숨겨져 있는 자신감과 당당함을 느낀 것이다.

적진에 홀로, 그것도 구천시왕 중 한 명과 옥주 두 명이 자리한 한복판으로 쳐들어온 자의 기개가 천하의 탈명검옹을 움찔거리게 만들었다. 그리고 그 움찔거림은, 탈명검옹 스스로를 부끄럽게 느끼고 동시에 화가 치밀게 만들었다.

"어딜!"

그는 벼락처럼 소리치며 손을 뻗었다. 일순 새하얀 섬광이 전광석화처럼 뻗어나갔다. 그가 자신하고, 또 사람들이 인정하는 탈명검의 쾌식이 펼쳐진 것이다.

새하얀 섬광은 정확하게 나정의 목젖을 꿰뚫었다라는 순간 믿을 수 없게도 나정의 신형이 그 자리에서 사라지고 없었다.

"어엇?"

그 놀랍고 황당한 광경에 탈명검옹이 깜짝 놀라 입을 벌렸다. 눈에 잡히지 않을 정도로 빠른 움직임이었다. 탈명검의 쾌식보다 더욱 빠른 보법이었다.

하지만 나정이 보이지 않을 정도로 빠르게 움직이는 기척은 느껴졌다. 신형은 숨길 수 있을지언정 그 체온과 호흡, 심장박동까지는 숨기지 못하는 것이다. 그게 곧 기척이었고, 정면에서 자신의 뒤로 돌아가는 그 기척을 감지하는 순간 탈명검옹은 재빨리 정신을 차리고 검을 회수하여 두 번째 검식을 펼쳤다.

"현오(玄鳥)!"

그의 입에서 맹렬한 기합이 터졌다.

무인이 고함을 지르거나 기합을 터뜨리는 까닭은 자신의 내력을 한껏 끌어올리고 정신을 최대한 집중하기 위해서였다. 그냥 입을 다물고 주먹을 휘두르는 것과 크게 고함을 치며 주먹을 휘두르는 기세와 위력은 사뭇 다를 수밖에 없었다.

더불어 초식명을 외치는 까닭은 내력을 끌어올리고 정신을 집중하는 것에 더해서 언령까지 실어보내기 위해서였다. 무공이 일정 경지에 이르면 곧 주술의 능력까지 발휘할 수 있었다. 또한 이 일격으로 끝장을 보겠다는 자신의 결연한 의지를 보여주는 것이기도 했다.

탈명검옹이 현오라고 부르짖는 순간, 아까와는 달리 한 줄기 묵광(墨光)이 뻗어 나와 주변공간을 휘감더니 이내 나정의 기척을 향해 맹렬히 부딪쳐 갔다.

유령무영신(幽靈無影身)의 수법으로 허공과 공간의 사각을 이용하여 움직이던 나정은 탈명검옹의 현오가 자신을 향해 한 마리 검은 까마귀처럼 날아드는 것을 보고는 꽤나 놀라야만 했다.

'유령무영신은 야유신 어르신의 최고절기이다. 그런데도

보자마자 그 허점을 파고들어 일격을 날리다니!'

역시 만만치 않은 고수!

나정은 빠르게 발을 놀렸다. 그 움직임에 놀란 것은 탈명검옹이었다.

'죽으려고 환장한 겐가?

놀랍게도 나정은 뒤로 물러나지 않았다. 외려 탈명검옹의 흑오를 향해 맞부딪치듯이 달려들고 있었다.

"그렇다면!"

탈명검옹은 단전 안의 모든 내공을 끌어올렸다. 전력을 다해 흑오의 기세를 곱절로 늘렸다. 콰콰콰! 검명(劍鳴)이 요란하게 울려 퍼졌다.

나정은 달리는 기세를 멈추지 않으면서 몸을 뒤로 젖혔다. 그의 무릎이 꺾이더니 지면과 몸이 평행을 이뤘다. 그 위로 흑오의 강맹무비한 기세가 넘실거리며 스쳐지나갔다.

나정은 그 철판교(鐵板橋)의 자세를 유지한 채, 비룡번신(飛龍翻身)의 수법으로 몸을 뒤집었다. 그리고는 두 손으로 힘껏 지면을 떼밀며 몸을 날렸다. 거꾸로 몸을 날려 두 발로 탈명검옹의 무릎을 찍어가는 수법이었다.

'겨우 이 정도로?

탈명검옹은 피하지 않았다. 피하는 순간 놈이 어떤 식으로 움직일지 모르니까. 놈의 날렵하고 재빠른 운신을 보건대 외려 기회는 지금이었다.

'살을 내 주고 뼈를 깎는다!'

그는 호신강기를 발동하여 무릎을 보호하면서 손목을 틀고 팔꿈치를 꺾어서 흑오의 방향을 바꿨다. 밑으로 파고드는 나정의 등을 향해 내리찍으려는 생각이었다.

바로 그 순간.

나정의 두 발이 기묘하게 일그러지는가 싶더니 이내 두 개의 채찍으로 모습이 변했다.

"무생유가진력!"

지켜보고 있던 백리제일이 놀라 부르짖었다. 탈명검옹도 뒤늦게 눈치를 채고는 화들짝 놀라며 몸을 피하려 했다.

하지만 때는 늦었다. 두 개의 채찍은 정확하게 탈명검옹의 두 다리를 꽁꽁 묶고는 힘껏 들어올렸다가 그대로 내동댕이 쳤다. 호신강기는 타격에만 그 묘용이 발동되는 수법, 나정이 펼친 이러한 공격에는 무용지물이었다.

쿵! 요란한 소리와 함께 탈명검옹이 바닥에 내리박혔다. 그 다급한 와중에도 탈명검옹은 재빨리 몸을 비틀어서 머리를 보호했다. 그러나 격렬한 타격에 어깨뼈가 으스러진 듯했다. 그 고통을 참으면서 탈명검옹은 제 두 발을 묶고 있는 채찍에서 벗어나려고 안간힘을 다했지만 소용이 없었다.

물론 그것으로 끝이 아니었다. 나정은 바닥에 널브러진 탈명검옹을 벽을 향해 힘껏 내던졌다. 이번에는 탈명검옹의 머리부터 정확하게 돌벽에 내리꽂혔다.

그 순간, 호산화가 몸을 날렸다.

명색이 옥주들이었고 천하에 위명을 떨치던 백팔기인들이었다. 그들의 뇌리에 합격(合擊)이라는 단어는 없었다. 그런 까닭에 탈명검옹이 위험에 이를 때까지 그 자리에서 꼼짝하지 않고 지켜보기만 했던 호산화였고 또 백리제일이었다.

그런 호산화가 몸을 날린 것은 즉사의 위기에 처한 탈명검옹을 구하기 위해서가 아니었다. 나정이 탈명검옹과 싸우느라 정신이 팔린 사이, 그 허점을 노린 것이다.

호산화가 자리를 박차고 몸을 날린다 싶은 순간, 그의 두 손이 기형적으로 길게 늘어나며 두 자루의 극으로 변했다. 역시 유가진력을 펼친 것이다.

바닥에 드러누운 채 채찍으로 변한 두 발을 휘둘러 탈명검옹을 벽으로 내던지던 나정은 자신의 머리를 노리고 허공에서 내리찍어오는 두 자루의 극을 발견했다. 피하거나 움직일 수 없는 상황, 나정은 달마보리진기를 발동하며 두 손을 뻗었다. 황금빛 광채가 일렁거렸다.

"금강참마격(金剛斬魔擊)……."

백리제일이 저도 모르게 중얼거릴 때, 그 황금빛 광채는 이내 방 안을 가득 메웠다. 백리제일은 마치 태양을 직접 본 것 같은 충격 때문에 얼른 눈을 감아야 했다.

그것은 호산화 역시 마찬가지였다. 극으로 변한 두 손이 나정의 머리를 박살 내려는 순간, 황금빛 광채가 그의 눈앞에서 폭발하듯 일렁였고 그 휘황찬란한 빛에 의해 호산화는 저도 모르게 고개를 돌려야만 했다.

쾅!

가슴이 터지는 듯한 충격과 고통이 엄습해왔다. 그의 몸이 날아가던 반대 방향으로 움직이는가 싶더니 이내 등이 박살 나는 고통을 맛보아야했다.

고개를 돌리는 그 짧은 순간, 금강참마격의 일격에 정통으로 가슴을 격중당한 그는 순식간에 허공을 날아 천장에 부딪친 것이었다. 그리고 곧바로 바닥으로 추락해서 나뒹굴고 말았다.

"컥!"

입과 코에서 핏물이 울컥 흘렀다. 얼굴이 정면으로 바닥에 부딪치는 바람에 코뼈가 박살 나고 치아가 부러졌다. 하지만 그건 약과였다. 천장에 부딪치는 바람에 척추가 두 동강이 났고 금강참마격에 격중당한 가슴뼈는 산산조각 난 상태였다.

호산화는 자리에서 일어나기 위해 바둥거리다가 결국 그대로 죽음을 맞이했다.

이른 바 옥주라고 불렸던, 한 때는 백팔 명의 영웅 중 한 명이었던 자의 최후치고는 너무나도 허망한 죽음이었다.

그것은 탈명검옹 역시 마찬가지였다. 그는 뒤늦게 무생유가진력을 펼쳐 나정의 채찍에서 벗어나려 했지만, 너무 때가 늦었다.

나정은 보자기에 싼 개구리처럼 탈명검옹을 수차례 벽과 바닥에 후려쳤다. 한 번 벽에 부딪치고 바닥에 떨어질 때마다 탈명검옹의 뼈는 으스러졌고 근육은 고깃덩어리가 되었다. 코와 입뿐만 아니라 귀와 심지어 항문에서까지 피가 뿜어져 나왔다. 탈명검옹이 그렇게 개죽음을 당하기까지 걸린 시각은 불과 열을 헤아릴 정도밖에 되지 않았다.

나정의 몸이 원상태로 돌아왔다. 바닥에 아무렇게나 내팽개쳐진 탈명검옹의 몸이 몇 차례 경련을 일으키다가 멈췄다.

"잔인하군."

백리제일은 천천히 몸을 일으켜 세우는 나정을 보며 그렇게 말했다. 나정은 무심한 표정으로 백리제일을 마주 보며 입을 열었다.

"노스님과 어르신들을 구할 때까지, 살귀(殺鬼)가 되기로 작정했으니까요."

1

두 명의 옥주가 처참하게 죽었음에도 불구하고 백리제일
은 여전히 침착하게 자리에 앉아 있었다. 돌벽 밖에서는 여전
히 세찬 바람이 불어왔고, 그 바람 사이로 비명과 고함, 그리
고 병장기 부딪치는 소리들이 쉴 새 없이 이어졌다.

백리제일은 가만히 귀를 기울이다가 물었다.

"동료들인가?"

나정은 조금 전까지 탈명검옹이 앉아 있던 자리에 앉으면
서 대답했다.

"신주오괴와 귀문사마들입니다."

"희한하군. 정파의 거물인 취불의 제자가 그 동료로 얻은
자들이 사파의 인물들이라니 말이야."

"정파 사람들이 썩었으니까요."

백리제일은 정파의 대들보라고 할 수 있는 백리세가의 가
주였다. 철검자는 저 무당파 장문인의 제자였다. 그런 의미에
서 보자면 확실히 정파는 썩었다.

나정의 거침없는 말에 백리제일은 미소를 머금었다. 어딘
지 처연해 보이기까지 한 미소.

"부끄럽지만… 차마 부인할 수 없군그래."

백리제일은 그렇게 말하며 술을 마셨다. 나정은 가만히 그
모습을 지켜보았다. 세 잔의 술을 연거푸 마신 후 백리제일은
술잔을 내려놓으며 말했다.

"석 잔 벌주 삼아 마셨으니 그 이야기는 그만하기로 하고, 아
까 보니까 대단하더군. 무생화천진력에다가 달마보리신기, 그
리고 지저갱에 갇혀 있던 영웅들의 무공까지 모두 펼치더군그
래. 불과 육 년 만에 그런 성취를 이루다니, 역시 호부(虎父)에
게서 견자(犬子) 나오지 않는 건가보군."

우내십팔천 중 세 손가락 안에 드는 광도의 핏줄을 이어받
았으니 확실히 나정의 자질이 뛰어나다 할 수 있었다. 하지만
굳이 그걸 두고 호부와 견자 운운하는 건 어딘지 모르게 어색
한 표현이었다.

　그러나 나정은 그 어색한 부분을 간과하고 지나쳤다. 사실 지금 그에게 중요한 것은 천계에 대한 일이지, 호부니 견자니 무공이니 성취니 하는 것들이 아니었으니까.

　백리제일은 나정과 달랐다. 그는 좀 더 많은 이야기를 나누고 싶은 듯했다.

　"사실 무생화천의 기운은 그 수련의 방법이 여타 다른 심공들하고 완전히 달라서 그걸 익히면 다른 심법은 익힐 수가 없지. 또 뒤늦게 무생화천의 기운을 받아들이면 기존의 내공이 감소되는 단점도 있거든. 그런 까닭에 네가 생각보다 훨씬 쉽게 저 두 명의 옥주들을 해치울 수가 있었던 게야. 물론 네가 무생화천진력을 펼칠 줄 안다는 사실을 저들이 몰랐던 점도 있고 말이지."

　백리제일의 말에 나정은 그제야 새삼스러운 사실을 깨달았다는 듯이 고개를 끄덕였다. 사실 후자의 이점은 나정 또한 알고 있었지만 무생화천의 기운을 익히면 기존 내공이 감소된다는 사실은 미처 알지 못한 일이기도 했다.

　"그래서 구중천에 합류하고 뒤늦게 무생화천의 기운을 익힌 자들은 많이들 후회하지. 너도 알겠지만 무생화천의 기운이라는 게 배운다고 단숨에 손이 칼이 되고 발이 채찍이 되거나 하지 않거든. 외려 복잡하고 난해한 만큼 익히다가 중도 포기하는 자들이 더 많지."

백리제일은 어깨를 으쓱거리며 웃었다. 나정도 따라 미소를 지었다.

물론 나정은 그런 사실을 알 리가 없었다. 그는 태어나면서부터 무생화천의 태를 간직했고 그 태가 이끄는 대로 진력을 받아들여 불과 며칠 만에 무생화천진력을 펼칠 수 있었으니까.

나정의 그런 사실을 모르는 듯 백리제일은 한숨을 쉬며 계속해서 말을 이어나갔다.

"그런 걸 익히자고, 언제 제대로 된 진력을 펼칠 줄 모르는 무공을 익히자고 기존 내공을 포기한다? 갓 무공을 익힌 자나 혹은 중급에 해당되는 자들이라면 모르겠지만 이른바 백팔기인에 해당될 정도의 고수라면 쉽지 않은 결단이거든."

나정은 황숭을 떠올렸다. 확실히 그의 명성과는 달리 자신의 무공은 강하지 않았다. 만약 그가 무생화천진력을 펼치지 않았더라면 저 백팔기인들보다 훨씬 떨어지는 귀문사마에게 고스란히 당했을 것이다.

또 나정은 사령이라는 자를 떠올렸다. 그는 싸움을 벌이자마자 무생화천진력을 펼쳤다.

어쩌면 그는 애당초 무생화천진력으로 무공에 입문한 것일 수도 있었고 또는 원래 지닌 무공이 형편없었을 지도 몰랐다. 그러나 무생화천진력만큼은 놀라워서 철검자나 심지어 호산화의 그것에 비견해도 결코 떨어지지 않았다.

'그래서 내가 일개 사령 따위를 상대하는데 이토록 힘들다면 저 구중천의 고수들과 어찌 싸울 수 있을까? 하고 고민을 많이 했지.'

나정은 무심결에 호산화와 탈명검웅을 돌아보며 생각했다.

'하지만 그 걱정과 고민에 비해서 철검자나 저들을 너무나도 간단하게 해치웠어. 그런데 무생화천진력에 그런 단점이 있었다니……'

철검자를 해치우고 나서 느꼈던 그 의아함이 풀리는 순간이었다.

백리제일이 다시 말했다.

"그래서 구중천에 합류한 몇몇 고수들은 고민 끝에 무생화천진력을 익히지 않기로 했지. 그러니 얼마나 후회를 하겠느냐? 무생화천진력에 눈이 멀어서 그들의 행사에 동조했는데 결국에는 그걸 포기하고 말았으니……. 말 그대로 땅을 치고 후회할 노릇이었지."

"어르신께서도……."

나정은 조심스레 입을 열었다.

"그러한 고수들 중 한 분이십니까?"

백리제일은 묘한 미소를 머금었다. 긍정도 부정도 아닌.

그는 그런 뜻 모를 미소를 머금은 채 입을 열었다.

"무생화천에 눈이 멀었느냐 하면 그건 아니다. 하지만 무생화천을 익혔느냐 하면 그것도 아니지."

나정은 문득 취불의 말이 떠올랐다.

취불은 백리제일의 배신에 대해 이야기하면서 한편으로는 꽤나 아쉬워했다.

"못난 형을 둔 잘난 아우의 그릇된 우애라고나 할까……."

당시 나정은 그 뜻에 대해서 물어보려 했지만 워낙 취불의 분위기가 가라앉아 있어서 차마 입을 열 수가 없었다.

하지만 지금에 와서야 비로소 그 의미를 어느 정도 이해할 수가 있었다. 왜 무생화천에 욕심이 없으면서도 백팔기인들을 배신하고 구중천에 합류하게 되었는지, 또 구중천에 합류해 놓고서도 취불에게 구중천을 조심하라고 주의를 줬는지도.

'결국 자의가 아닌 거야. 타의에 의해서 구중천에 합류한 것이지. 그리고 그 타의라는 게…….'

나정은 백리제일의 눈치를 살피며 물었다.

"형님 때문이셨습니까?"

일순 백리제일의 입가에서 미소가 사라졌다. 그의 노안(老顔)에 새겨진 주름이 더욱 깊게 패였다. 그는 대답 대신 술잔을 들었다. 그리고 천천히 술을 비운 후 잔을 내려놓았다.

"말이 너무 길었구나."

백리제일의 가라앉은 목소리가 탁자 위에 먼지처럼 쌓였다. 나정은 내심 한숨을 쉬었다.

그와는 싸우고 싶지 않았다. 하지만 이미 그는 결심을 한 것이다. 죽음을 각오한 자에게 더 이상 무슨 말을 하겠는가.

"물론 나는 천계의 위치에 대해서 정확하게 알고 있고 그곳으로 가는 방법도 알고 있지. 하지만……."

백리제일은 나정을 바라보며 말했다.

"한 번 정도(正道)를 배신하고 구중천의 사람이 된 이상 두 번 배신할 수야 없지. 그러니 내가 죽기 전에는 그런 사실들에 대해서 말해줄 수가 없다."

나정은 안타까워하면서 입을 열었다.

"한 번 더 재고하실 수는 없습니까?"

"미안하구나. 이미… 취불 노선배와 재회한 이후부터 쭈욱 결심하고 있었던 일이야."

백리제일은 탁자 옆으로 손을 내밀었다. 그의 의자 옆 바닥에 아무렇게나 놓여 있던 거무튀튀한 창이 둥실 떠올라 그의 손에 쥐어졌다.

백리제일은 창의 길이를 가늠하더니 아무런 망설임없이 창대 중간 부분을 잘랐다. 일반 검이나 칼보다 외려 줄어든 길이의 창을 가볍게 들어보면서 그는 웃었다.

"이 정도 무게와 길이면 네 날램에 어느 정도 대비가 되겠 구나."

그는 자리에서 일어났다. 나정은 망설이다가 그를 따라 일 어났다. 백리제일은 탈명검옹과 호산화의 시신을 구석으로 치우며 입을 열었다.

"한 가지 말해주지. 내가 구중천에 합류한 가장 큰 이유는 천방지축 형님 때문이 아니다."

"그렇다면……."

"그들의 신위를 직접 견식했기 때문이지."

시신을 치우고 방 중앙에 우뚝 선 백리제일은 문득 가슴을 펴며 고개를 살짝 들었다.

일순 하늘을 우러러 그 정상에 우뚝 서 본 자만이 지닐 수 있는 오연한 성정이 거침없이 흘러나와 그의 전신을 휘감았 다. 그것은 제왕의 기도이기도 했고 천하제일고수의 기개이 기도 했다.

나정은 저도 모르게 감탄하고야 말했다.

'도왕 천 어르신께서도 보여주셨던 바로 그 절대자의 모습 이구나.'

달리 창왕이라 불리는 게 아니었다. 서른 살 이후로 세상에 서 가장 강한 열여덟 명 중의 한 명이 되었던 자만이 지닐 수 있는 기세가 백리제일의 전신을 휘감고 있는 가운데, 그는 나정을 돌아보며 천천히 말했다.

"나를 십 초 안에 이긴다면… 천계에 대한 비밀을 가르쳐 주마."

2

나정의 가슴이 쿵쾅거렸다.

백리제일이 왜 십 초라고 한정했는지, 그 까닭을 이해할 수 있을 것만 같았다.

'그렇구나. 구중천의 신위를 직적 경험했다는 것은 곧 그들에게 졌다는 의미, 그것도 십 초 안에 말이다.'

나정은 마른침을 삼켰다.

백리제일은 이른바 우내십팔천 중 오왕의 한 명이었다. 즉 창왕 백리제일은 취불이 높이 평가하고 나정이 경외하는 도왕 천야종과 거의 비슷한 실력을 지녔다고 볼 수 있었다. 그런 백리제일이 십 초를 견디지 못했다는 것은 그만큼 구중천의 실력자들이 막강하다는 의미였다.

'취불 노스님이라면 백리 어르신을 십 초만에 이길 수 있을까?'

나정은 백리제일의 자리에 도왕 천야종을 대입했다. 그는 이내 고개를 저었다. 아무리 취불이라 하더라도 도왕 천야종을 십 초 안에 제압할 수는 없다는 생각이 들었다.

'그렇다면 나는… 백리 어르신을 상대로 과연?

십 초?

아니 어쩌면 승리도 장담하지 못할지 모른다.

하지만 어쨌든 기회가 온 게다. 지금껏 앞이 전혀 보이지 않는 암흑 속에서 길을 헤매다가 우연히 밖으로 나갈 수 있는 밧줄을 잡게 된 것이다.

이 밧줄을 따라간다면 천계까지 갈 수가 있었다. 그러니 무조건 힘을 낼 수밖에 없는 상황이었다.

나정은 크게 한 번 심호흡을 했다. 그리고 한 손을 들어 반장하며 말했다.

"이조암의 나정이 삼가 창왕께 한 수 배우겠습니다."

백리제일은 나정의 표정이 어떻게 변하는지 가만히 지켜보고 있었다. 그리고 마침내 심기일전한, 결연한 의지를 내보이는 얼굴이 되었을 때 백리제일은 저도 모르게 고개를 끄덕이고 있었다.

'아무리 강호가 넓고 인재가 많다 하지만, 오왕 중 한 명을 상대로 전력을 다해 싸워 이기겠다는 생각을 할 수 있는 자가 과연 몇이나 될까.'

그것도 불과 약관의 나이에.

백리제일은 나정의 인사를 정중하게 받아들였다. 그는 한 걸음 앞으로 내디디며 손에 든 묵창(墨槍)을 사선으로 내리그 었다. 정정당당한 비무에 앞서 펼치는 의식 중의 하나인 기수 식(起手式)이었다.

나정은 동자배불(童子拜佛)의 예를 갖춘 후 한 걸음 뒤로 물러났다. 그리고는 달마보리진기를 한껏 끌어올려 전신의 기맥에 넘쳐흐르게 만들었다.

상대가 진심으로 싸우고자 하고 또 무생화천진력을 익히지 않았다는 사실에 나정 또한 오로지 달마보리진기만으로 그와 싸울 작정이었다.

백리제일의 입매가 살짝 올라갔다.

"십 초 안이라고 말했다."

나정은 굳건한 표정 그대로 대답했다.

"알고 있습니다."

"그렇다면 가진 바 모든 전력을 다 기울여야할 텐데."

"그러고자 노력합니다."

"무생화천진력을 봉인한 상태로?"

나정은 뜨끔했다. 백리제일은 이미 자신의 마음속을 뻔히 들여다보고 있었다.

"진검승부가 시작되기 전에 예를 갖추는 건 정파의 자존심이자 자긍심이지. 하지만 진검승부 내내 예를 갖추는 건 정파의 어리석음이자 단점이야."

문득 백리제일의 목소리가 싸늘하게 변했다고 나정은 생각했다.

"그걸 몰랐기 때문에 구파일방을 비롯한 정파는 어처구니 없을 정도로 간단하게 구중천의 휘하에 들어가게 된 거고."

백리제일은 그렇게 중얼거리며 묵창을 앞으로 내밀었다. 일순 창끝이 갑자기 부풀어 오르는가 싶더니 이내 나정의 시야를 가득 메웠다. 그 창끝에 가려져 백리제일의 신형이 보이지 않았다.

나정은 깜짝 놀라며 저도 모르게 한 걸음 뒤로 물러났다.

'신창합일(神槍合一)?'

신검합일의 경지에 들어서면 오직 검만 보이고 사람은 보이지 않는다고 했다. 그런 의미에서 지금 백리제일은 신창합일의 경지를 보여주고 있는 것이다, 그것도 가볍게 창을 앞으로 내미는 동작 하나만으로.

'내가 얼마나 어리석었던가!'

창왕 정도 되는 절대 고수를 상대로 싸우면서 무생화천진력을 봉인한다는 것은 말 그대로 팔 한 쪽을 묶은 채 싸운다는 의미와 같았다. 백리제일은 나정에게 그 오만하고 어리석음을 스스로 경계하게끔 만들고 있었다.

'하지만……'

나정은 입술을 깨물었다.

'그 정도가 아니면 결코 구중천의 절대자들과 싸워 이길 수 없다!'

나정은 다시 한 번 각오를 다졌다.

결국 그가 목숨을 걸고 싸워야할 상대는 백리제일이 아니었다. 백리제일을 십 초만에 제압한 자들, 그들이 바로 나정의 목표였다. 그들과 싸워 이길 생각이라면 백리제일을 십 초 안에 누르는 것만으로는 성에 차지 않았다.

압도적으로 승부를 내야했다.

그게 설령 팔 하나 묶고 싸우는 식이라 하더라도 반드시 백리제일을 이겨야 했다.

그래서 나정은 물러서지 않았다. 결심을 꺾고 마음을 바꾸지 않았다. 그는 앞으로 한 걸음 내딛으면서 자신의 시야를 가득 메우고 있는 창끝을 향해 두 팔을 힘껏 뻗었다. 그의 두 손에서 태양이 폭발하는 듯한 섬광이 터져 나왔다.

저 구옥주 호산화를 일격에 해치웠던, 소림의 칠십이종절예 중 서열 오위인 금강참마격이 펼쳐진 것이다.

3

"이, 이런 빌어먹을……."

화룡도 주강은 어이가 없었다.

그의 가슴은 화탄(火彈)에라도 맞은 듯 시커멓게 죽었고 그의 등에는 서리가 잔뜩 내려앉았다. 어깨와 복부 쪽에는 십여 개의 비수가 꽂혔으며 크고 작은 상흔들이 전신 곳곳에 새겨져 있었다. 놀랍게도 주강의 옷이 새빨갛게 물든 것은 적의 피가 묻은 게 아니라 그가 흘린 피 때문이었다.

상황은 극도로 좋지 않았다.

반면 그와 싸우고 있는 두 명의 노인, 두 명의 중년인, 그리고 한 명의 여인 역시 곳곳에 상처를 입고 있었지만 그 표정이나 행동을 보건대 아직도 여력이 남아 있는 모습이었다.

화룡도 주강은 도저히 믿을 수 없다는 얼굴로 그들을 쏘아보며 말했다. 생각과는 달리 힘없는 목소리가 그의 입 밖으로 기어 나왔다.

"겨우 신주오괴 따위에게……."

"겨우 신주오괴 따위?"

흑선노괴가 코웃음을 쳤다.

"바보로구나, 너. 그렇게 오행신마합격술에 당해놓고도 여전히 우리를 예전의 신주오괴로 생각하다니 말이다."

염화선자가 피식 웃으며 말을 받았다.

"겨우 화룡도 주강 따위가 어떻게 오행신마력의 위대함을 알겠어요?"

일양자가 고개를 끄덕이며 말했다.

“오행마군께서 이 광경을 보셨다면 꽤나 슬퍼하셨을 거야. 당신의 오행신마력을 전수받았음에도 불구하고 겨우 화룡도 주강 따위와 아직까지 싸우고 있으니 말이지.”

삼절수라가 말했다.

“하지만 화룡도 주강 역시 백팔기인 중 한 명이니 뭐 크게 야단치지는 않을 것이오.”

귀목신령이 말을 이었다.

“거기에 우리가 오행신마합격술을 익힌 기간이 채 한 달도 되지 않았으니까.”

맞는 말이었다.

신주오괴가 나정을 통해서 오행신마력을 익히고 오행신마합결술을 배운 건 불과 한 달도 되지 않았다. 특히 염화선자의 경우에는 이곳 북망산으로 오는 도중에 배워 익혔으므로.

그럼에도 불구하고 저 주강을 상대로 이렇게 이득을 본 게 외려 더 놀라운 일일 수도 있었다.

사실 처음 화룡도 주강과 맞닥뜨렸을 때만 하더라도 신주오괴는 가슴이 철렁 내려앉았다. 비록 오행마군의 말이 있었다고는 하지만 그래도 오행신마합격술을 익힌 기간이 너무나 짧았던 것이다.

그러나 정작 싸움이 시작되자 의외의 결과가 나왔다. 다섯 명의 합공은 수레바퀴 돌아가듯 척척 맞아 떨어졌으며 또 그 위력은 몇 배나 강하게 증폭되었다. 그것은 수십 년 동안 오로지 합공만 연마한 이들보다 그들이 더욱 마음이 통하고 하나로 일치했기 때문에 일어난 일이었다.

그들은 들어갈 때 망설이지 않았으며 빠져나올 때 뒤를 걱정하지 않았다. 금수화목토의 오행은 서로 상생하며 하나의 원을 이뤄 움직였다. 그렇게 다섯 명이 하나가 되어 움직이자 비로소 오행신마력의 진실한 위력이 나오는 것만 같았다.

그런 까닭에 주강의 화룡도는 번번이 그들을 놓쳤지만 신주오괴의 공격은 매번 정확하게 주강의 육체에 상흔을 새겨놓았다.

그렇게 백여 초가 지나자 화룡도 주강은 더 이상 서 있을 수 없을 정도의 중상을 입게 되었다. 주강의 입장에서 보자면 미치고 환장할 노릇이었지만 저 치고 빠지는 다섯 명의 연환진 앞에서는 속수무책이었다.

주강은 이를 갈았다.

"미꾸라지 같은 자식들!"

그는 우렁우렁 울리는 목소리로 소리치며 칼을 집어던졌다. 일양자가 황급히 몸을 날려 칼을 피했다. 그러고도 불안했던지 몇 차례 방위를 바꿔서 몸을 움직였다. 하지만 허공을 날아간 칼은 주강에게로 되돌아오지 않고 십여 장이나 날아가서 그대로 땅에 떨어졌다.

‘그냥 칼을 버린 거야?

일양자를 비롯한 신주오괴들의 얼굴에 의아한 기색이 떠올랐다.

일양자가 몇 번이나 보법을 밟으며 몸을 피했던 것은 행여 칼이 허공에서 방향을 틀어 등뒤로 재차 공격해오지 않을까 싶어서였다.

그러나 주강은 말 그대로 칼을 버린 것이다. 설마 이대로 포기하려는 것일까.

신주오괴들은 그건 아니라고 생각했다. 외려 그들은 긴장을 늦추지 않고 더욱 조심했다. 주강이 애병(愛兵)을 버린 것은 그만큼 결사의 각오를 하고 있다는 의미였다. 즉, 주강은 최후의 공격을 펼치려고 하는 것이다.

아니나 다를까.

주강의 두 손이 꿈틀거리기 시작했다. 그 광경을 본 흑선노괴가 깜짝 놀라 소리쳤다.

“유가진력, 네 놈도 익혔더냐!”

주강은 비릿하게 웃으며 입을 열었다.

“물론 익히기는 했지. 하지만 그동안 굳이 이 힘을 펼칠 필요가 없어서 봉인해두었던 터라… 과연 얼마나 제대로 사용할 수 있을지 나도 궁금하군그래.”

그의 손은 이내 거대한 칼로 변했다. 두 자루의 화룡도가

새롭게 등장한 것이다. 신주오괴들은 긴장했지만 그렇다고
겁에 질린 모습은 아니었다.

"흥! 그깟 장난감으로 우리를 겁줄 생각이었다면 큰 오산
이다! 무생유가진력 따위를 두려워했다면 애당초 우리가 구
중천을 상대로 싸울 생각조차 하지 않았을 것이다!"

흑선노괴가 카랑카랑한 목소리로 외쳤다.

주강은 아무 말 없이 내력을 끌어올렸다. 방금 전 제 입으
로 말했듯이 익혀놓고 별반 쓸 데가 없어서 묵혀둔 무공이 바
로 무생유가진력이었다. 그러니 무생유가진력으로 신주오괴
들을 상대할 수 있을지는 그도 자신할 수 없었다.

그나마 다행인 것은 심해보이는 외상과는 달리 내상은 거
의 입지 않았다는 점, 그래서 최상의 무생유가진력을 펼칠 수
있다는 것이었다.

신주오괴들은 재빨리 다섯 방위로 자리를 옮겼다. 금수화
목토(金水火木土). 아군에게는 상생의 방위이지만 적에게는
필살의 진법으로 다가서는 오행(五行)의 진(陣). 누가 오행진
을 펼치자고 소리친 것도 아니었는데 순식간에 그 절묘한 진
법이 완성되었다.

사실 나정에게 배운 지 얼마 되지 않은 까닭에 비록 서로
손발을 맞춰본 횟수는 많지 않지만, 그래도 무려 이삼십 여
년을 함께 부대끼며 살아왔던 그들이었다. 눈빛만 봐도 무슨

생각을 하는지 아는 사이에 연습의 횟수는 중요하지 않았다. 지금 펼친 오행신마진(五行神魔陣)이 바로 그러한 사실을 증명해주고 있었다.

먼저 움직인 쪽은 주강이었다. 그의 변화한 양손이 허공을 가르며 날아들었다. 목표는 흑선노괴와 염화선자! 신주오괴들 중에서 그들이 가장 약하다고 생각한 까닭이었다.

두 개의 칼이 삭풍을 뚫고 날아드는 순간, 흑선노괴와 염화선자는 기다렸다는 듯이 몸을 뒤로 날렸다. 두 곳의 방위가 비는 찰나 신목귀령과 일양자가 주강의 양쪽에서 협공을 펼쳤다. 두 사람이 새로운 방위로 이동하면서 오행진이 자연스레 뒤쪽으로 이동하며 여전히 주강을 포위했다.

"미꾸라지 같은 놈들!"

주강은 다시 소리치며 양쪽으로 칼을 휘둘렀다. 신목귀령과 일양자의 공격과 맞대응을 하는 것이다. 그 순간, 뒤로 물러났던 흑선노괴와 염화선자가 곧장 앞으로 파고들며 공격을 퍼부었다.

동시에 주강의 뒤편에 선 채로 호시탐탐 기회만 노리고 있던 삼절수라가 암기를 날렸다. 그야말로 쇠털같이 미세한 세침(細針) 백여 개가 주강의 등을 노리고 섬전처럼 쏘아졌다.

그것은 바로 삼절수라의 절기 중 하나인 백팔우모비섬침(百八牛毛飛閃針)의 일격이었다.

삼면 협공의 늪에 빠졌다. 싶을 때였다. 주강의 입에서 벼락같은 소리가 튀어나왔다.

"이걸 기다렸다!"

그는 손목에 강한 힘을 주면서 양쪽으로 휘두르던 칼의 방향을 선회, 곧장 정면의 흑선노괴를 향해 교차하듯 칼을 휘둘렀다.

'이런!'

막 뒤로 물러났다가 앞으로 뛰어든 흑선노괴의 안색이 새파랗게 질렸다. 그 해일처럼 밀려드는 막강한 파괴력을 감당할 수가 없었으며, 한편 몸의 중심이 급격하게 앞으로 쏠린 까닭에 피할 수도 없었던 것이다.

'어차피 이렇게 된 것!'

그는 이를 악물며 쌍장을 휘둘렀다. 그의 양손에서 뿜어져 나온 장력이 가공할 기세로 뻗어 나갔다.

콰쾅! 요란한 굉음이 밤하늘을 뚫고 퍼져나갔다. 두 개의 칼과 두 개의 장력이 맞부딪치는 순간, 흑선노괴의 신형이 쏜 살처럼 뒤로 튕겨나갔다.

주강은 그 기세를 이용하여 제 자리에서 팽이 돌 듯 회전하며 두 개의 칼을 사방으로 뻗었다. 일순, 칼날이 반으로 갈라지더니 두 개의 칼은 곧 네 개의 칼로 변해서 신주사괴를 베어갔다.

그 급격한 변화를 미처 감지하지 못한 사괴들의 안색이 급변했다. 무생유가진력에 기묘한 위력이 있다는 건 잘 알고 있었지만, 이런 식의 변화를 일으킬 줄은 미처 예상하지 못했던 까닭이었다.

칼날이 날아드는 순간, 네 명의 사괴들은 황급히 몸을 피했다. 하지만 이미 때는 늦었다. 주강의 칼날은 빠르고 강렬하게 그들의 몸을 베고 지나갔다.

"큭!"

동시에 네 마디의 비명이 터졌다. 그들은 애써 고통을 참으며 빠르게 뒤로 몸을 뺐다. 어떡해서라도 주강의 다음 공격을 피하려는 것이었다.

한 번 기선을 제압하면 폭풍처럼 휘몰아치는 게 화룡도 주강의 특성! 그런 의미에서 신주사괴는 뼛속까지 파고드는 고통을 인내하며 수비 자세를 취하며 곧 이어질 폭풍 같은 공세를 기다렸다.

하지만 주강의 폭풍처럼 쏟아지는 공세는 없었다. 신주사괴들은 눈을 크게 뜨고서 주강을 바라보았다. 방금 전 놀라운 일격을 선보였던 주강은 한쪽 무릎을 꿇은 채 숨을 헐떡거리고 있었다.

"비열한 자식들."

그는 샛노랗게 번들거리는 눈빛으로 신주사괴를 쏘아보며

중얼거렸다.

"비열하게시리 독 따위를 쓰다니……."

그제야 무슨 상황이 벌어졌는지 알겠다는 듯이 삼절수라가 허리를 폈다. 주강의 일격에 베인 그의 옆구리는 부상이 제법 심한지 피가 줄줄 흘러나왔다. 하지만 삼절수라는 만족한 듯한 미소를 머금고 말했다.

"조금 전 네 놈의 기세가 하도 흉흉해서 백팔우모비섬침 모두 네 놈의 호신강기를 뚫지 못하고 튕겨 나갔는지 알았다. 하지만 몇 개는 제대로 격중한 모양이구나. 비섬침에 발라둔 극독이 효능을 발휘하는 걸 보니 말이다."

주강의 이마에는 땀이 흥건했다.

사실 그는 공격에 전력을 기울이느라 호신강기를 펼칠 정도의 내공을 남겨두지 않았다. 대신 그는 무생유가진력을 이용하여 등을 거북이의 등껍질처럼 딱딱하게 바꿔놓았던 것이다.

주강의 예상대로 백팔우모침 대부분 그 등에 맞고 튕겨나갔지만, 그 중 예닐곱 개의 세침들이 그가 미처 변화시키지 못한 목과 귀 사이에 격중한 것이었다.

독은 혈맥을 타고 빠르게 그의 몸속으로 퍼졌다. 어지간한 자라면 그 자리에서 즉사할 정도의 극독이었지만 주강은 이를 악물며 어떡하든 자리에서 일어나려고 애를 썼다.

"빌어먹을! 천화의 화룡도 주강이 한갓 신주오괴 따위에게 무릎을 꿇다니……."

그는 금방이라도 피가 쏟아질 것처럼 붉게 충혈된 눈으로 삼절수라를 쏘아보며 중얼거렸다. 삼절수라는 상처 부위를 지혈하며 웃었다.

"한갓 신주오괴라……. 그래, 그렇게 생각하라. 결국 네 놈은 무엇 때문에 목숨을 잃게 되었는지 전혀 모를 테니까 말이다."

그는 차분한 어조로 말했다. 하지만 결국 소용없는 말이 되었다. 주강은 삼절수라의 이야기가 채 끝나기도 전에 그대로 앞으로 꼬꾸라지며 생을 하직한 것이다.

"으음."

그제야 안심을 한 듯 염화선자가 신음을 흘리며 비틀거리더니 곧바로 자리에 주저앉았다. 그녀의 허벅지는 뼈가 드러날 정도로 깊게 베여 있었다.

그녀뿐만이 아니었다. 일양자도 신목귀령도 모두 상당한 부상을 입고서 비틀거렸다.

하지만 가장 큰 부상을 입은 자는 흑선노괴였다. 주강의 전력을 다한 일격에 정면으로 부딪쳤던 그는 아직도 쓰러진 채 꿈틀거리고 있었다. 그 일격에 의해 매우 엄중한 내상을 입은 듯, 그는 게거품을 물며 붉은 피를 꾸역꾸역 흘리고 있었다.

그나마 가장 부상이 덜한 삼절수라가 황급히 그에게 달려가 응급처리를 하기 시작했다. 다른 이들도 자신의 부상을 도외시하고 흑선노괴에게 다가가 상황을 살폈다.

흑선노괴의 상세를 살피는 삼절수라의 안색이 좋지 않았다. 그는 품에서 약을 꺼내 흑선노괴에게 먹이고 자리에 앉힌 다음 명문혈에 손을 대고 진기를 불어넣었다. 하지만 그는 곧 손을 떼고 다시 흑선노괴를 조심스레 자리에 눕혔다.

"어떤가요?"

염화선자가 파리한 낯으로 물었다.

삼절수라는 고개를 저었다. 염화선자의 눈에 눈물이 글썽거렸다. 일양자가 흑선노괴를 향해 소리쳤다.

"뭐하고 있나? 얼른 자리에서 일어나지 않고!"

그러나 흑선노괴는 눈이 까뒤집힌 채로 경련을 일으키듯 전신을 꿈틀거리기만 할 뿐이었다.

행여 혀라도 깨물지 못하도록 삼절수라는 옷을 찢어서 그의 입에 넣었다. 그리고는 사람들을 둘러보며 말했다.

"어차피 흑선 형님에게 내가 해줄 수 있는 일은 다 했소. 그러니 그에 대한 걱정은 접어두고… 여러분들 치료부터 합시다."

놀랍게도 삼절수라는 지금 흑선노괴에게 형님이라고 불렀다. 물론 흑선노괴가 그보다 나이는 많았지만 그래도 지금껏

단 한 번도 형님이라 부른 적이 없었던 것이다. 그런데 이제
와 형님이라니.
　염화선자는 입술을 깨물었다. 일양자는 한숨을 길게 내쉬
었다. 신목귀령은 눈을 감았다. 귀곡성과 함께 차가운 삭풍이
대지 위를 휘감았다.

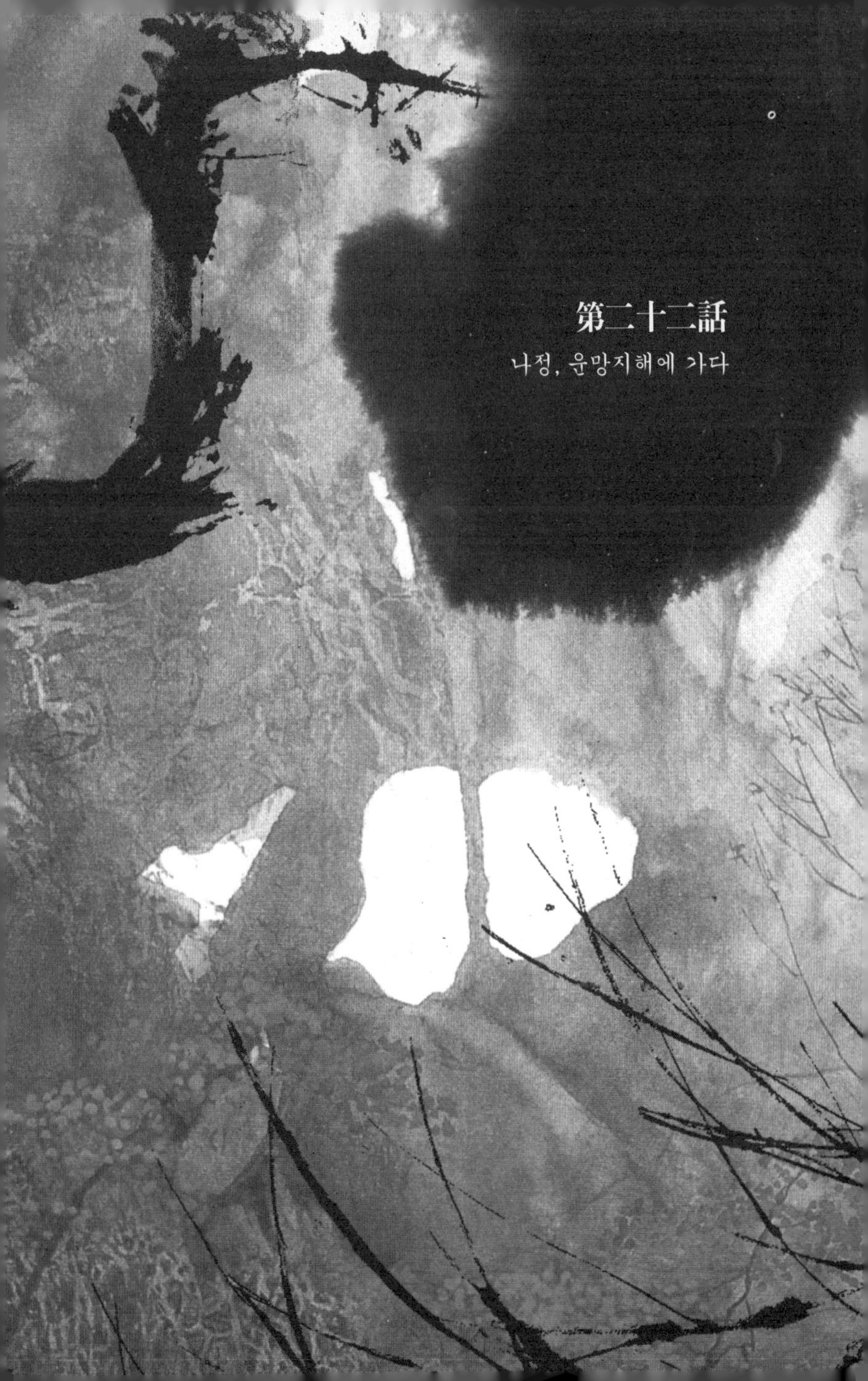

第二十二話
나정, 운망지해에 가다

1

　금강참마격의 휘황찬란한 빛이 방 안을 가득 메웠다. 탈명
검옹 같은 이조차 제대로 눈을 뜨지 못할 정도로 강렬한 섬광
이었지만 백리제일은 달랐다.

　이미 나정이 탈명검옹을 상대할 때 펼친 금강참마격을 견
식한 후였다. 똑같은 무공을 두 번 펼치는 것은 백리제일을
모욕하는 일과 다름이 없었다.

　백리제일은 가늘게 눈을 뜨는 것으로 금강참마격의 섬광
에 대한 충격을 최소화한 후 곧바로 창을 들어 정면으로 찔러
갔다.

일순 나정은 흠칫 놀랐다.

백리제일의 묵창은 정확하게 금강참마격의 한 가닥 틈을 노리고 파고들었다. 무엇보다 그가 힘껏 팔을 뻗는 순간 갑자기 묵창이 주욱 늘어나는 듯한 환상과 더불어 자신의 목 언저리가 섬뜩해졌던 것이다.

'이대로라면 당하고 만다!'

나정은 황급히 팔을 거둬들이며 몸을 피했다. 유령혼귀보의 절묘한 보법이 펼쳐진 것이다. 하지만 백리제일의 시선은 나정을 놓치지 않았다.

"이 초!"

백리제일은 차분하게 외치며 창끝을 왼손으로 툭 쳤다. 그 단순한 동작으로 창날의 방향이 바뀌더니 이내 나정의 가슴팍을 찔러갔다.

"헉!"

나정은 저도 모르게 헛바람을 들이 삼켰다.

백리제일의 창술에는 힘의 낭비가, 동작의 헛된 소모가 전혀 없었다. 그는 단지 손목과 손을 이용하여 창의 방향을 바꾸고 찌르거나 휘두르는 움직임을 만들어냈다.

원래 창술은 찌르고[刺] 휘두르고[圜] 누르고[塼] 찍고[點] 돌리고[轉] 비틀고[纏] 흘리고[攔] 감는[拏] 여덟 가지 동작을 가장 호쾌하고 강인하게 펼쳐야 제대로 된 파괴력을 보여줄 수 있었다.

그 진퇴는 전광석화처럼 빠르고 여덟 가지 기본 동작에서 파생된 수많은 변화의 응용은 그야말로 천변만화에 이르렀으니, 저 양가신창(楊家神槍)이나 오호란(五虎亂) 등의 창법이 바로 그러했다.

하지만 백리제일은 전혀 달랐다.

그는 두 다리를 지면에 굳건히 박은 채 거의 움직이지도 않았다. 크게 팔을 휘두르거나 어깨와 허리를 이용하지도 않았다.

백리제일은 그저 나정이 표홀한 보법을 밟으며 이리저리 움직이는 걸 물끄러미 지켜보면서 정확하게 창을 내지를 따름이었다. 그것만으로도 나정은 공격은커녕 피하기에 급급한 지경이 되었다.

"벌써 육 초가 지났다."

그렇게 말하는 백리제일의 눈가에 실망의 기색이 스치고 지나갔다.

취불의 제자라고 해서, 지저갱의 기인들에게 무공을 전수받았다고 해서 조금이나마 기대했던 자신이 무색해질 정도로, 나정의 움직임은 형편없었다.

'겨우 이깟 실력을 가지고서 구중천과 싸울 생각을 했다는 게냐! 도대체 구중천을 뭐로 생각한 것이더냐? 그 정도 실력

으로 싸우려 들다니, 저 구중천에 굴복한 우리를 너무 얕잡아
본 게 아니더냐!'

그렇게 소리치고 싶었다.

실망은 분노로 이어지고 있었다. 구중천이 얼마나 두려운
존재인지 절실하게 느끼고 경험한 백리제일에게 있어서 지금
까지 보여준 나정의 모습은 실로 치욕적이기까지 했다.

'내가 겨우 네 녀석 정도의 수준도 되지 않아서 구중천에
게 굴복했다고 여긴다면 그야말로 큰 오산이다!'

백리제일은 처음으로 발을 움직였다. 허리를 틀고 어깨를
크게 돌리면서 묵창을 뻗었다.

콰콰콰! 가공할 굉음이 일었다. 묵창에서 뻗어 나온 강기가
번개처럼 작렬하며 나정을 향해 폭사했다. 나정은 황급히 몸
을 날려 피했다.

백리제일은 그 뒤를 따라 붙으며 묵창을 휘둘렀다. 창날이
작은 원을 그리면서 주변 공간을 어지럽게 휘돌다가 이내 우
레와 같은 굉음을 쏟아내면서 벼락처럼 나정의 정수리를 내
려쳤다.

일순 나정의 신형이 여러 가닥으로 쪼개졌다. 어느 게 나정
의 진정한 실체인지 전혀 알 수가 없는, 화후에 이른 유령혼
귀보였다.

콰앙!

동시에 백리제일의 묵창은 애꿎은 바닥을 내려쳤다. 흙먼지가 일면서 돌무더기들이 사방으로 비산했다. 창이 내려친 바닥은 일자(一字)로 움푹 파였다.

바로 그때였다.

채 흙먼지가 가라앉기 전, 사방으로 비산한 돌무더기들이 미처 바닥에 떨어지기 전, 여러 개로 나눠졌던 나정의 몸이 사방에서 에워싸듯 백리제일에게 다가섰다.

"불영산운보?"

놀라 중얼거리는 백리제일의 얼굴에 믿을 수 없다는 기색이 떠올랐다.

유령혼귀보를 펼친 상태에서 또다시 불영산운보를 운용하다니!

확실히 그것은 믿을 수 없는 일이었다. 아무리 무공의 달인이라 하더라도 한 번의 움직임 속에 두 가지 초식을 섞을 수는 없었다. 그런데 지금 나정은 결코 일어날 수 없는 그 일을 직접 보여주고 있는 것이다.

당황한 백리제일이 묵창을 휘두르려 했다. 그의 사방에서 다가들던 나정의 분신들이 일제히 손을 뻗었다. 십여 개의 손이 동시에 뻗어 나와 묵창을 잡았다.

일순 그 십여 개의 손들이 황금빛으로 변했다. 거의 동시에 묵창도 황금빛으로 물들었고, 그 황금빛은 순식간에 백리제일의 손으로, 전신으로 파고들었다.

백리제일의 몸속으로 파고든 황금빛 광채는 이내 그의 피부를 뚫고 사방으로 뿜어져 나왔다. 그의 전신이 황금빛 광채로 물들었다.

“컥!”

외마디 비명이 백리제일의 입에서 튀어나왔다.

그 황금빛 광채의 정체는 감내할 수 없을 정도로 강렬하기 그지없는 열양지력(熱陽之力)이었다. 나정의 손에서 뿜어져 나온 열양지력은 묵창을 타고 백리제일의 몸속으로 파고들어 내부를 진탕시킨 것이었다.

그것은 용암처럼 뜨겁고 태양처럼 강렬했다. 백리제일의 내부를 단숨에 녹이고 태워버릴 것만 같았다. 참을 수 없는 고통이 발끝부터 정수리까지 관통하고 있었다.

나정의 손에서 뿜어나오던 금빛 광채가 사라졌다. 십여 개의 손들이 천천히 희미해지더니 원상태로 되돌아왔다. 나정은 묵창을 놓았다. 그리고 한 걸음 뒤로 물러섰다.

쿵!

그제야 백리제일은 요란한 소리를 내며 무릎을 꿇었다. 그의 안색은 백지장처럼 새하얗게 변했고, 두 귀와 눈, 코 입에서 가느다란 선혈이 흘러나오고 있었다.

“그, 금강수미신공이더냐?”

그는 더듬거리며 물었다. 나정은 묵묵히 고개를 끄덕였다.

백리제일은 믿을 수 없다는 얼굴이었다. 소림사의 삼대절기 중 하나인 금강수미신공, 그 엄청난 위력에 반해 역대 소림사의 고수들 중에서도 오직 네 명만 익혔을 정도로 난해하다는 무공이었다. 그걸 저 어린 나정이 펼친 것이다.

"그러고 보니… 딱… 십 초로구나."

백리제일은 중얼거렸다.

허탈했다. 십 초 만에 무릎을 꿇은 것도 그렇거니와 약속대로 나정이 무생유가진력을 봉인한 상태에서 그에게 패배했다는 것이 더욱 쓰라리게 느껴졌다.

도대체 왜 이렇게 된 것일까.

패인이야 많겠지만 그 중 가장 큰 패인은 백리제일이 냉정을 잃고 흥분하여 평정심이 깨졌다는 게 될 것이다. 만약 처음처럼 계속해서 그 평정심을 유지했다면 결코 방금 전의 일격을 고스란히 얻어맞지는 않았을 테다.

'결국 녀석이 나로 하여금 냉정을 잃게 만들었다는 건가? 만약 그러한 것들이 다 의도한 전략이었다면……'

만약 그렇다면, 백리제일의 생각이 사실이라면, 어쩌면 구중천 또한 이 애송이를 쉽게 여기다가는 큰 코 다칠 수 있을 거라는 생각이 들었다.

거기까지 생각이 미치자 문득 웃음이 흘러나왔다. 백리제일은 웃으며 말했다.

"좋아, 약속대로 구중천의 위치를 말해주마."

나정은 고개를 숙이며 말했다.

"먼저 그것보다 내상을 치료하시지요."

"괜찮네."

백리제일은 묵창을 지팡이 삼아 비틀거리며 일어났다. 나정이 얼른 그를 부축하려 했지만 백리제일이 손을 내저었다.

"확실히 금강수미신공은 대단하군. 만약 마지막에 손속의 정을 두지 않았더라면……."

그의 말에 나정의 얼굴이 살짝 붉어졌다. 확실히 백리제일의 말대로 나정은 마지막에 내공을 회수했던 것이다. 만약 그렇지 않고 계속해서 금강수미신공을 펼쳤다면 아마도 백리제일은 두 번 다시 일어나지 못했을 것이다.

"그러니까 구중천의 위치는……."

백리제일은 천천히 입을 열었다.

2

결국 백리제일의 항복 선언으로 인해 싸움은 모두 정리되었다.

구중천뢰의 피해는 실로 막대해서 세 명의 옥주들 중에서 살아남은 자는 없었고 백여 명의 구중천뢰 무사가 죽거나 크게 다쳤다.

반면 나정 일행의 피해도 적지 않았다. 귀문사마나 신주오괴들 중 다치지 않은 자가 없었으며 포단의 경우 한쪽 팔을 잃는 중상을 입기도 했다.

하지만 무엇보다 가장 큰 피해는 바로 흑선노괴의 죽음이었다.

그가 죽었다는 사실을 전해들은 후 나정은 한동안 망연자실한 채 우두커니 서 있어야만 했다. 그런 나정에게 일양자가 흑선노괴의 유언을 전해주었다.

"일조암의 봄이 좋았는데……."

그 유언을 듣는 순간 나정은 저도 모르게 눈물을 흘리기 시작했고 마침내 큰 소리로 울고 말았다. 염화선자가 그를 다독이며 안아주었다. 려운은 호기심 어리는 눈빛으로 그 광경을 지켜보았다.

신주오괴와 나정이 그렇게 흑선노괴의 죽음을 애도하고 있는 동안 진서문과 아가, 흑대낭랑 등은 구층으로 올라가 그곳에 갇혀 있던 무림인들을 풀어주었다.

대략 이백여 명에 가까운 그들은 원래 절정에 이른 고수들이었지만 폐혈(廢穴) 단맥(斷脈) 등의 고문을 통해 다들 일반 사람보다도 못한 몸 상태였다.

"생각보다 더 심하군."

구중천과 싸우는데 조금이나마 도움이 되지 않을까 기대했던 진서문들은 그 처참한 모습을 보고 절로 한숨을 내쉬었다. 그때 백리제일이 입을 열었다.

"그들이 당한 폐혈과 단맥의 수법은 눈가림에 불과하오."

사람들의 시선이 일제히 그에게로 향했다. 백리제일은 상당한 내상을 입은 까닭에 파리해진 낯으로 사람들을 둘러보며 말을 이었다.

"다른 옥주들이나 구중천의 이목을 피하기 위해서 언제나 내가 직접 고문했소. 하지만 진실은 그게 아니오. 사실 언제고 이런 날이 오지 않을까 싶어서… 단지 혈도 몇 곳을 제압하고 뼈를 부러뜨리는 수법 등으로 다른 이들의 눈을 속였던 것이오."

그러면서 백리제일은 자신만의 독특한 점혈법에 대한 해혈 방법에 대해서 이야기해 주었다. 점혈이 장기인 진서문은 몇 마디 이야기만 듣고서도 그 점혈법의 특징에 대해 파악하고는 감탄하며 고개를 끄덕였다.

"확실히 그런 방법이라면 크게 무리를 주지 않는 한도 내에서 다른 이들에게 폐혈이나 단맥으로 위장할 수 있겠습니다."

폐혈과 단맥의 수법은 상대의 무공을 폐하고 거동조차 쉽지 않게 만드는 악랄한 고문이었다. 하지만 백리제일의 수법이라면 해혈을 하고 뼈가 붙으면 이내 원상태의 몸으로 돌아갈 수가 있었던 것이다.

진서문과 흑대낭랑은 서둘러 사람들의 혈을 풀어주기 시작했다.

"보름에 한 번 정도 해혈했다가 다시 점혈하는 식으로 몸의 피해를 최소화시키려고 했소."

백리제일은 낮은 목소리로 중얼거리듯 말했다. 아가가 그의 입을 막았다.

"백리 대협께서도 치료를 받으셔야 할 것 같아요."

"대협이라……."

백리제일이 씁쓸하게 웃었다.

"그런 말 들을 자격이 없소."

"아니에요."

아가는 단호하게 말했다.

"무려 이백여 명의 무림인이에요. 그들의 근육을 절단하고 무공을 폐쇄시키지 않은 것만으로도 백리 대협은 영웅이라는 소리를 들을 수가 있어요."

백리제일은 입술을 깨물었다.

사실 그가 굳이 구중천뢰의 책임자가 되기를 자청한 까닭이 거기에 있었다. 그곳에 갇히게 될 무림인들의 안위를 최대한 보호해주기 위해서. 비록 구중천에 끝까지 항거하지는 못했지만 최소한 자신이 할 수 있는 인의를 행하기 위해서.

백리제일은 한숨을 쉬며 말했다.

"어쨌든… 영웅이라는 호칭은 나정에게 더 잘 어울릴 것 같구려."

아가는 그 말에 고개를 끄덕였다.

"확실히 그럴 것 같네요. 언제나 그렇듯이 영웅이라는 호칭은 장강의 뒷물결들에게 훨씬 더 잘 어울리는 법이니까요."

두 사람은 서로를 바라보며 조용히 웃었다.

그렇다. 시대는 언제나 새로운 물결이 주인공이 되고, 새로운 젊은이가 영웅으로 등장하는 법이었다.

3

시간이 흘러 어느 정도 마음이 진정된 나정은 곧 상황을 정리했다.

'나 혼자만으로는 확실히 부족하다.'

나정은 한숨을 쉬며 생각했다.

백리제일과의 일전으로 자신감을 얻었느냐 하면 확실히

그러했다. 다름 아닌 창왕 백리제일을 십 초 만에 이겼으니 자신감으로 가득찰 법도 했다.

하지만 격장지계의 수법으로 백리제일의 평정심을 흔들어 놓지 않았더라면, 결코 그 안에 이길 상대가 아니었다. 즉, 여전히 구중천의 수뇌부들과 나정의 차이는 확실히 존재했다.

'그 간극이야 내 노력을 통해서 어찌 메운다 하더라도… 문제는 구중천의 수많은 하수인들이지.'

개인의 능력이 아무리 크고 지대하다 하더라도 혼자서 수백 수천 명을 당해낼 수는 없었다.

일반 하급 무인들이라면 또 몰라도 백리제일 정도 되는 고수 열 명이 버티고 서 있다면 과연 그 포위망을 뚫을 수 있을까.

불가능한 일이었다. 그렇기 때문에 나정은 조력자가 필요했다.

'신주사괴, 귀문사마 어르신들이 계시지만 그분들만으로는 부족해.'

백리제일이 나정의 편으로 돌아선 것은 매우 큰 수확이었다. 그러나 역시 그들만으로는 부족했다. 확실히 이곳 구중천뢰에 갇혀 있던 고수들의 힘이 필요했다.

그러나 문제는 아직도 남아 있었다.

백리제일의 점혈법 덕분에 이백여 절정 고수들은 폐인이

되지 않았지만 그래도 당장 예전의 무위를 보이며 활약할 정
도의 몸 상태는 아니었다. 또 무엇보다 그들에게 아직도 구중
천뢰와 대항할 마음이 남아 있느냐 하는 것도 숙제였다.

'의사 타진을 해봐야겠다. 정 필요하다면 무릎을 꿇고서라
도 도움을 청해야지.'

그렇게 생각하며 그는 자리에서 일어났다. 조금 떨어진 곳
에서 그를 흘끔거리며 쳐다보던 려운도 화들짝 놀라며 따라
일어났다.

마침 석실 안에는 그들뿐이었다.

신주사괴들은 손이 부족하다는 진서문의 요청을 받고 사
람들을 도우러 다른 층으로 이동했다. 한쪽 팔을 잃은 포단은
아래층에서 다른 부상병들과 함께 치료를 받은 후 잠든 상태
였다. 다라 또한 아직 상황이 좋지 않은 까닭에 그곳에서 함
께 치료를 받는 중이었다.

막 석실을 나서려던 나정은 그제야 려운을 발견하고는 웃
으며 말했다.

"그러고 보니 제대로 이야기도 나누지 못했네. 정말 오래
간만에 만났는데 말이지."

려운은 우물쭈물하며 눈치를 살피다가 고개를 숙였다.

"오랜만이에요."

귀문사마들의 엄한 가르침 때문이었을까. 아름답게 성장

한 그녀의 모습에서는 이제 예전의 그 말괄량이를 찾아볼 수가 없었다.

하지만 나정은 문득 그 예전의 모습이 더 좋았다는 생각이 언뜻 들었다.

"너무 점잖으니까 이상하잖아? 괜히 나까지 점잖게 굴어야 할 것 같아서 말이지."

그의 말에 려운은 피식 웃으며 말했다.

"오빠는 지금도 충분히 점잖은데요, 뭘."

엉겁결에 그렇게 말한 그녀는 저도 모르게 얼굴이 빨개져서 고개를 숙였다. 오빠라는 말이 너무나도 자연스럽게 나왔던 것이다.

"다라는 어때?"

나정이 다가서며 물었다. 문득 려운이 한숨을 내쉬었다. 그걸 본 나정이 깜짝 놀라며 물었다.

"많이 안 좋아?"

"아뇨, 그건 아니에요."

려운은 애써 웃으며 말했다. 그녀는 방금 왜 한숨이 나왔을까 하는 생각을 하면서 말을 이었다.

"많이 좋아졌어요. 다라를 치료해준 사람이 돌팔이는 아닌 것 같다고 흑대낭랑 사부께서 말씀하셨을 정도니까요."

나정은 흑대낭랑의 그 무뚝뚝한 얼굴이 떠올라 저도 모르게 미소를 지었다. 려운은 그 미소를 넋이 나간 듯 쳐다보았다.

어딘지 모르게 멍청하고 어수룩하기만 하던 동자승이 불과 몇 년 사이에 저토록 매력 넘치는 미소를 짓는 청년으로 성장할 줄 어느 누가 알았겠는가.

나정은 그녀와 몇 마디 이야기를 더 나눈 후 볼 일이 있다며 방을 나서려 했다. 려운이 쪼르르 그의 뒤를 따랐다. 나정이 돌아보자 그녀는 해바라기처럼 활짝 웃으며 말했다.

"구층에 갇혔던 무림인들을 만나러 가는 거죠? 저도 같이 가요."

려운의 말에 나정은 내심 한숨을 쉬었다. 무릎까지 꿇을 각오를 하고 그들을 만나러 가는 길이었다. 괜히 려운에게 부끄러운 모습을 보일 필요는 없었다. 그는 애매한 표정을 지으며 말했다.

"가 봤자 재미있는 일도 없을 텐데."

"여기 혼자 우두커니 앉아 있는 것보다는 낫겠죠."

나정은 머리를 긁적이며 말했다.

"차라리 다라에게 가 보는 게 더 낫지 않을까?"

"다라는 흑대낭랑 사부께서 돌봐주시고 계세요. 그러니 괜찮아요, 제가 없어도."

의외로 려운은 고집을 부렸고 나정은 그 고집을 꺾을 수가 없었다. 결국 그녀는 나정과 함께 층계를 올랐다.

나선형으로 이어진 계단을 따라 한 층 한 층 오르는 동안, 려운은 꽤나 많은 이야기를 늘어놓았다. 그동안 자신과 다라가 어떻게 지냈는지, 귀문사마들이 구중천에 대항하여 어떤 일들을 했는지, 나정이 묻지도 않은 일들에 대해서 시시콜콜 이야기했다.

나정은 그녀의 꾀꼬리 같은 목소리가 듣기 좋았다. 연신 조잘대면서 그 내용에 따라 웃거나 혹은 인상을 찌푸리거나 혹은 입술을 뽀로통하게 내미는 그 표정이 귀여웠다.

그동안 노인네들만 상대하다가 이렇게 제 나이 또래의 여자애와 대화를 나누게 되자 너무나 즐겁고 기분이 밝아졌다.

사실 지저갱을 빠져 나온 이후 그는 단 한시도 마음 편하게 지낸 적이 없었다. 지금처럼 아무런 생각 없이 잡담을 나누지도 못했다.

그는 오로지 취불을 비롯한 노고수들을 구해내야 한다는 사명감과 거대한 구중천과 어떻게 싸워야 하는가 하는 계획에 모든 것을 집중했다.

그렇게 단 하루도 쉬지 않고 달려온 까닭에 육신과 정신 모두 철저하게 지친 상황이었다. 만약 계속해서 그 상태였다면 그는 어쩌면 스스로 무너져 내릴 수도 있었을 것이다.

하지만 오늘 흑선노괴의 죽음이, 어떤 의미에서는 나정에게 있어서 하나의 전환점이 되었다. 그의 죽음을 알게 된 나정은 솟구치는 감정을 억누르지 못하고 오랫동안 통곡했다. 그것은 그 동안 꽉 막혀 있던 둑에 구멍이 뚫려서, 둑 안에 담겨 있던 모든 감정들이 한꺼번에 분출한 것과 같은 이치였다.

그렇게 모든 것을 쏟아내자 외려 나정은 한결 개운해지고 후련해진 기분이 들었다. 초조하기만 하던 마음이 안정되고 답답하던 가슴은 시원해졌다. 마치 막혀있던 혈도가 풀린 것 같은 느낌이었다.

려운의 수다가 즐겁고 기분 좋게 느껴지기 시작한 것도 그 때문이었다.

이제 나정에게 여유가 생긴 것이다.

1

문이 열렸다. 밝은 빛이 한꺼번에 쏟아져 들어왔다. 넓은 석실 안에 갇혀 있던 이들은 그 빛을 감당할 수 없다는 듯이 눈살을 찌푸렸다.

하지만 그들이 눈살을 찌푸린 데에는 더 큰 이유가 있었다. 문이 열리고 저벅저벅 소리를 내며 석실 안으로 걸어 들어온 자의 존재 때문이었다.

"오늘 또 하루가 밝았소."

사내는 유쾌하게 웃으며 말했다.

"여전히 약속은 유효하오. 나를 이기면 전원 다 풀어줄 것이오.”

“개자식!”

누군가 그를 향해 욕을 퍼부었다. 사내는 욕설을 퍼부은 자를 보고는 피식 웃으며 말했다.

“음양노군, 당신은 이미 세 번이나 내게 졌소. 그러니 아무리 나를 도발해도 소용없소. 더 이상 당신에게는 흥미가 없기 때문이오.”

사내는 다시 석실 안의 사람들을 둘러보며 말했다.

“지원자가 없소? 허어, 이것 참. 명색이 우내십팔천에 백팔기인들께서 너무 나약하신 거 아니오? 이 초결을 상대하기 두려워하다니 말이오.”

“내가 나서마.”

“아니, 당신도 흥미없소. 오행마군의 오행신마력 따위, 개도 배우지 않을 무공이오.”

사내, 초결은 그렇게 잘라 말한 뒤 문득 석실 구석 쪽을 바라보며 말했다.

“어떻소, 사부? 오래간만에 이 제자와 일합을 겨루는 것은…….”

구석진 곳, 그곳에 앉아 있던 노인은 매서운 눈빛으로 초결을 쏘아볼 뿐 별 다른 말이 없었다. 초결은 어깨를 으쓱거리며 웃었다.

"사실 많이 놀랐소. 나를 보자마자 정신을 차릴 줄이야 어찌 알았겠소? 역시 사람의 정신력이라는 게 무섭구려. 그 지독한 금계에서 벗어날 정도로 나를 증오하셨다니 말이오. 하지만 어쩌겠소? 세상 일이라는 게 다 그런 법 아니겠소?"

"아무리 세상이 험악하게 변했다고는 하지만……."

문득 진중한 목소리가 맞은편 구석진 자리에서 들려왔다. 초결의 시선이 그쪽으로 향했다. 그곳에는 깡마른 늙은 중이 가부좌를 튼 채 앉아 있었다.

"제 사부의 등에 검을 꽂고 그것도 모자라 광인을 만드는 제자들이 있을 줄이야."

초결은 씨익 웃으며 말했다.

"여기 있잖소, 취불."

그는 한숨을 쉬듯 말을 이어나갔다.

"사실 사부나 취불 당신만큼은 아직 나도 두렵소. 그렇기 때문에 다른 자들과는 달리 제대로 내상을 치유해주지 않은 것이오."

"겁쟁이."

누군가 낮은 소리로 중얼거렸다. 하지만 초결은 개의치 않고 계속 말을 이어나갔다.

"하지만 조금만 더 기다리시오. 여기 있는 사람들과 노는 게 싫증이 나면… 내 약속하리다, 반드시 당신을 제대로 치료해 준 후 생사지결(生死之決)을 벌이겠다고 말이오."

"웃기는 소리."

늙은 중, 취불은 조롱하듯 말했다.

"네깟 녀석은 노납과 겨룰 자격이 없다. 물론 실력도 안 되지. 맹세하건대, 네 녀석은 노납의 제자에게도 결코 이길 수 없을 것이야."

"호오, 그 나정이라는 애송이 말이오?"

초결은 비릿하게 말했다.

"안 그래도 나 역시 크게 기대하고 있는 참이오. 분명 스승을 구하러 이곳에 올 테니까 말이오. 그때 과연 취불 당신의 말이 맞는지 한 번 봅시다."

초결은 크게 웃었다. 그때 예의 그 구석진 자리의 늙은이가 물었다.

"광도는 어찌 되었느냐?"

초결은 웃음을 멈췄다. 그리고는 가볍게 한숨을 쉬며 중얼거렸다.

"원래 암계로 흥한 자는 암계로 망하는 법이 아니겠소?"

취불은 저도 모르게 불호를 외웠다.

"아미타불……."

초결은 문득 미소를 머금으며 말했다.

"하지만 나는 다르오. 지저갱에서 취불과 마야를 상대한 후 자신이 생겼거든. 그래서 그곳을 빠져나오자마자 정면으로 승부를 걸었소. 자, 여기에서 간단한 수수께끼 하나. 승자는 과연 누가 되었겠소?"

취불을 비롯한 노인들의 안색이 변했다. 초결이 그 표정들이 마음에 든다는 듯 다시 싱긋 웃더니 이내 손뼉을 치며 말했다.

"자, 지나간 이야기는 그만하기로 하고… 오늘은 누가 내 상대가 되어 줄 것이오?"

2

"호오, 이건 확실히 생각 밖의 일이군그래."

홀쭉한 체구의 중년 유생인은 턱수염을 쓰다듬으며 중얼거렸다. 그의 앞에는 처참할 정도로 붕괴되어 있는 건물이 보였다. 불과 며칠 전까지 무림인들에게 있어서 공포의 대상이자 구중천의 상징으로 알려졌던 구중천뢰의 잔해였다.

구층의 거대한 석탑은 불과 일이 층만 남겨둔 채 무너져 내린 상태였다. 남아 있는 건물도 화마(火魔)가 휩쓸고 지나간 듯 곳곳이 검게 그을려 있었다. 남아 있는 것도 없었으며 살아 있는 것도 없었다. 희한하게도 죽은 것들 역시 보이지 않았다.

"지독하게 만들어놨네."

홀쭉한 체구의 중년 유생은 행여 비단신발이 더러워질까
봐 걱정이 되는 듯, 발뒤꿈치를 살짝 든 채 잔해 주위를 조심
조심 걸으며 중얼거렸다.

"믿을 수 없어, 믿을 수 없어."

그는 지저갱을 감시하는 책임자였다. 그곳에서 취불을 비
롯한 노기인들이 탈출했다는 보고를 받은 후, 곧바로 구천시
왕을 소집하여 취불들을 사로잡게 했다.

하지만 그 와중에 나정이라는 애송이를 놓쳤다는 사실을,
꽤 시일이 지난 후에야 알게 되었다.

"바보 같은 구천시왕! 내가 분명히 나정이라는 애송이가
있다고 누누이 이야기해 줬건만."

만약 그 자리에 중년 유생이 있었다면 결코 나정을 놓치지
않았을 것이다. 어떤 의미에서는 취불이나 광도보다 오히려
더 중요한 인물이 바로 나정이었으므로.

어쨌든 일은 벌어졌고 구천시왕은 자신들의 거처로 되돌
아갔다. 이제 나정의 뒤를 쫓을만한 사람은 오직 그 뿐이었
다. 그래서 중년유생은 하남성까지 나정의 흔적을 뒤쫓아 온
것이었다.

"미꾸라지 한 마리가 연못을 흙탕물로 만들 수도 있다고
했던가? 역시 옛 성현들의 가르침은 하나도 헛되이 버릴 게

없다니까."

중년 유생은 믿을 수 없다는 눈빛으로 주변을 둘러보며 투덜거렸다.

설마 했던 일이 벌어진 것이다.

나정과, 중간에 합류한 것으로 보이는 신주오괴의 행적이 이곳 북망산으로 이어지는 걸 확인하면서 놈들의 목표가 구중천뢰임을 직감하기는 했다.

"구중천뢰는 다름 아닌 창왕 백리제일과 삼옥주들이 버티고 있는 곳이다. 나정이 지저갱에서 어떤 수련을 했는지는 모르겠지만 결코 그들을 상대할 수 없을 것이다."

중년 유생은 그렇게 생각하고 여유를 부렸다. 외려 나정들이 구중천뢰의 감옥에 갇힐 거라고 생각했다. 하지만 정작 와 보니 결과는 정반대였다. 그토록 믿었던 구중천뢰는 무너진 후였다.

그 구중천뢰의 잔해 주위에는 그만 있는 게 아니었다. 백여 명의 무인이 생존자, 혹은 약간의 단서라도 찾기 위해서 인근 주변을 샅샅이 수색하는 중이었다. 그들의 눈빛은 독수리처럼 날카로웠으며 걸음걸이는 표범처럼 날렵하고 가벼워서, 언뜻 보아도 일류 급 이상의 실력을 지닌 자들임을 알 수 있었다.

"찾았습니다."

그 중 한 명이 달려와 중년 유생에게 보고했다.

"서쪽으로 백여 장 정도 떨어진 공터에 구덩이를 파서 시신들을 묻고 봉분을 쌓아두었더군요."

"귀찮은 짓을 했군."

중년 유생은 가볍게 눈살을 찌푸리며 중얼거렸다.

"괜한 무덤 따위를 만드는 바람에 일일이 시체를 끌어올려서 다 확인해야 되잖아?"

"안 그래도 그렇게 조사를 하는 중입니다."

"그래. 미안하지만 고생 좀 하자."

"별 말씀을요. 그럼 시신들을 확인한 후 다시 보고 드리겠습니다."

무인은 꾸벅 절을 한 후 사라졌다.

중년 유생은 그가 사라진 방향을 잠시 바라보다가 어슬렁거리며 모닥불이 마련된 공터로 걸어 나왔다.

한 낮이라고는 하지만 아직도 매서운 삭풍이 부는 겨울날의 산등성이였다. 숨을 쉴 때마다 입 밖으로 새하얀 김이 피어오르는 추운 날씨였다.

모닥불 곁에는 호랑이 가죽으로 덮인 의자와 탁자가 준비되어 있었고, 시중을 드는 여인들도 서넛 있었다. 물론 그녀들 역시 흑의경장을 날렵하게 차려입은 무인들이었다.

중년 유생이 가죽으로 덮인 의자에 앉자 그녀들 중 한 명이 공손하게 물었다.

"차를 드릴까요? 아니면…….."

"술이 낫겠다."

여인은 모닥불로 따끈따끈하게 데운 술을 따라 그에게 바쳤다. 중년 유생이 술잔을 비우는 동안 다른 여인들이 국과 요리를 준비하여 탁자에 올렸다. 술을 따르던 여인이 젓가락으로 고기 한 점을 집어서 중년 유생의 입에 넣어주었다.

중년 유생은 눈을 감은 채 고기를 씹으며 고개를 끄덕였다.

"제대로 구웠구나."

"감사합니다, 회주."

여인의 말에 중년 유생은 못마땅하다는 기색을 내비치며 말했다.

"우리들끼리 있을 때는 그런 딱딱한 소리 하지 말라고 하지 않았더냐?"

여인의 안색이 창백해졌다. 그녀는 황급히 허리를 숙이며 사과했다.

"죄송합니다, 독고 오라버니."

오라버니라는 달콤한 소리를 듣자 중년 유생, 독고헌의 가느다란 입술에 미소가 매달렸다. 그는 부드러운 목소리로 말했다.

"거 봐라. 얼마나 듣기 좋으냐? 너도 내 나이 정도 되면 알게 되겠지만 나이 들수록 그런 달콤한 소리가 듣고 싶은 법이다. 회주니 하는 딱딱한 말은 고 형님이나 초 형님처럼 으스대기 좋아하는 자들이나 좋아할 법한 말들이지. 나처럼 감수성 예민하고 풍류를 즐기는 사람은 회주보다 오라버니를 더 좋아한단다.”

“명심하겠어요, 오라버니.”

“껄껄. 정말 듣기 좋구나.”

중년 유생은 진심으로 즐거워하며 웃었다.

이 홀쭉한 중년 유생은 다름 아닌 구중천주의 막내 제자인 독고헌이었다. 또 일천사회십이당으로 구성된 구중천에서 사회 중 하나인 혈인회(血印會)의 책임을 맡고 있는 회주이기도 했다.

그의 별호는 무영혈인(無影血印). 검은 보이지 않는 가운데 핏자국만 남는다고 해서 불리는 쾌검의 달인이었다.

하지만 무엇보다도 두렵고 무서운 것은 그의 잔악한 심성이었다. 그의 표정 하나하나에, 그의 말투 하나하나에 수하들이 긴장하고 공포를 느끼는 까닭이 바로 거기에 있었다.

아무리 아끼는 수하라 하더라도 단번에 목을 날리는, 수백 명을 해치우면서도 조금의 죄의식을 느끼지 않는, 심지어 사부나 사형들이라고 하더라도 목적을 위해서라면 언제든지 뒤에서 칼을 꽂을 수 있는 성격을 지닌 자.

저 사람 좋게 웃는 얼굴의 가면 뒤에는 흉포하고 잔인하기 그지없는 괴수가 숨어 있는 것이다.

놀랍게도 독고헌만 그러한 성격을 지닌 게 아니었다. 그의 사형들인 신검무적 초결이나 일참불귀혼 고양백들 역시 매한가지였다.

그들은 하나의 산에서 동거하는 호랑이들이었다. 원래 호랑이들은 결코 한 산에서 함께 살 수 없는 법이었다. 그들 또한 자신들의 이익을 위해서, 아니 살아남기 위해서라도 분명 다른 사형제의 등에 칼을 쑤시고도 남을 만한 자들이었다.

그런 독고헌이 시중을 드는 여인들과 우스갯소리를 하고 있을 때 예의 그 수하가 허겁지겁 달려와 보고했다.

"옥주들의 시신은 모두 찾았습니다만 뢰주의 시신과 부뢰주의 시신은 보이지 않습니다."

독고헌은 고개를 갸웃거렸다.

"제대로 찾은 게 확실한가?"

"네. 두 번이나 확인했습니다."

"흠, 묘한 일이군."

독고헌은 습관처럼 턱수염을 매만지며 중얼거렸다.

"뢰주 백리제일이야 살아서 도주할 정도의 실력은 되겠지만 부뢰주 철검자 녀석이야 전투가 시작되자마자 죽었을 텐데. 설마 불에 타서 재가 된 게 아닐까?"

"그건 아닌 것 같습니다."

수하가 조심스레 말했다.

"불에 탄 시신이 하나도 없는 걸로 보건대 아마도 모든 상황이 종료된 이후에 불을 낸 것 같습니다."

"그렇겠지. 반쯤은 분풀이 삼아서, 반쯤은 종적을 감추기 위해서."

독고헌은 고개를 끄덕였다.

일반적으로 단서나 흔적을 지우기 위해서 불을 내는 경우가 왕왕 있다. 아마도 이번 화재 역시 그러한 연유에서 비롯되었을 것이다.

"이곳으로 오면서 마주친 자들도 없었고 특별히 수상하게 느낄 만한 상황도 없었다. 그럼에도 불구하고 백리제일과 철검자를 찾을 수 없다는 건… 역시 놈들이 인질로 잡은 건가?"

독고헌은 수염을 매만지며 중얼거렸다. 하지만 그는 이내 피식 웃으며 고개를 절레절레 흔들었다.

사실 자신이 말해 놓고도 믿을 수가 없는 일이기는 했다. 겨우 나정과 신주오괴 정도로 백리제일을 인질로 삼는다는 건 말이 되지 않았다.

그러나 믿지 않을 수도 없었다. 지금 독고헌의 눈앞에 펼쳐진 광경만으로도 모든 것이 설명되니까.

'놈은… 강하다.'

그것도 백리제일을 인질로 생포할 정도로.

인정하지 않을 수 없었다. 저 지저갱 안에서 무슨 일이 벌어졌는지는 모르겠지만 어쨌든 나정은 과거의 취불이나 광도 정도로 강해진 것이다.

그 사실을 인정하는 순간 독고헌은 자신도 모르게 웃기 시작했다.

"이거 정말 재미있게 되지 않았는가?"

독고헌은 빠르게 머리를 굴렸다.

"굳이 백리제일이나 철검자를 살려서 인질로 삼은 것은 역시 천계의 위치를 알기 위해서일 터, 즉 놈은 지금 구중천뢰의 죄인들과 더불어 천계로 향하는 중일 것이다. 오호, 어쩌면 고 형님이 당황해할 수도 있겠어. 놈이 취불이나 광도 정도의 실력을 지닌 걸 알지 못하는 이상에는 말이야."

독고헌은 지금까지 조사하고 추측한 모든 정보를 나정들보다 빠르게 천계로 보내는 방법을 알고 있었다. 봉화와 전서구를 이용한다면 닷새 안에 그의 둘째 사형인 고양백에게 그 소식을 전달할 수 있었다.

"그렇게 하면 너무 평범하지."

독고헌의 한쪽 입매가 살짝 말아 올라갔다. 뭔가 음흉한 흉계를 꾸미는 얼굴이었다.

"뭐, 가능성은 높지 않지만… 나정 녀석이 고 형님에게 약

간의 타격이라도 입힐 수 있다면, 내 입장에서는 그것처럼 고
마운 일이 없겠지."

　사형의 세력이 타격을 입는다면 독고헌은 차기 천주에 대
한 경쟁에서 한 걸음 앞서게 되는 것이다. 물론 지금의 상황
에서는 뛰어넘을 수 없는 벽과 같은 존재, 초결 대사형이 있
기는 하지만.

　그러나 독고헌은 여유 만만했다.

　"초 형님은 세력전 따위에 관심이 없지. 오로지 강함을 추
구하고 강해지기 위해서 살아가는 사람이니까. 그런 면에서
보자면 그 양반이야말로 진정한 무인일지도 몰라. 우리와는
다르지."

　독고헌의 중얼거림처럼 확실히 초결은 달랐다. 그는 누가
중원의 주인이냐 하는 것에는 별로 관심이 없었다. 반면 누가
최고의 고수이냐 하는 문제에는 병적으로 집착해서 저 지저
갱까지 따라 들어가 마야 등과 일전을 벌일 정도였다.

　그리고 지금은…….

　독고헌은 초결을 생각하다가 문득 비릿한 미소를 머금었
다. 생각해 보면 마냥 고마운 존재였다. 초결이 가장 두렵고
무서운 자를 해치워준 덕분에, 자신이 세상의 주인이 되는 일
은 보다 쉬워질 테니 말이다.

　"좋아."

그는 여인이 따라주는 술을 받아 마셨다. 그리고는 수하를 돌아보며 부드럽게 말했다.

"수고들 했다. 오늘은 이만 끝내고 가서 다들 편히 쉬도록 해라."

수하는 움찔거렸다. 아무리 겨울 산속이라고는 하지만 아직 해가 떨어지려면 반나절 이상이 남아 있었다. 그런데 벌써 조사를 종료하라는 것이다.

워낙 독고헌이 변덕이 죽 끓는 듯한 성격임을 잘 아는 까닭에 그는 이걸 어떻게 받아들여야 할까에 대해서 고민할 수밖에 없었다. 하지만 그는 곧 고개를 숙이고 말했다.

"알겠습니다. 언제든 재조사를 할 수 있도록 대기시켜 두겠습니다."

지금 상황에서 할 수 있는 최상의 대답이었다. 독고헌도 만족한 듯 고개를 끄덕이며 미소 지었다.

현재 구중천의 중심은 천주도 대사형 초결도 아니었다. 구중천 내부인 천계는 이사형인 고양백이 지배하고, 외부의 일은 독고헌이 책임자였다.

즉 독고헌이 눈을 감고 고개를 돌린다면, 고양백은 강호 무림이 어떻게 돌아가는지 제대로 파악할 수 없게 되는 것이다.

'만약 놈들이 고 형님과 양패구상만 해준다면… 그리고 곧바로 내가 놈들과 고 형님의 뒤통수를 친다면……'

독고헌의 입가에 비릿한 미소가 매달렸다.

'바로 그때야말로 내가 세상의 주인이 되는 순간일 게다.'

웃고 싶었다. 허파에서 시작된 웃음이 목구멍까지 치밀어 오르는 것을 그는 억지로 참았다.

모든 일이 끝나서 제대로 된 결과를 얻기 전에 웃는 것처럼 위험한 일이 없다는 걸, 그나 그의 사형제들은 이미 충분히 경험해서 잘 알고 있었다.

그래서 독고헌은 웃지 않았다. 그저 차분한 목소리로, 자신의 시중을 드는 여인을 향해 말했다.

"오늘 밤, 내 처소로 오거라."

3

"초 형님은 오늘도 그 늙은이들과 싸우던가?"

"그렇습니다."

"그것참, 무공에 미친 양반이라니까."

"도대체 얼마나 강해지시려고 그러는지 모르겠습니다. 오늘은 도왕 천야종을 비롯한 세 명의 노고수와 대결하여 압승을 거두셨습니다."

"뭐, 어쩌면 다행스러운 일이지. 그렇게 무공에 미친 까닭에 구중천에 대한 일은 나와 독고 아우가 도맡아 처리하고 있으니까 말이야."

"독고 회주 이야기가 나와서 드리는 말씀입니다만… 요즘 밖의 소식이 제대로 전달되지 않습니다. 아무래도 독고 회주가 중간에서 뭔가 수를 부리는 모양입니다."

"흐흐, 가만 놔두게. 그 녀석이 무슨 생각을 하고 있는지 뻔히 들여다보이니까 말이야. 녀석이 이때다 하고 발톱을 드러낼 때까지는 그저 모른 척하고 있는 게지. 녀석도 뒤통수 한 번 얻어맞아야 정신을 차릴 테니까."

"알겠습니다. 그런데 구중천뢰 소식은……."

"음. 나도 들었네. 백리 뢰주가 인질로 잡혔다는 것 같던 데… 백리 당주의 마음이 편치 않겠군."

"아닙니다, 단지……."

"단지?"

"제 아우를 인질로 잡을 정도로 강한 자가 과연 현 무림에 존재할까 하는 의구심이 들어서 말입니다."

"흠, 하나 있다더군."

"누구입니까?"

"나정이라는 애송이. 취불의 제자이자 광도의 외손자인 동시에 지저갱의 후인이지. 뭐 이것저것 잡다하게 무공을 익혔다는 것 같더군."

"그렇다면 얼른 녀석을 없애야 하지 않습니까?"

“걱정 말게. 분명 놈은 이곳으로 올 테니까.”

“그렇다면 천계 주변에 경계망을…….”

“허어, 언제부터 그런 미꾸라지 한 마리 때문에 그런 호들갑을 떨 정도로 우리가 약해졌나?”

“그, 그게… 죄송합니다.”

“걱정 말게. 백리 뢰주가 배신하지 않는다면 녀석은 결코 이곳에 오지 못할 테니까.”

“결코 배신할 리가 없습니다.”

“뭐, 그렇다고 하지. 어쨌든 오늘 점심 식사 때 좀 더 이야기를 나누기로 하자구. 다들 모이라고 하게.”

“알겠습니다.”

1

대추산(大錐山) 주변 수백여 리는 일 년 열두 달, 언제나 안개로 둘러싸여 있었다. 멀리 다른 산봉우리에서 보면 마치 거대한 운무(雲霧)의 바다가 머리 뽀족한 섬 하나를 에워싼 채 출렁거리는 것처럼 느껴질 정도였다.

혹자는 말이 천여 리지, 그 거대한 지역에 진법을 설치하여 인공적인 운무를 생성한다는 것은 말이 되지 않는다고 말했다.

그러나 대부분의 사람들은 그곳이 바로 천계라고 생각했다. 대추산 주변의 운무는 구중천이 발흥하기 이전부터 있었던 자연적인 현상, 거기에다가 인공의 진법을 만들고 결계를 펼친 것이라는 게 그들의 주장이었다.

그런 까닭에 많은 사람들이 그 운해(雲海)를 뚫고 대추산으로 향했다. 하지만 대추산으로 향한 사람들 중에서 누구 하나 운해 밖으로 나온 자가 없었다.

물론 운무 주변 언저리를 헤매다가 결국 포기하고 돌아온 자들도 적지 않았다.

그들은 안으로 들어갈수록 운무가 짙어져서 동서남북의 방향을 찾지 못하는 것은 물론, 바로 코앞에 있는 사람까지 보이지 않을 지경이라고 혀를 내둘렀다. 또 그들은 운무의 바다 속을 걷는 건 마치 장님이 되어 생면부지의 낯선 땅을 헤매는 일과 같다고 말했다.

새하얀 운무로 인해 앞이 전혀 보이지 않는다는 공포 앞에서는 저 담대한 무림인들조차 결국 앞으로 나아가지 못하고 돌아올 수밖에 없었다.

그렇게 몇 년의 세월이 흐르자 이제는 더 이상 그 운해에 들어서는 자들이 보이지 않게 되었다.

2

"대단하네!"

나정은 저도 모르게 감탄사를 터뜨렸다. 그가 서 있는 봉우리 밑으로는 새하얀 운무의 바다가 끝 간 데 없이 펼쳐져 있었다. 그 너머로 머리가 뾰족해서 마치 쇠꼬챙이 같이 보이는 산봉우리 하나가 망망대해에 떠 있는 고도(孤島)처럼 운무에 둘러싸여 있었다.

수백 리 인근이 새하얀 운무에 뒤덮여 있는 그 광경은 실로 장관이 아닐 수 없었다. 한편으로는 원인 모를 공포와 두려움마저 느낄 지경이었다.

"이 안개의 바다를 따로 일컬어 운망지해(雲網地海)라고도 하네. 구중천이 발흥하기 이전부터 이곳에는 이러한 운무가 존재했지."

백리제일은 차분한 어조로 설명했다.

그의 말에 따르자면 이 천지백해는 수백 년 동안 대추산을 에워싸고 있는 말 그대로 천연 풍광이었는데 처음부터 이렇게 대단한 규모의 안개바다를 형성한 것은 아니라고 했다.

천계가 대추산 중턱에 자리 잡으면서 주변에 진법을 설치, 결계를 강화하게 되자 그 운무가 더욱 짙어지고 넓어져서 지금에 이르렀다는 것이다. 그래서 지금은 산짐승들마저 제대로 살 수 없는 절지로 변했다는 게 백리제일의 설명이었다.

나정은 절벽 앞에 우뚝 선 채로 백리제일의 설명을 들으며 저 멀리 희미하게 보이는 대추산을 응시했다. 그때 진서문이 그들 곁으로 다가와 입을 열었다.

"응원군들이 속속 합류 중이네. 특히 봉문 중이던 소림사에서 열 명의 스님을 보내왔네. 다들 당주 급 이상의 고승들로, 나보다 훨씬 뛰어난 실력을 지니고 계신 분들이야. 많은 도움이 될 걸세."

백리제일이 그 말을 듣다가 무심코 고개를 끄덕이며 중얼거렸다.

"안 그래도 구중천에서는 사실 소림사의 봉문을 탐탁지 않게 여겼지. 그들이 지닌 거대한 저력은 결코 무시할 수 없으니까. 게다가 봉문이라고 해봤자 전력은 고스란히 남겨둔 상태, 언제고 반기를 들 수 있는 상황이니 말이야."

나정은 고개를 갸웃거리며 물었다.

"그런데 왜 가만 놔뒀을까요?"

"아무래도 소림사가 지닌 이름의 힘 때문일 게야."

백리제일은 자신의 생각을 이야기했다.

"소림사는 말 그대로 천하 무림의 태산북두, 그곳을 멸문시킨다면 과연 무림인들과 다른 문파들이 가만히 있을까? 죽음을 무릅쓰고 항거하겠지. 이른바 무림전쟁이 벌어지게 되는 거야. 아마도 구중천이 이길 가능성이 높지만 그들 역시 적잖은 피해를 입을 테고. 또한 끝까지 불씨가 남겠지. 그것보다는 차라리 지금과 같은 상황이 낫다고 생각했을 게야."

나정은 이해가 가는 바가 있어 고개를 끄덕였다. 그리고 다시 진서문을 향해 말했다.

"말씀 도중에 이야기가 끊긴 것 같은데 계속 설명해 주세요."

"알겠네."

진서문은 계속해서 말을 이어나갔다.

3

때는 어느덧 겨울을 벗어나 완연한 봄이라 할 수 있었다. 지금 나정과 백리제일, 진서문이 서 있는 산봉우리 주변에도 꽃이 피고 나뭇가지에는 잎이 무성했다.

북망산에서 이곳까지 말을 타고 달리면 불과 보름에서 한 달 사이의 거리. 그러나 나정은 석 달이 넘게 흐른 지금에 와서야 비로소 이곳에 당도할 수 있었다.

그 이유는 크게 두 가지였다. 물론 가장 큰 이유는 부상자들을 치유하는 것이었지만.

구중천뢰의 옥주를 비롯한 무사들과 싸우느라 신주오괴—이제는 신주사괴로 불러야하겠지만—나 귀문사마 모두 적지 않은 부상을 입은 터였다. 거기에다가 오랜 기간 동안 점혈 당한 채 옥살이를 하느라 육체와 정신이 피폐된 무림인들이 있었다. 그들을 치유하고 회복시키는 데 두 달이 채 걸리지 않은 것이 외려 기적적인 일이라 할 수 있었다.

구중천뢰에 갇혔던 무림인들을 설득하는 일은, 의외로 싱겁게 끝났다. 나정이 구중천과 싸우는데 힘을 보태달라고 하기 위해서 그들을 설득하러 갔을 때 이미 그들은 신주사괴와 귀문사마들에게 아낌없는 협력을 약속한 후였다.

신주사괴와 귀문사마들에게 나정의 신분과 활약상을 전해 들은 무림인들은 나정이 모습을 드러내자 아낌없는 박수와 환호를 보냈다. 동행한 려운이 깜짝 놀라 나정의 뒤에 숨을 정도로 그들의 환호는 열렬했다.

나정은 무림인들에게 일일이 절을 하며 감사했다. 사실 구중천과 싸운다는 건 말처럼 쉬운 일이 아니었다. 목숨을 걸어야 했고 죽음을 각오해야 하는 일이었다. 그럼에도 불구하고 무림인들은 단 한 명도 뒤로 몸을 빼거나 물러서지 않았다.

그렇게 일일이 무림인들과 인사하던 나정은 그들 중에서 안면이 익은 자들을 만날 수 있었다. 강호 경험이 일천한 까닭에 친분이 있는 자라고는 거의 없는 나정이었기에, 이런 곳에서 우연히 얼굴을 아는 자들을 만난 건 정말 기쁘기 이를 데가 없는 일이었다.

그들은 이화창 장각, 쇄비편 막국충, 태행검파의 궁모잠 등으로 한 때 철검자들과 더불어 귀문사마의 뒤를 쫓던 무림인들이었다. 그들 또한 나정을 알아보고는 반가워하며 두 손을 꼭 잡았다.

한편 백리제일 역시 그 동안 삼절수라의 도움을 받으며 상세를 치유했다. 구중천을 타도하기 위해 결집한 이백여 명의 무인 중 그래도 가장 무력이 강한 자가 백리제일이었다. 그의 가세는 나정에게 커다란 힘이 될 수 있었다. 그뿐만이 아니었다.

"구중천에 적을 두고 있기는 하지만 그들의 행패를 못마땅하게 여기는 이들이 적지 않네. 내가 설득하면 분명 그들은 구중천에 반기를 들 걸세."

백리제일의 뒤를 이어 진서문이 말했다.

"강호에도 그런 자들이 많네. 비록 지금은 구중천의 강력한 무위와 압도적인 세력 앞에서 숨죽이고 있지만 내심 기회만 닿으면 놈들과 싸울 각오를 하고 있는 자들이 적지 않다네."

많은 문파가 봉문했고 멸문당하는 와중에서도, 구중천에 대한 복수를 키우거나 혹은 패도적인 저들의 행사에 반발심을 가진 자들은 잡초처럼 끈질긴 생명력으로 버티고 있었다. 귀문사마 같은 경우가 대표적이었다.

"그러니 구중천과 싸우기 전에 그들을 불러 모으면 큰 힘이 될 것이네."

진서문의 말에 나정은 고개를 저었다.

"그렇게 되면 너무 많은 죽음이 있을 겁니다. 뇌옥에 갇혀 있던 분들 중에서도 조금 실력이 부족한 분들은 이번 일에 동참하는 것을 만류하고 싶은 게 솔직한 제 심정입니다."

"그건 자네가 잘못 생각한 거야."

진서문이 말했다.

"죽거나 혹은 크게 다치거나 하는 일은 무림인의 숙명과도 같지. 그걸 가지고 아까워하거나 두려워한다면 무림인이 아닌 게야."

"하지만……."

"게다가, 그들은 자신들만의 의지와 각오로 이번 싸움에 임하고자 하는 것이지. 저 구중천을 와해시킬 수 있다면 자신들의 목숨을 버릴 수도 있다는 비장한 결의를 보이는 게야. 그런데 누가 그걸 만류할 수 있겠나. 누가 생명의 경중을 나눌 수가 있겠나? 또한 그들의 비장한 결의를 어찌 무공의 높고 낮음만으로 구분할 수 있겠나?"

진서문의 말은 꽤나 매서웠다.

나정은 입술을 깨문 채 묵묵히 들었다. 그리고 반성했다. 어쩌면 나정은 무위의 고하만으로 그 사람이 지닌 생명의 무게를 가늠하려고 한 것인지 몰랐다.

생명이 하나뿐인 만큼 모든 사람, 무공이 뛰어난 백리제일이나 무공이 약한 려운이나 그 모든 이가 지닌 목숨의 무게는 동일했다. 그러니 백리제일은 합류시키면서 려운을 제외시키는 건 확실히 나정의 독단이었다. 그 싸움에서 어느 누가 살아남게 될지, 어느 누가 더 큰 전과를 올리게 될지 누가 알 수 있겠는가.

'나 역시 지저갱에 떨어졌던 이들 중 가장 나약한 자가 아니었던가? 하지만 나보다 강한 고수들이 속속 죽어가는 와중에서 나는 번듯하게 살아남아 지저갱을 빠져나오지 않았던가?'

다른 이들이 그러하지 말라는 법은 없다. 다라나 려운이 백리제일이나 나정보다 더 오래 살게 될지 모르는 법이었다.

거기까지 생각한 나정은 고개를 숙이며 말했다.

"죄송합니다. 확실히 제 생각이 짧았습니다."

진서문은 문득 희미하게 웃으며 말했다.

"아니네. 사실 나 역시 자네와 비슷한 생각을 하고 있다네. 아무래도 살아남을 확률이 높은 자들로 구성하는 게, 어중이 떠중이 다 모여서 우르르 몰려가는 것보다는 훨씬 나은 방법이지."

'그렇다면 왜 굳이 내게 그런 말씀을 하셨을까?'

나정은 이해가 가지 않는다는 얼굴로 진서문을 바라보았다. 진서문은 차분한 표정을 지으며 말을 이었다.

“모르고 그 일을 하는 것과 알면서 그 일을 하는 건 천지 차이라는 걸 말하고 싶었다네. 모든 이들의 목숨이 소중하다는 걸, 그들의 의지 역시 똑같은 무게를 지니고 있다는 걸 알고 있는 채로 무공이 강한 자들로 선별하는 것과 그렇지 않은 건 커다란 차이가 있음을 이야기하고 싶었던 것이네.”

나정은 그제야 고개를 끄덕였다. 진서문이 자신에게 무엇을 가르쳐주려 하는 것인지 깨달았다. 그는 자리에서 일어나 반장하며 허리를 숙였다.

“감사합니다.”

“감사는 무슨. 그저 조금 더 오래 산 자의 오지랖일 뿐이네.”

그 날 이후 진서문과 백리제일은 머리를 맞댄 채, 자신들이 불러올 수 있는 최고의 고수들에 대해서 상의했다.

또 한편으로는 동참하기로 했던 이들 중에서 몸 상태가 여전히 좋지 않거나 실력이 부족한 이들에 대해서도 논의했다. 두 사람은 그렇게 상의를 한 후 최종 확정된 사람들과 그 수에 대해서 나정에게 이야기했다.

어느새 이 무리의 우두머리가 된 나정은 그들의 보고를 듣고 고개를 끄덕였다.

“그렇게 하세요.”

　수좌(首座)의 재가가 떨어진 후 백리제일과 진서문은 몸 상태가 좋은 자들을 선별하여 임무를 맡겼다. 그들은 곧 각 지역으로 흩어져서 백리제일과 진서문의 밀사 역할을 수행했다.

　그러는 한편 진서문은 동참하지 못하게 된 자들을 따로 불러 모아 상황을 설명하고 양해를 구했다. 물론 반발하는 자들이 없지는 않았다. 실력의 고하로 편이 갈렸다는 사실에 자존심이 상할 법도 했거니와 무엇보다 그들의 구중천에 대한 복수심은 대단했다.

　진서문은 그들을 달래고 설득했다. 후방에서도 사람이 필요했고 해야 할 일들이 있었다.

　수백 명이 움직이는 일이니만큼 구중천의 시야를 피하기 위해서는 만반의 준비가 필요했다. 무턱대고 아무 객잔에 들어가 식사를 하고 잠을 자는 건, 우리가 이렇게 움직이고 있소! 하면서 동네방네 소문내는 것과 다르지 않았다.

　"그런 까닭에 따로 먹을 것과 잠자리를 마련해야 했고, 그 일을 해야 할 사람들이 필요하오. 여러분들의 힘이 아니면 우리는 결코 구중천의 눈을 피해서 천계에 갈 수 없소이다."

　진서문은 머리를 조아리며 사람들에게 그 일의 중요성에 대해 역설했다. 이윽고 사람들은 하나둘씩 수긍하며 고개를 끄덕였다. 거기에는 귀문사마 중 한 명인 포단의 힘이 컸다.

그 역시 부상을 입은 까닭에 공격조(攻擊組)에 들어가지 못한 상황, 하지만 의기소침하지 않고 외려 큰 소리로 사람들에게 말했다.

"어디 한 번 해봅시다. 구중천의 눈과 귀는 사방에 흩어져 있습니다. 과연 그 이목을 피해서 저 대추산까지 식량과 필요한 물품을 조달할 수 있을지 말입니다."

결국 모든 사람들이 새로운 임무에 동의하고 수락했다. 그들은 서로 다른 지역으로 분산되어 식량을 구하고 필요한 물품들을 구입했다.

바로 그러한 것들이 이곳에 늦게 당도하게 된 두 번째 이유였다.

하지만 그들 덕분에 나정과 백리제일, 진서문을 비롯한 백여 명의 공격조는 구중천의 이목을 피해 이곳까지 무사히 당도할 수 있었다.

또한 중원 각 지역에서 달려오는 원군들 역시 그들의 적절한 도움을 통해서 이곳 대추산까지 별 탈 없이 왔거나 혹은 오고 있는 중이었다.

물론 진서문이나 백리제일은 그렇게 일이 수월하게 풀리는 데에는 구중천의 혈인회주 독고헌의 보이지 않는 도움이 있었다는 사실을 알 리 없었다.

만약 독고헌이 일부러 경계를 허술하게 하고 느슨하게 보고를 주고받지 않았더라면, 아무리 진서문과 백리제일이 머리를 굴리고 은밀히 이동했다 하더라도 그 많은 인원이 이곳까지 무사히 당도하지는 못했을 것이다.

어쨌든 진서문의 보고는 바로 그 원군들의 상황에 대한 것들이었다. 현재까지 당도한 원군들의 수가 약 백여 명, 그리고 앞으로 도착할 예정인 인원수가 또 백여 명이었다. 그들 모두 대부분 각 문파나 각 지역에서 내로라하는 고수들이었다. 분명 큰 힘이 될 수 있었다.

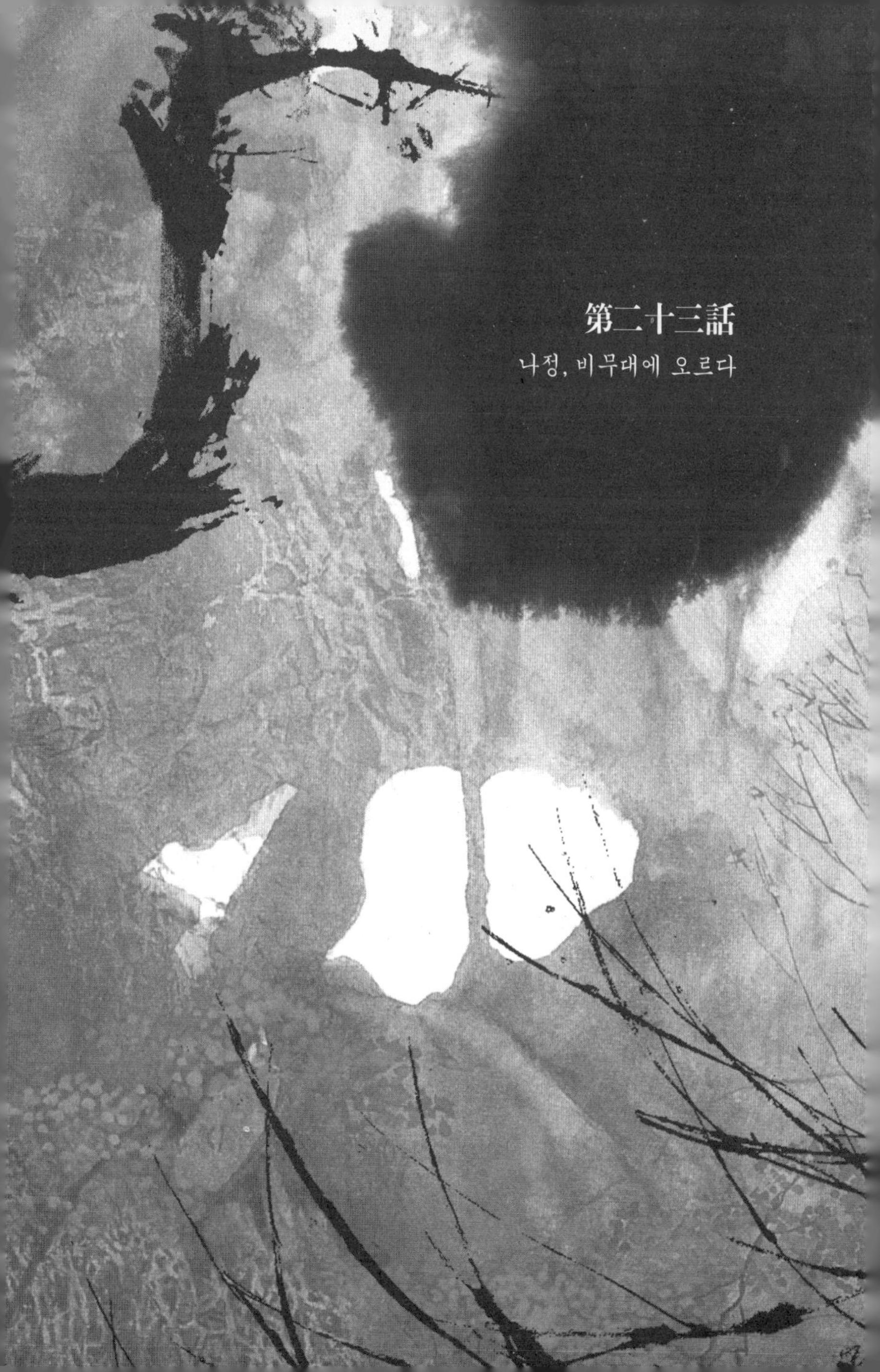
第二十三話
나정, 비무대에 오르다

1

"오늘까지 대략 그 정도가 모였네. 그리고 앞으로 당도할 원군의 수도 얼추 그 정도가 될 것이야."

이윽고 진서문의 이야기가 끝났다. 침착한 표정으로 진서문의 설명을 듣던 나정은 잠시 생각하다가 입을 열었다.

"그렇다면 원군 전원이 당도할 때까지 약 보름이 걸린다는 말씀이군요."

"그렇다네."

진서문은 뭔가 말을 할 듯 망설이다가 입을 다물었다. 백리제일이 그를 힐끗 보고는 대신하듯 말문을 열었다.

"보름동안 이곳에 머물며 원군들이 당도할 때까지 기다릴 건가, 아니면 곧바로 전열을 가다듬고 천계로 향할 것인가? 결정을 내려야 할 때인 것 같군."

꽤 난감한 선택이었다. 아직 당도하지 않은 백여 명의 원군은 적지 않은 힘이 될 게 분명했다. 하지만 그들을 기다리기에는 보름이라는 기간이 너무 길었다.

"이미 결정했습니다."

나정은 고개를 끄덕이며 말했다.

"내일 저 운망지해로 들어가겠습니다. 대신 이곳에는 십여 명 정도의 대기조를 두고 원군들을 맞이할 채비를 갖출 생각입니다."

진서문이 고개를 갸웃거리며 물었다.

"그들끼리 저 운망지해를 통과하는 건 쉽지 않은 일일 텐데?"

그러했다. 백리제일의 말에 따르자면, 수백 리 운무로 뒤덮인 길을 가는 동안 한 걸음만 삐끗해도 진세에 빠져 되돌아올 수 없다고 했다. 그래서 수차례 천계를 왕래했던 백리제일조차 이곳에 오는 동안 몇 번이고 그 길을 복기해야만 했다.

"아니, 그들은 운망지해에 들어서지 않을 겁니다."

나정은 고개를 저었다.

"나머지 원군들은 운망지해의 진입로를 차단하는 겁니다. 우리가 들어선 이후 운망지해로 들어가는 자들을 막는 거죠."

"호오."

진서문은 고개를 끄덕였다.

나쁘지 않은 방법이었다. 지금 상황에서는 가장 괜찮은 작전이라 할 수 있었다.

'하지만……'

진서문은 입술을 깨물었다.

'반드시 와야 할 사람들이 아직 오지 않았다. 무위가 떨어지는 우리에게 있어서 마지막 한 수가 될 수 있는 그들이……'

그들이 올 때까지 기다리는 게 낫지 않을까.

진서문은 그렇게 생각하며 입을 열려고 했다. 하지만 그보다 먼저 백리제일이 마음에 든 표정으로 말했다.

"확실히 좋은 방법인 것 같군. 운망지해의 입구는 아주 좁은 협곡처럼 되어 있어서 미리 선점하고 막는 쪽이 크게 유리하거든."

"그렇다면 구중천 쪽에서 이미 대비하고 있지 않을까요?"

"하하, 그럴 리가 없네. 오만하고 자긍심 강한 그들이야. 천하에 무섭고 두려운 것이 없는 그들이지. 그러니 쩨쩨하게 입구를 막거나 경비하지 않는 게야. 어디 올 테면 와봐라, 하며 문 활짝 열어놓고 있을 걸.”

나정은 다시 고개를 갸웃거렸다.

“그렇게 자신 넘치고 자긍심 강하다면 또 운망지해 주변의 진식은 무슨 까닭에 펼쳐둔 걸까요?”

“자세한 건 나도 제대로 알지 못하지만 몇 가지 이유가 있다더구나. 어쨌든 그들이 대외적으로 내세우는 이유는 어중이떠중이들이 찾아오는 것이 귀찮아서라는 게야.”

그 말에 진서문이 콧잔등을 찌푸리며 말했다.

“그렇군요. 복수니 항거니 하면서 찾아오는 건 귀찮은 일이지만 저 운망지해의 진식을 통과하는 건 말리지 않겠다 이거군요.”

“그렇다네. 진식을 뚫고 덤벼들 정도의 적이라면 얼마든지 상대해주겠다, 하지만 제 깜냥도 모르고 불나방처럼 덤벼드는 놈들은 운망지해의 고혼이 되는 게 마땅하다. 뭐 이런 셈이지.”

“정말 광오하군요.”

나정은 혀를 내둘렀다.

확실히 오만하고 광오한 사고를 지닌 자들이었다. 하지만 그게 당연하다고 여겨질 실력도 있는 자들이었다.

백리제일의 말에 따르면 구중천의 핵심인물들은 말 그대로 천외천의 실력을 지녔다고 했다.

"천주는 제외하고서라도 그의 세 제자, 아니 막내제자인 독고헌만 해도 우리들… 그러니까 구천시왕을 십 초 안에 이길 수 있는 실력을 지녔네."

구천시왕은 창왕 백리제일과 동급의 무위를 지닌 자들로 구성되어 있었다. 그런 절정의 고수들조차 천주의 세 제자 중 가장 약하다고 알려진 독고헌의 십초지적이 되지 않았다.

그 엄청난 무위 앞에서 백리제일을 비롯한 구천시왕은 결국 무릎을 꿇을 수밖에 없었다.

"결국 네가 싸워야 할 할 사람들은 그들 셋, 아니, 천주까지 넷이로군."

백리제일은 그렇게 말하며 한숨을 내쉬었다. 어린 나정에게 너무나 과한 짐을 지우고 있다는 생각이 들었던 것이다. 더불어 별 다른 도움을 주지 못하는 자신에 대한 자책감의 한숨이었다.

나정은 그런 백리제일의 속마음을 의식한 듯 씩씩하게 말했다.

"알겠습니다. 그들은 제가 맡죠. 대신 백리 어르신은 꼭 구천시왕들을 맡아주셔야 합니다."

"알았네. 원래 천계에는 네 명의 시왕이 상주하고 있지. 그 중 두 명 정도는 설득하여 우리 편으로 포섭할 수 있을 게야. 그 두 명이 넘어온다면……."

‘그제야 비로소 우리가 이길 확률이 삼할 정도 되겠군.’

백리제일은 뒷말을 삼켰다.

확실히 불리한 싸움이었다. 그걸 알면서도 운망지해를 지나 천계로 쳐들어가려고 하는 이유는 오직 하나, 지금이 아니면 그나마 삼할의 기회도 잡을 수 없기 때문이었다.

‘지금 천계는 취불 등의 일로 어수선하다. 사형제들이 치열한 암투를 벌이는 거야 예전부터의 일이었지만, 어쨌든 그 덕분에 우리가 예까지 쉽게 올 수 있지 않았던가?’

백리제일은 그렇게 생각했다. 역시 그는 눈치채고 있었던 것이다, 독고헌의 흉중에 대해서.

‘그 기회를 놓치지 않아야 한다. 천계의 후계자가 정해지고 권력구도가 정립된 이후에는 희망이 없다. 건곤일척(乾坤一擲)의 기회인 셈이다, 바로 지금이.’

백리제일은 문득 나정을 바라보았다.

어찌 되었건 간에 자신을 십 초 만에 이긴 고수였다. 그리고 지난 두 달 동안 백리제일과 진서문 등과 쉬지 않고 비무를 하면서 실전 경험을 쌓았다. 놀랍게도, 그 비무를 통해서 쑥쑥 성장하는 나정의 실력을 확인하지 않았던가.

‘시간이 좀 더 있었더라면……’

아쉬울 수밖에 없었다.

그에게 이삼 년의 시간만 있다면 아마 승률은 오할에서 육

할 사이가 될 텐데.

하지만 내일, 그들은 운망지해로 들어설 테고 며칠 후 천계의 사람들과 조우할 것이다.

'부디 그의 어깨에 멘 짐이 너무 무겁지 않기를.'

백리제일은 한숨을 쉬며 중얼거렸다.

지금 그가 할 수 있는 유일한 것은 바로 나정을 위한 기도였고 축원이었다.

회담을 마치고 돌아서는 진서문의 뒷모습이 어딘지 모르게 우울해 보였다. 백리제일과 나정이 저렇게까지 이야기를 하는데 굳이 며칠 더 기다리자는 말을 할 수가 없었던 것이다.

그는 길게 한숨을 내쉬며 군웅들이 모여 있는 곳으로 되돌아갔다. 그때였다. 염화선자가 허겁지겁 그에게로 달려왔다.

"왔어요, 그들이."

진서문의 얼굴이 환해졌다.

"가지고 왔습니까?"

염화선자도 활짝 웃으며 대답했다.

"네. 한 짐 등에 매고 왔더라구요."

"좋았어!"

언제나 침착하기만 하던 진서문답지 않게 그는 주먹을 불끈 쥐며 말했다.

"그럼 내일 당장 출발해도 되겠군. 그들은 지금 어디 있소
이까? 어서 가 봅시다."

그는 염화선자의 뒤를 따라 빠른 속도로 내달렸다.

2

골이 깊고 폭이 좁은 협곡의 입구. 그 너머로 새하얀 운무
가 끝 간 데 없이 펼쳐져 있었다. 협곡 입구에 다다른 나정은
게서 잠시 휴식을 취하기로 했다.

약 이백의 무리가 나정과 함께 움직이고 있었는데, 진서문
은 그 무리를 셋으로 나눠 각각의 수장으로 나정, 삼절수라,
궁모잠을 선택했다.

나정이 이끄는 조에는 백리제일과 진서문을 비롯한 무리
중 가장 뛰어난 실력을 지닌 자들이 결집되어 있었다. 아무래
도 그 조가 전면에 나서야하는 만큼 최고의 실력자들로 구성
될 수밖에 없었다.

삼절수라는 삼절방의 방주, 사람을 이끌고 지휘하는 것에
관해서는 충분히 입증된 자였다. 그런 까닭에 정파 인물을 제
외한 무리들을 그에게 맡겨 하나의 조로 구성했다.

궁모잠은 가진 바 무위보다는 인망(人望)으로 널리 알려진

노고수였다. 그의 인덕이라면 충분히 정파 무인들을 하나로 모으고 지휘할 수 있다는 생각으로 진서문은 궁모잠에게 마지막 조의 책임을 맡겼다.

진서문은 그 세 조가 유기적인 체계를 갖추고 원활하게 운용될 수 있도록 보좌하는 역할을 맡았으며, 백리제일에게는 나정의 곁을 떠나지 않는 봉공의 임무가 주어졌다.

그런 식의 조직체계는 나정에게 있어서 꽤나 신선한 일이었다. 사실 조직이니 구성이니 체계니 하는 단어들과는 담을 쌓은 나정이 아니던가.

'강호에서 살아남으려면 확실히 무공만으로는 안 되겠구나. 진짜 앞으로도 많은 것을 보고 듣고 배워야할 것 같아.'

내심 그렇게 중얼거리며 진서문이 하는 양을 지켜보던 나정은 문득 흠칫 놀라며 정신을 차렸다.

'강호라니… 지금 내가 무슨 생각을 한 거지? 노스님을 구하는 대로 강호를 떠나 이조암으로 돌아가겠다는 결심은 어디로 간 거야?

그에게 있어서 강호란 애당초 그저 싸우고 사람을 죽이고 서로를 배신하고 음해하는 자들이 살아가는 곳이었다. 하지만 신주사괴와 귀문사마, 백리제일 등과 함께 지낸 지난 두어 달 동안 나름대로 생각의 변화가 있었던 것이다.

어디든 마찬가지이다, 사람이 사는 곳이란.

　나정은 고개를 저었다. 지금 중요한 건 그게 아니었다. 당면한 문제부터 해결해 나가야 했다.

　"그럼 이제 들어가죠."

　나정은 자리에서 일어나며 말했다. 백리제일이 고개를 끄덕였다.

　"내가 선두에 서지."

　그는 성큼성큼 앞으로 걸어갔다. 나정이 협곡 입구에 들어섰다. 그 뒤로 두 사람이 나란히 어깨를 맞댄 채 줄을 지어 이동했다. 기나긴 행렬이 뱀처럼 움직이기 시작했다. 그들은 앞사람이 움직이는 대로, 그 발만 주시하며 따라 걸었다.

　행령 중간 중간에는 운망지해에 펼쳐진 진식에 대해서 백리제일에게 배운 자들이 배치되어 있었다. 그들은 혹시라도 대열을 이탈하는 등의 문제가 생기지 않도록 주의를 기울였다.

　안개는 점점 더 짙어져갔다. 축축하고 음습하게 가라앉은 공기의 덩어리들은 사람들이 움직이는 대로 밀려갔다가 출렁거리며 다시 되돌아왔다.

　그 새하얀 습기 덩어리가 피부에 닿을 때마다 사람들은 저도 모르게 진저리를 쳤다. 그들이 밟고 지나가는 땅은 질퍽질퍽했다. 발을 디딜 때마다 부엽토(腐葉土)의 썩은 낙엽들에서 검은 물이 흘러나왔다.

그것은 확실히 기묘하고도 기분 나쁜 느낌이었다. 전후좌우 사방이 제대로 분간되지 않는, 두텁게 쌓인 운무 속에서 오로지 앞 사람의 발자국만 보고 따라 걷는 건 절로 등골이 오싹해지는 일이었다.

아무 소리도 들려오지 않았다. 벌레 울음소리도 새 울음소리도, 짐승의 울부짖는 소리도 없었다. 저벅거리는 발걸음 소리만이 정적을 깨고 있었다.

한 순간만 놓쳐도 앞 사람의 흔적이 사라지고 찾을 수 없게 된다. 이마에는 송골송골 땀이 맺히는 가운데 견딜 수 없는 긴장감으로 심장이 터질 것만 같았다.

초조함과 불안한 기분이 마치 꿈틀꿈틀 등을 기어 다니는 송충이처럼 사람들의 온몸을 간질였다. 얼마나 긴장을 했는지, 만약 뒷사람이 제 어께에 손을 댄다면 그야말로 혼비백산하여 까무러칠 지경이었다.

시간은 느릿느릿하게 흐르고 있었다. 하늘을 올려다봐도 새하얀 운무로 뒤덮여 있었다. 시간이 얼마나 흘렀는지도 알 수 없었다. 거기에다가 한없이 이어지는 운무의 바다, 그 바다 속을 걸어가면서 나정은 문득 심력이 약한 자들은 미칠 수도 있겠다 하는 생각이 들었다.

'확실히 경계를 설 필요가 없겠군. 아니, 경계를 서다가 외려 미치거나 길을 잃고 헤맬 것 같아.'

나정은 혀를 내둘렀다. 그 역시 가슴이 답답하고 등이 근질근질해서 참기 어려운 상황이었다.

그때였다. 앞서 걷던 백리제일이 걸음을 멈췄다. 그는 나정을 돌아보며 말했다.

"여기에서 간단하게 요기를 때우기로 하지."

3

백리제일의 말에 따라 행렬은 걸음을 멈췄다. 그들은 제 자리에 앉아서 휴식을 취하며 물을 마시고 건량을 씹었다.

낙엽 썩은 물이 축축하게 젖어왔지만 상관없었다. 자리에 앉아서 쉴 수 있다는 것만으로도 그들은 행복했다. 불과 두어 시진 행군한 것만으로 저 무림의 고수들이 기진맥진한 것이다.

육체적인 것보다 정신적인 피로가 얼마나 더 사람을 지치게 만드는지 보여주는 대목이었다.

"이렇게 사흘을 걸어야 한다구요?"

나정이 혀를 내두르며 물었다. 백리제일은 물 한 모금을 마신 후 고개를 끄덕이며 말했다.

"사흘이라고는 하더라도 오전에는 당도할 게야."

나정은 저도 모르게 한숨을 쉬었다.

　잠시 후, 백리제일이 자리에서 일어나며 입을 열었다. 내공을 실은 목소리가 운무의 바다를 뚫고 저 뒤쪽까지 전달되었다.

　"두 시진만 걸으면 편히 쉴 수 있는 곳이 있소이다. 최대한 빨리 그곳에 도착해서 두 다리 쭉 뻗고 잡시다."

　그의 말에 사람들의 눈빛이 반짝였다. 앞으로 두 시진을 더 걸어야 한다는 말보다 두 다리를 쭉 뻗고 잘 수 있다는 유혹이 더 크게 다가왔던 것이다.

　사람들은 다시 힘을 내어 걷기 시작했다. 짧게나마 휴식을 취한 덕분인지 그들의 얼굴에 생기가 감돌았다.

　하지만 두 시진만 걸으면 된다는 백리제일의 말은 사실이 아니었다. 사람들의 사기를 진작시키기 위한 선의의 거짓말이었다.

　휴식을 마친 지 세 시진을 넘어서야 비로소 그들은 백리제일이 말한 장소에 당도할 수 있었다. 그것은 이곳 운망지해를 오가는 이들이 쉬어갈 수 있게끔 세워진 십여 채의 산채(山寨)들이었다.

　백리제일은 익숙한 동작으로 산채에 올라 횃불을 밝혔다. 운무 사이로 붉은 빛이 도깨비불처럼 일렁거리는 가운데 사람들은 안도의 한숨을 내쉬며 산채 안으로 들어섰다.

　산채 내부 구조는 단순했다. 백여 명이 누울 수 있을 정도로 넓은 대청, 그게 전부였다. 가구도 장식도 전혀 없었다.

하지만 사람들은 그것만으로도 감지덕지한 얼굴이었다. 누가 말하기도 전에 그들은 대충 자리를 잡고 눕더니 이내 죽은 듯이 잠들었다. 단 하루 만에 상거지가 된 듯한 몰골들이었다.

나정은 사람들을 둘러보다가 산채 밖으로 나왔다. 눈 깜짝할 사이에 밖은 어두워져 있었다. 밤이 되자 안개는 더욱 짙어졌고, 숨쉬기 곤란할 정도의 축축한 습기가 나정의 옷을 눅눅하게 만들었다.

나정은 한숨을 내쉬며 주변을 둘러보았다. 진서문이 몇몇 무림인들에게 당부하는 모습이 보였다.

"천계 쪽에서 오는 사람이 있을지도 모르니 경계를 늦추지 맙시다. 이인 삼조로 나눠서……."

이 와중에도 진서문은 혹시 모를 경우를 대비하여 밤샘 경비조를 짜고 있었다. 나정이 그리로 다가가 진서문에게 말을 건넸다.

"저도 돕겠습니다."

나정의 말에 진서문은 고개를 저었다.

"아니네. 자네는 푹 쉬도록 하게."

"하지만……."

"하지만이 아니야. 빈 말이 아니라, 자네야말로 이번 일의 핵심이네. 그러니 절대 무리해서는 안 되는 것이야."

진서문은 딱 부러지게 말했다. 나정은 고개를 숙인 후 다시 산채로 들어섰다.

그는 이미 잠들어 있는 무인들을 둘러보다가 벽 쪽에 앉아서 눈을 감았다. 운기조식을 하려고 했지만 마음이 차분해지지 않아서 쉽게 내기를 끌어올릴 수가 없었다. 결국 나정은 운기조식을 포기하고 벽에 등을 기댄 채 곰곰이 상념에 잠겼다.

얼마나 시간이 흘렀을까.

그는 자리에서 일어났다. 왠지 낯빛이 한층 밝아진 듯 보였다. 그는 산채를 돌아다니며 백리제일을 찾았다. 마침 백리제일은 뒤쪽 산채의 구석진 자리에 앉아서 운기조식을 하던 참이었다.

나정은 그가 운기조식을 마치기를 기다려 다가갔다. 백리제일이 그를 보며 부드럽게 웃었다. 나정은 다짜고짜 그에게 말을 붙였다.

"지금 바로 떠나죠."

백리제일의 눈이 휘둥그레졌다.

"그게 무슨 말이더냐?"

나정은 침착하게 말했다.

"천계로 말입니다. 조금 생각해 봤는데 굳이 이렇게 우르르 몰려갈 필요가 없을 것 같습니다. 저와 백리 어르신이 먼저 가는 겁니다. 어차피 저들이 그렇게 광오하다면, 일대일의 승부도 받아들이지 않겠습니까?"

"응, 일대일의 승부?"

"네. 사실 지금껏 제가 착각하고 있었습니다."

나정은 차분한 얼굴로 백리제일을 바라보며 자신의 생각을 이야기했다.

"진 어르신과 백리 어르신께서 조직과 세력의 중요성에 대해서 말씀하시는 바람에, 또 제가 구중천의 거대함에 지레 겁을 먹을 까닭에, 정작 중요한 것을 잊었던 것이죠. 바로 저들과는 다른 누구도 아닌 제가 싸워야 한다는 걸 말입니다."

맞는 말이었다. 백리제일 또한 나정이 아니면 그 누구도 천주와 그 제자들을 상대할 수 없을 거라고 단정하고 있지 않았던가.

"그런데 군이 이렇게 몰려갈 필요가 어디 있을까요? 괜히 수백 명의 아까운 피를 흘리는 것보다는 아까도 말씀드렸다시피 정정당당하게 가서 정식으로 신청하는 게 차라리 낫지 않을까 생각합니다."

"만약… 그들이 받아주지 않는다면?"

백리제일의 물음에 나정은 빙긋 웃으며 말했다.

"그때는 어쩔 수 없이 전면전을 벌여야겠죠. 진 어르신께서 충분히 때맞춰 오실 겁니다."

백리제일은 입술을 깨물었다.

나정의 제안은 무모한 도박에 가까웠다. 하지만 백리제일
은 천계의 책임자인 고양백의 성정을 잘 알고 있었다, 그 오
만하며 광포한 성격을.

'그 부분만 제대로 건드릴 수 있다면… 확실히 일대일의
승부가 불가능한 것도 아니다.'

대제자 초결 또한 무공에 광적으로 집착하는 성격인 터라
충분히 가능했다. 문제는 천주였다.

과연 그가 일대일의 비무를 승락하려 들 것인가.

백리제일이 망설이고 있을 때 나정은 거침없이 자리에서
일어났다.

"이미 각오하고 결정한 일입니다. 괜히 더 고민해 봤자 나
약해질 따름입니다. 그러니 진 어르신께 말씀드리고 곧바로
이곳을 떠나죠."

백리제일은 나정을 물끄러미 쳐다보았다. 손자뻘 되는 나
이의 애송이가 어느새 거목처럼 우러러 보였다.

'역시 세월이란……'

나정에게는 젊은이들만의 특권이라고 할 수 있는 과감한
결단력과 저돌적인 추진력이 있었다. 물론 한 때는 백리제일
또한 가지고 있던 것들이었다.

그게 이토록 눈부시게 느껴질 줄이야.

백리제일은 희미하게 웃으며 고개를 끄덕였다.

"그래, 그렇게 하세."

백리제일도 나정을 따라 자리에서 일어났다. 두 사람은 곧바로 진서문을 찾아갔다.

1

천계(天界).

당금 강호 무림을 지배하고 그 위에 군림하고 있는 구중천의 총본산(總本山).

그 어마어마한 존재의 무게감과는 달리, 천계의 규모는 의외일 정도로 소박했다. 십여 채의 전각과 넓은 연무장, 그 주위를 대충 둘러싼 돌담. 그것이 천계의 전부였다.

그곳에 상주하고 있는 무인은 대략 이백여 명으로 소규모 문파와 비슷한 수였다. 하지만 그 중 백여 명은 말 그대로 구중천의 핵심 전력이라고 할 수 있는 고수들이었다.

개개인의 실력이 구천시왕에 비해 결코 뒤떨어지지 않는 자들, 그런 무인들을 자신의 휘하에 거느리고 있기 때문에 독고헌에 비해 수적으로 밀리면서도 고양백이 우세를 점할 수 있는 것이었다.

"사실 기존의 구중천은 소수정예의 조직이다. 일천사회십이당이라는 구성을 보면 쉽게 알 수 있지. 그 모든 구성원의 수가 삼백 정도에 불과하단다."

백리제일은 천계가 내려다보이는 기슭을 산책하듯 태연자약하게 걸어가며 나정에게 설명했다.

그 구중천이 천하를 지배할 수 있게 된 가장 큰 이유는 압도적인 무위였다. 저 삼백의 무리는 과거, 미친 광도를 상대했던 백팔 명의 영웅에 버금가는 고수들이었다.

"하지만 아무리 그들이라고 하더라도 우내십팔천으로 시작되는 강호의 노기인들을 상대하기는 벅찬 모양이었지. 그래서 무생유가진력으로 그들을 회유하는 한편, 지저갱의 음모를 만들어서 취불 이하 기인들을 그곳에 가두려는 계획을 세운 게야."

그들의 계획은 성공적이었다.

창왕 백리제일이나 낭왕 대막타군 등, 뭇 고수들이 그들의 협박과 회유에 굴복하여 휘하로 들어갔다. 또한 취불과 마야 등의 고수들을 지저갱으로 유인해 가두는데 성공했다.

그리하여 구중천이 세상에 제 모습을 드러냈을 때에는 그들의 독주를 막을 만한 고수들이 무림에 존재하지 않았던 것이다.

"그런 까닭에 불과 삼백의 무리로 천하를 휘어잡게 된 게지. 그리고 그 압도적인 무위에 굴복한 자들과 또 무생유가진력을 배우기 위해 스스로 무릎을 꿇은 자들이 구중천의 수족이 되어 세상을 지배하고 있는 게야."

그러니 구중천의 총본산인 천계에 많은 이들이 있을 필요가 없었다. 백여 명의 절정고수와 잡무를 처리하는 하급무사들 백여 명이면 충분했다.

나정은 묵묵히 걸으며 백리제일의 이야기에 귀를 기울였다.

이야기를 들으면 들을수록 구중천에 대한 경외감이 생겼다. 강호에 군림하기 위해 그들이 세운 계획과 전략은 소름이 끼칠 정도였다. 그 매서운 집념과 집요한 끈기는 진저리가 날 정도였다.

하지만 그렇다고 해서 두렵거나 무섭지는 않았다. 외려 그런 구중천이 안쓰럽게 느껴졌다.

'도대체 군림천하가 뭔데?

이해할 수 없었다.

그렇게 음모를 꾸미고 계략을 펼친다고 해서 천하를 지배하는 것도 아니었다. 그저 강호 위에 군림할 뿐, 무림인들에게만 경외의 대상이 될 뿐이었다.

‘그거야 소림사나 무당파도 그렇지 않은가?’

무력을 동원하지 않아도 지닌바 무위와 덕으로써 사람들을 감복하게 만들고 추앙받는 그들이었다. 구중천 역시 그들처럼 만인의 존경을 받을 수 있는 실력을 가지고 있었다.

잡념이 머리 안에서 맴도는 가운데 그들은 기슭을 지나 천계에 이르렀다. 정문에는 두 명의 무사가 지루한 듯 하품을 하고 있다가 백리제일을 보고는 황급히 허리를 숙였다.

“뢰주께서 오셨습니까?”

백리제일은 고개를 끄덕이며 물었다.

“천주와 계주 모두 안에 계시더냐?”

“네. 요 근래 따로 행차하신 적이 없습니다.”

“그렇군. 수고해라.”

백리제일은 당당하게 걸어 정문을 지나쳤다. 나정은 두근거리는 가슴을 진정시키며 그 뒤를 따랐다.

2

천계의 책임자는 고양백이었다. 일참회(一斬會)의 회주이기도 한 그는 회주보다는 계주(界主)라는 호칭으로 불리기를 더 좋아했다.

또 그는 떠들썩하고 화려한 모임을 좋아했다. 혼자서 식사를 하는 걸 싫어하여 늘 수하들과 함께 음식을 먹는 습관도 있었다.

백리제일이 왔다는 보고를 하기 위해 수하 한 명이 대청에 들어섰을 때에도, 고양백은 측근 십여 명과 함께 조찬을 즐기고 있었다.

"호오, 백리제일이 왔어?"

뚱뚱하다 못해 비대해 보이기까지 한 고양백은 손수건으로 입술을 훔치며 웃었다.

"설마 혼자 왔더냐?"

그의 질문에 수하는 고개를 조아리며 말했다.

"시동 정도 되어 보이는 젊은 청년과 함께 오셨습니다."

"흠, 그래? 젊은 청년이라 이거지?"

고양백은 알 것 같다는 표정을 지으며 말했다.

"어서 안으로 뫼셔라."

수하는 부리나케 밖으로 뛰어나갔다. 식사를 함께 하던 측근 중 한 명이 고양백의 눈치를 살피며 입을 열었다.

"구중천뢰가 무너지고 백리제일이 인질이 되었다는 소문이 있지 않습니까?"

"그러니까 말이야."

고양백은 어깨를 으쓱거리며 말했다.

"그가 당당히 이곳으로 들어온 걸 보면 인질이 아닌 게지. 평소 우리들의 행사에 불만이 많은 것 같더니… 역시 내 예상대로 우리를 배신한 게 분명하지."

"그럴 리 없습니다!"

말석에 앉아 있던 노인이 소리쳤다가 이내 찔끔하는 기색으로 서둘러 말했다.

"계주께서도 잘 아시겠지만 그 녀석, 한 번 충성을 다하기로 맹세한 이상 절대 변심할 녀석이 아닙니다."

고양백은 웃었다.

"백리 당주야 아무래도 팔이 안으로 굽는 게 당연하겠지. 어디까지나 친동생이니까 말이야."

"그, 그건 아닙니다. 만약 녀석이 진짜 배신했다면… 결코 놈을 용서치 않을 겁니다. 하지만……."

백리 당주가 그렇게 이야기를 하고 있을 때, 대청 안으로 백리제일과 나정이 걸어 들어왔다.

"으음……."

백리 당주의 얼굴이 일그러졌다.

놀랍게도, 백리제일은 고양백을 보고도 허리를 굽히지 않았던 것이다. 역시 고양백의 말처럼 그는 배신을 한 게 분명했다.

　백리제일은 식사 중이던 사람들을 둘러보다가 백리 당주
와 눈이 마주쳤다. 백리제일의 눈가에 회한이 빛이 스치고 지
나갔다.

　"오랜만이오, 형님."

　그의 말에 백리 당주는 자리에서 벌떡 일어나며 따지듯 물
었다.

　"정녕 네가 우리를 배신한 게냐?"

　백리제일은 침착하게 말했다.

　"배신한 게 아니라 원래의 자리로 되돌아온 것이오."

　"헛소리!"

　백리 당주의 수염이 부르르 떨렸다. 그는 당장에라도 백리
제일을 향해 손을 쓸 듯 손을 들어올렸다. 하지만 고양백의
말이 그의 다음 행동을 막았다.

　"경거망동하지 말고. 백리 뢰주가 무슨 일로 왔는지 이야
기나 들어보자구."

　고양백은 싱글거리며 말했다. 바로 그때였다. 나정이 한
걸음 앞으로 나서며 입을 열었다.

　"귀하께서 이 천계의 책임자인 계주입니까?"

　고양백은 눈웃음을 치며 말했다.

　"자네가 취불의 제자인 나정인가?"

　나정은 저도 모르게 움찔거렸다. 하지만 곧 태연한 표정을

지으며 말했다.

"그렇습니다."

"그래, 나를 찾아온 이유는? 설마 취불을 풀어달라고 애원하기 위해 온 것은 아니겠지?"

"실은 그렇게 말씀드리기 위해서 왔습니다."

일순 고양백이 웃었다. 그의 측근들도 따라 웃었다. 혼자 멀뚱하니 서 있던 백리 당주는 눈치를 살피며 자리에 다시 앉았다.

사람들의 비웃음 속에서도 나정은 태연하게 말했다.

"하지만 애원하지는 않겠습니다. 대신, 저와 일대일의 비무를 요구하겠습니다."

"비무?"

"네. 그 비무에서 제가 이기면 취불 노스님을 비롯하여 다른 노기인들을 풀어주십시오."

고양백의 눈이 휘둥그레졌다. 그는 두 눈을 끔뻑거리면서 나정을 바라보다가 갑자기 웃음보가 터진 모양 크게 웃기 시작했다. 그의 측근들도 따라 웃었다. 대청 안이 웃음소리로 시끄러워졌다.

나정은 눈물까지 흘릴 정도로 웃는 고양백을 물끄러미 지켜보았다. 고양백은 이윽고 한숨을 쉬며 눈물을 닦았다. 그리고는 어이가 없다는 표정을 지으며 말했다.

"이것 참, 누구 씨가 아니랄까 봐."

나정의 눈썹이 꿈틀거렸다.

'지금 무슨 말을 하는 거지?'

고양백이 다시 말했다.

"백 번 양보해서 어쨌든 내가 자네와 일대일의 승부를 벌인다고 치자구. 만약 내가 이기면 얻는 게 뭔데?"

나정은 미리 준비해둔 답변을 했다.

"전면전이 일어나지 않을 겁니다."

"전면전?"

"지금 천계 밖에는 무림 연합군이 대기 중입니다. 그들과 전면전이 벌어진다면……."

일순 고양백의 측근들은 서로를 돌아보았다. 하지만 고양백은 표정 하나 바뀌지 않았다.

"전면전을 두려워했다면 내 결코 이 자리까지 오르지 못했을 것이야."

"물론 그럴 겁니다. 하지만 귀하의 야망에 금이 가는 일이 발생할 수도 있겠죠. 귀하처럼 야망을 꿈꾸는 또 다른 자에게는 이익으로 돌아갈 테구요."

그제야 고양백의 표정이 살짝 변했다. 그는 잠시 생각하다가 고개를 갸웃거리며 말했다.

"구중천뢰가 무너진 게 두어 달 전의 일이지? 그 짧은 시간

동안 모아봤자 얼마나 많은 자들을 모았겠나? 기껏해야 구중천뢰의 죄수들을 포함해서 삼사백 명이면 끝이겠지. 겨우 그 정도를 가지고 협박하기에는 우리가 너무 강한 것 같은데……."

나정이 그의 말을 자르고 나섰다.

"우리에게는 축융당(祝融堂)이 있습니다."

일순 고양백의 얼굴이 딱딱하게 굳었다. 그의 수하들 또한 기겁하며 화들짝 놀라는 기색이 역력했다. 그들 중 누군가 소리쳤다.

"말도 안 돼! 축융당은 이미 우리가 멸문시켰다!"

나정은 조용히 말했다.

"다행히 살아남은 후예들이 있더군요. 그들은 구중천에 대한 복수심을 바탕으로 그동안 사상 최강의 화기(火器)를 만들었습니다."

축융은 불을 주관하는 신이자 남방의 신이었다. 그 축융을 문파 명으로 정한 데에서 축융당의 특질을 설명할 수 있었으니, 그들은 벽력문(霹靂門)과 더불어 강호에서 화약과 폭약을 다루는 양대 문파 중 하나였다.

비록 문파의 인원수가 적고 그 위명이 널리 알려져 있는 편은 아니었지만 외려 저 유명한 벽력문보다 몇 배는 더 뛰어난 화기를 제조하는 능력을 지녔다고 인정받는 곳이었다.

무림인들에게 있어서 독과 화기는 반칙이나 다름없었다. 특히 한꺼번에 수백, 수천 명을 몰살하고 광범위한 지역을 폭발시킬 수 있는 가공할 위력을 지닌 물건이라면 더더욱 경계의 대상이 되었다.

그런 까닭에 구중천이 발호하면서 맨 처음 한 일이 묘강 독문과 축융당, 벽력문 등을 철저하게 굴복시키거나 압살하는 일이었다. 그렇게 삭초제근(削草除根)한 줄 알았던 축융당에 잔존 후예들이 남아 있을 줄이야.

나정은 다시 말했다.

"그들이 가지고 온 화기라면 이 천계 정도는 단번에 박살낼 수 있습니다. 모르기는 몰라도 이 대추산도 붕괴시킬 수 있을 겁니다. 굳이 그런… 전면전을 해야 합니까?"

고양백은 저도 모르게 침을 삼켰다.

그는 나정의 표정을 살피면서 그의 말이 거짓인지 사실인지 확인하고자 했다. 하지만 득도한 고승처럼, 혹은 가면을 쓰고 있는 것처럼 나정의 표정에서는 어떠한 것도 읽을 수가 없었다.

고양백은 마침내 한숨을 내쉬었다.

"일대일의 승부란 말이지?"

3

"호오, 드디어 왔단 말인가?"

초결은 즐거워 어쩔 줄을 모르겠다는 얼굴로 물었다. 그의 앞에 부복한 수하가 대답했다.

"지금 고 계주와 대화를 나누는 중입니다."

"양백과? 푸하하하!"

초결은 크게 웃으며 고개를 끄덕였다.

"분명 일대일 승부를 원하는 거겠지. 세력이 약한 쪽에서 취불 일행을 구할 수 있는 유일한 방법이니까."

그는 수염을 매만지며 중얼거렸다.

"양백 녀석, 워낙 미꾸라지 같은 놈이라 쉽게 걸려들지 모르겠는데… 하지만 그 정도를 요리하지 못하고서야 어찌 나와 얼굴을 마주칠 수 있겠나?"

"가 보시겠습니까?"

"물론 가야지. 가서 얼마나 컸는지, 또 얼마나 실력이 늘었는지 확인해 봐야지. 아, 취불이 그때 장담했었지? 좋아, 감옥에 갇혀 있는 늙은이들을 모두 끌어내. 오매불망 기다리고 있던 나정이 왔는데 그들에게도 만나게 해줘야지."

"알겠습니다."

1

"계주께서 한 입으로 두말할 분이 아니라는 건 잘 알고 있지만 그래도 만인에게 공증을 받고 싶소이다."

고양백이 '좋아, 일대일의 승부란 말이지? 까짓것 못할 게 뭐가 있겠나?'라고 수락한 순간 백리제일이 재빨리 그렇게 말했다. 고양백이 무서운 눈길로 노려보았지만 백리제일은 차분하게 말을 이어나갔다.

"우선 천주를 비롯하여 초 회주와 구천시왕, 그리고 각 당주들, 백대천군(百大天君)이라고 불리는 고수들을 모두 소집해주십시오. 그리고 그들에게 이번 비무의 의미와 결과가 갖는 중요성에 대해서 설명해주시기 바라오."

"흥! 내가 그렇게까지 해야 할 것 같더냐?"

고양백이 코웃음을 치자 나정이 말했다.

"물론입니다. 당신은 다름 아닌, 이곳 천계의 주인이니까요. 이 천계를 지키고 보호해야 할 의무가 있으니까 말입니다."

고양백은 서늘한 시선으로 나정을 노려보다가 불쾌하다는 듯이 투덜거렸다.

"아예 나를 들었다가 내렸다가 하면서 가지고 노는구나. 네 아비도 그렇게까지 날 함부로 대하지 못하는데 말이지."

일순 나정의 표정이 급변했다.

"그게 무슨 말씀이십니까?"

고양백은 눈을 동그랗게 뜨더니 이내 고개를 가로 저으며 말했다.

"아니다. 내가 헛소리를 했다. 좋아, 이왕 이렇게 된 거! 아예 축제를 벌이자. 사람들을 잔뜩 불러 모으고 술과 음식을 마련하겠다. 왁시글덕시글하게 비무대회를 치루는 게다. 물론 승자는 내가 되겠지만, 푸하하하!"

그가 웃자 측근들 역시 크게 따라 웃었다. 나정은 예사롭지 않은 눈빛으로 그를 노려보았다.

뭔가 숨기는 게 있는 것이다. 그걸 감추기 위해서 일부러

저렇게 과장된 행동을 하는 게다.

'아버지? 설마 외할아버지를 잘못 말한 것도 아닐 텐데……'

나정이 상념에 잠길 때, 백리제일이 그의 어깨를 다독거리며 속삭였다.

"너무 깊게 생각하지 말자."

나정이 그를 돌아보았다. 백리제일이 다시 말했다.

"고양백의 술수는 음흉하고 집요하지. 아마 네 심기를 어지럽히기 위해 무작정 던진 말일 것이다. 즉, 벌써 비무가 시작되었다는 뜻이니. 가뜩이나 실력적으로도 부족한 상황이 아니더냐? 거기에다가 적이 던진 말 한 마디로 혼란에 빠져서 집중을 하지 못한다면 싸우기도 전에 이미 승패는 정해져 있는 게야."

"아!"

나정은 그제야 고양백의 말이 무슨 의미인지 깨달을 수 있었다. 역시 대단하다라는 생각을 하면서 나정은 고양백을 바라보았다. 실력도 실력이거니와 그 짧은 순간 머리를 굴려서 툭 던지는 한 마디로 나정의 평정심을 깨고자 한 재지가 놀라웠던 것이다.

이윽고 천계의 넓은 연무장에는 백여 명의 고수가 운집했다. 수십 개의 탁자가 마련되었고 그 위에 온갖 음식과 술들이 놓여졌다.

한편 객청 입구 쪽 계단에는 이른바 귀빈석 정도로 해석할 수 있는 차탁들이 십여 석 정도 자리를 잡고 있었다. 또한 연무장 한가운데에는 급하게 만든 비무대가 설치되었다. 놀랍게도 이 모든 것들이 불과 반 시진 만에 설치되고 준비되었다.

이윽고 귀빈석에 사람들이 앉기 시작했다. 그들을 바라보며 백리제일이 나정에게 전음을 보냈다.

[왼쪽으로부터 우내십팔천 중 칠군인 녹림군자, 매화검군, 그리고 오왕 중 한 명인 검왕 남궁학의 형, 남궁로다. 나와 더불어 구천시왕이라 불리는 자들이지. 그리고 그 옆으로는…….]

백리제일이 씁쓸한 표정을 지은 채 귀빈석의 사람들에 대해 설명할 때였다.

연무장 한쪽으로 소란이 일었다. 수십여 명의 무리가 한꺼번에 들이닥친 것이다. 그 선두에 선 자를 본 순간 연무장에 모여 있던 군웅들이 일제히 자리에서 일어서며 허리를 숙였다.

"초 회주께서 오셨습니다!"

누군가 소리쳤다.

백리제일이 선두로 걸어오는 자를 흘낏 보고는 깊은 한숨과 더불어 설명했다.

"대제자 초결이다. 이미 무공만으로는 제 사부를 능가했다는, 그야말로 무림제일인자라고 할 수 있지."

나정은 천천히 걸어오는 중년인을 바라보다가 문득 깜짝 놀라 저도 모르게 소리쳤다.

"노스님! 할아버지!"

초결의 뒤를 따르던 무리들은 다름 아닌 취불과 광도를 비롯한 지저갱의 노기인들이었던 것이다.

나정의 외침에 취불이 고개를 들고 쳐다보더니 이내 인상을 찌푸리며 말했다.

"이 게으른 당나귀 같은 녀석! 뭘하다가 이제야 왔느냐?"

목소리에 힘이 실려 있지 않은 걸로 보아 이미 내공을 잃었거나 폐쇄된 모양이었다. 그건 광도나 오행마군을 비롯한 다른 노기인들도 마찬가지였다.

취불의 꾸지람을 들은 나정은 저도 모르게 허리를 숙이며 사과했다.

"죄송합니다. 나름대로 빨리 오겠다고 한 건데……."

"흥! 어쨌든 그새 많이 컸구나. 제법 튼실해진 것 같기도 하니 이제는 노납을 업고 내를 건너다가 넘어질 일은 없겠구나."

"물론입니다, 노스님."

나정은 눈물까지 글썽이며 대답했다.

　태연자약하게 말하는 취불의 행색이 너무나도 남루하고 초췌했던 것이다. 마치 오랜 병환으로 인해 제대로 먹지 못한 환자처럼 그의 안색은 싯누렇게 뜨고 몸을 깡말랐다.

　나정은 그 옆에 서 있는 광도를 바라보았다. 광도 또한 취불과 별반 다름이 없었다. 외려 취불과는 달리 눈빛마저 죽어 있는 것이, 나정의 가슴을 더 아프게 만들었다.

　"할아버지! 죄송합니다. 제가 늦게 왔습니다."

　나정이 소리쳤다. 하지만 광도는 대답하지 않았다. 그저 그는 나정을 잠깐 바라보다가 탄식하듯 한숨을 내쉬며 고개를 돌릴 따름이었다.

　'어, 왜 그러시지?

　나정이 영문을 몰라 의아해할 때였다. 어느새 귀빈석 중앙에 자리를 잡고 앉은 초결이 껄껄 웃으며 광도를 향해 말했다.

　"나정이 불쌍하지도 않소, 사부? 어지간하면 반가운 척이라도 해주시지."

　'사부? 사부라니? 초결의 사부는 검신이 아니던가? 왜 할아버지에게……'

　나정이 무슨 뜻인지 몰라 어리둥절하다가 초결을 향해 물었다.

　"왜 내 할아버지가 귀하의 사부라는 겁니까?"

초결이 한숨을 쉬며 말했다.

"생각보다 머리가 둔하구나, 나정아."

그는 부드러운 표정을 지으며 말을 이었다.

"나정아. 저분은 애당초 광도가 아니었단다. 저분의 성명은 한담, 호는 검신으로… 신검가의 주인이자 나와 양백, 헌의 사부이셨던 분이란다."

쿵!

일순 거대한 망치가 나정의 뒤통수를 때리는 듯한 충격이 느껴졌다. 나정은 멍한 눈빛으로 초결과 광도, 아니 검신 한담을 번갈아 바라보았다.

"이왕지사, 이렇게 자리가 만들어졌으니 조금 수다를 떨어도 나쁘지 않을 것 같구나."

초결은 어깨를 으쓱거리며 말했다. 그 말에 깜짝 놀란 고양백이 벌떡 일어나며 소리쳤다.

"형님! 그렇게까지 하실 필요가 어디 있습니까?"

일순 초결의 안광이 태양처럼 빛났다. 고양백은 저도 모르게 움찔하며 자리에 앉았다.

"너야말로 많이 컸구나? 내게 큰소리도 치고 말이다."

초결은 웃으며 말했다. 하지만 고양백은 그 미소가 어떤 살기보다도 두렵게 느껴졌는지 온몸을 떨며 고개를 조아렸다.

"죄송합니다. 이 아우가 잠시 흥분해서 그만 멍청하게 행동했습니다."

초결은 한심스럽다는 표정을 지으며 말했다.

"양백 네 녀석이나 막내나 왜들 그 모양인지 모르겠다. 그깟 우두머리, 누가 되면 또 어때서 아등바등 다투느냐 말이다. 중요한 건 누가 세상에서 가장 강한가, 하는 것이다."

"죄송합니다."

고양백은 꾸중 듣는 어린아이처럼 고개를 푹 숙인 채 사과했다.

나정은 그들의 모습을 보고 꽤 큰 충격을 받았다. 알고 보니 고양백이나 독고헌 모두, 저 대사형 초결에 비하면 어린 애송이에 불과했던 것이다.

하지만 그 충격보다 더 큰 충격은 역시 지금껏 광도인 줄 알았던 자가 알고 보니 검신 한담이라는 사실이었다. 도대체 검신 한담이 왜 얼굴이 망가진 채 광란하여 폭주했던 것일까.

고양백에게 한바탕 훈계를 내린 초결은 다시 나정을 돌아보았다. 조금 전과는 달리 그의 얼굴에는 춘풍처럼 부드러운 웃음이 가득 담겨 있었다. 초결은 나정의 아래위를 훑어보며 고개를 끄덕였다.

"좋아. 제대로 컸군그래. 그 정도면 그리 나쁘지 않아. 양백과 일대일 비무를 벌인다며? 좋은 승부가 되겠어."

나정은 그가 자꾸만 변죽을 울리자 다급해져서 얼른 입을
열었다.

"저분이 확실히 검신 한담입니까? 그렇다면 광도… 제 외
조부는 어디 계십니까?"

"흠, 그걸 설명하려면 이십여 년 전의 이야기부터 시작해
야 하지. 시간 있나?"

초결의 말에 나정은 무작정 고개를 끄덕였다. 초결은 부드
럽게 웃으며 입을 열었다.

2

―광도가 검신 한담에게 도전했다가 박살 난 건 알고 있겠
지?

엄청 깨졌어. 그것도 몇 번이나 계속해서 상대도 안 되게
처참하게 패배했지. 광도의 자존심에 금이 가고 수치와 좌절
감에 빠져 자살을 생각할 정도로 말이야.

그에 비하면 취불이나 마야는 현명했지. 한 번 패한 것으로
더 이상의 미련을 접었으니까.

하지만 광도는 말 그대로 무공에 미친 자가 아닌가 말이지.
검신을 이기기 위해서 자신이 할 수 있는 모든 방법을 동원하

고 강구했지.

그는 저 먼 서역 땅까지 가서 서장의 무공도 익히고 해남과 왜국의 무공들도 섭렵했지. 그 뿐이 아니었어. 정파 사람이라면 수치로 여길 만한 사마외도의 기괴한 마공들까지, 오로지 검신을 이기기 위해서 끊임없이 익히고 수련했지…….

문득 나정의 얼굴이 핼쑥해졌다. 천외조수 황숭의 장원에 있었던 금불상의 내부, 그 내부에 적혀 있던 글의 내용이 떠올랐던 것이다.

수십 년이 흘렀다. 마침내 서장(西藏)의 유가밀공을 발견한 나는 그 밀공에서 내 상상이 실현화될 수 있는 한 가닥 가능성을 찾았다. 유가밀공은 신체를 상피화하여 육신의 능력을 극대화시키는 무공이었다. 그 상피화에 나는 주목했다.

'바로 그 글을 쓴 이가 외할아버지였다는 말인가? 무생화천의 기를 처음 발현한 분이 광도였다는 건가?

나정이 상념에 빠진 동안에도 초결의 이야기는 계속 이어지고 있었다.

―그리하여 마침내 광도는 새로운 무공을 창안하기에 이

르렀지. 내공을 이용하여 몸의 근육과 뼈를 원하는 모양으로 변화시킬 수 있는 무공, 무생유가진력을 말이지.

하지만 아쉽게도 그 무공은 완벽하지 않았어. 또 이론과는 달리 제대로 익히기도 어려웠지. 고민 끝에 광도는 검신을 찾아간 거야. 검신은 광도가 반드시 넘어야할 상대인 동시에 그가 유일하게 인정한 무공의 천재이니까 말이지.

무생유가진력을 접한 검신은 충격을 먹었지. 무생유가진력만 익히게 되면 누구든지 신검합일, 이기어검의 수법을 사용할 수 있게 되니 말이야. 검신의 입장에서 보자면 자신이 평생 수련해 왔던 모든 것이 별무소용이 되는 게야.

또 한 편으로는 무생유가진력의 엄청나고 대단한 위력에 푹 빠지게 되었지. 제대로만 익힌다면 무림제일이 아닌, 고금천하제일인이 될 수 있으니까.

그래서 검신은 자신의 세 제자와 광도와 함께 무생유가진력을 연구하기 시작했지. 그렇게 처음에는 다들 순수했다고.

아, 이쯤에서 검신의 세 제자 이야기를 해야겠군그래. 사실 세 제자들은 검신을 그리 좋아하지 않았지. 물론 존경은 했지, 세상에서 가장 강한 분이니까.

그러나 세상 사람들은 잘 몰랐지. 검신의 오만하고 자존자애(自尊自愛)한 성격에 시달린 끝에, 그들 세 제자는 검신이 죽는 게 소원이라고 생각할 정도였다는 것을.

또 대제자는 자신보다 강한, 도저히 뛰어넘을 수 없는 벽과
같은 존재인 사부 때문에 절망감을 느끼고 있던 참이었고…
둘째, 막내 제자들은 군림천하의 야욕을 지녔으되 사부 때문
에 제대로 운신할 수 없는 까닭에 좌절하던 참이었지.

그 와중에 검신이 미치기 시작한 게야. 불완전한 무생유가
진력이 가져온 필연적인 부작용이었지.

한 번 광증이 돌면 남아나는 게 없었지. 가뜩이나 강한 사
부가 더 강한 무공을 익힌 상황, 거기에 광증이 도지면 원래
실력보다 서너 배는 강해지니까… 우리 네 명이 힘을 합쳐도
그를 당해낼 수가 없는 거야.

엄청 맞았지. 얼마나 뼈가 부러지고 박살 났는지 몰라. 물
론 사부가 다시 정신을 차렸을 때는, 자신이 무슨 일을 저질
렀는지 몰라서 다 죽어가는 우리를 보고 노해 소리쳤어. 도대
체 어느 놈이 내 제자들과 친구를 이리 만들어 놓았느냐고 말
이야.

우리는 견딜 수가 없었어. 이렇게 지내다가는 복날 개처럼
맞아 죽게 생겼으니까.

머리 좋은 막내가 재빨리 의견을 제시했지. 물론 우리는 망
설였지. 하지만 다다음날이던가, 미친 사부가 휘두른 주먹에
둘째의 머리뼈가 박살 나는 걸 보고 결국 동의했고 거사를 벌
였지.

사부가 잠들었을 때 막내가 칼을 찌르고 둘째가 가슴을 공격하고 내가 얼굴을 후려쳤지. 암습을 당했음에도 불구하고 사부는 강했어. 그 와중에도 끝까지 버티며 우리와 싸웠지. 뒤늦게 달려온 광도가 우리를 도와주지 않았더라면… 외려 우리가 죽었을 게야, 그 싸움에서.

중상을 입고 쓰러진 검신을 내려다보며 네 사람은 숨을 헐떡거렸다. 폭풍이 지나간 처참한 흔적들이 방금 전에 펼쳐진 일전이 얼마나 치열했는지를 말해주고 있었다.

"이제 어떡하지?"

누군가 중얼거렸다. 대답하는 이가 없었다. 명색이 세 사람의 사부였고 한 사람의 친구였다.

"죽여야죠."

둘째가 이를 갈며 말했다. 바스러진 머리뼈가 아직도 제대로 붙지 않아서 조금만 무리해도 머리가 울렸다. 아마 영원히 정수리 부분의 뼈는 붙지 않을지도 몰랐다.

"하지만 그가 이렇게 죽는다면… 세상 사람들이 과연 어떻게 생각할까? 천하에서 가장 강한 자를 두려워한 나머지 내가 그 제자들과 힘을 합쳐 죽였다고 생각할 걸, 아마?"

광도의 말에 세 제자는 서로를 마주 보았다. 그때 막내가 기묘한 생각을 했다.

─아주 기막힌 생각이었지. 어차피 일이 그렇게 된 거… 검신을 실험 도구로 쓰자는 거야. 그에게 계속 무생유가진력을 익히게 하고 그 부작용을 검토하면서 새롭게 고치자는 거지.

다들 동의했지. 그리고 검신을 가두고 연구하기 시작했어. 정신을 차린 검신이 얼마나 발광을 했던지… 감히 사부를, 친구를 이리 만들어놓고 무사할 줄 아느냐 하면서 온갖 악담과 저주를 퍼부었지.

견디다 못한 막내가 어디에선가 사술(邪術)을 배워와 검신의 기억을 지워버렸네. 또한 최면대법을 통해서 새로운 기억을 심었지. 바로 자신을 광도로 생각하게끔 말이야.

생각해 봐. 광도라면 애당초 무공에 미친 자가 아니냐는 말이지. 그러니 무공을 익히다가 주화입마에 빠졌다라고 하면 세상 사람들 모두 '그럴 줄 알았어' 할 거라는 게 막내의 이야기였거든.

우리 모두 흔쾌히 고개를 끄덕였지만 정작 광도 본인은 내켜하지 않더군. 확실히 자신의 명성에 금이 간다고 생각했던 게지.

그러나 이미 때는 늦었어. 광도 또한 슬슬 미쳐가고 있었거든. 우리야 나중에 수정하고 보완된 무생유가진력을 익혔지만 검신과 광도는 그렇지 않았지. 불완전한 무생유가진력을 익힌 이상, 미치는 것은 시간 문제였어.

결국 우리는 두 사람을 서로 다른 곳에 가두고 계속해서 무생유가진력을 연구했는데… 감시가 소홀한 틈을 타서 그만 검신이 탈출하고 만 게야. 그렇게 탈출한 그가 저 이십여 년 전의 겁란을 일으켰던 게지.

마구잡이로 살상극을 벌이는 그를 지켜보면서 우리도 고민했어. 우리가 뿌린 씨, 우리가 거둬야하지 않을까 하고 말이지.

그런데 이번에는 둘째가 좋은 생각을 내놓더군. 어차피 세상 사람들은 그가 검신인지 모른다. 그 역시 자신을 광도라고 생각하니까. 즉, 자신들의 야욕을 가로막는 검신은 사라졌다는 게다. 하지만 사람들은 여전히 검신이 존재한다고 믿으니……. 바로 그 점을 이용해서 우리의 세력을 키우자는 거였지. 이른바 호가호위(狐假虎威) 하자는 게지.

'아아, 그랬구나. 그래서 광도, 아니, 검신이 지저갱의 석실에서 계속 그렇게 외쳤던 거였구나.'

나정은 그제야 알 것 같았다.

왜 검신이 광증이 일기 전에 자신의 머리를 붙잡고 '나는 광도다, 아니 나는 광도가 아니다, 그럼 나는 누구지?' 하면서 자신의 정체성에 혼란해하던 이유가 무엇이었는지.

그때만 하더라도 나정은 그저 미친 자의 헛소리라고만 생각했는데 그게 아니었던 것이다. 검신의 뇌리 속에 광도의 기억이 새겨져 있었으니, 그토록 혼란스러워했던 것이었다.

나정은 입술을 깨물며 검신을 돌아보았다. 검신은 핏기 한 점 없는 얼굴로 초결을 바라보고 있었다. 도대체 지금 무슨 생각을 하고 있을까.

그러거나 말거나 초결의 이야기는 계속 이어져 이제는 막바지에 이르렀다.

—나는 뭐 군림천하 운운에 관심이 없었지만 둘째나 막내는 달랐거든. 서로 죽이 맞았지. 나야 그런 지엽적인 문제보다는 무생유가진력의 완성에 더 매달렸고.

내가 그렇게 무생유가진력을 완성시키는 동안 두 사제는 구중천이라는 조직을 만들고 세상을 집어 삼키려는 계획을 진행했지.

또한 광도의 정신이 말짱할 때에는 구중천의 천주로 나서서 세상에 그 존재를 널리 알렸지. 물론 막내의 최면대법에 의해 자신이 누구인지 제대로 알지 못한 채 말이야.

그리고 눈엣가시라고 할 수 있는 취불 마야 등을 지저갱에 가두고 한편으로는 협박과 회유를 통해서 아군을 늘리는 등의 일들은 모두 내 사제들이 진행했지, 그동안 나는 무생유가진력을 완성시켰고.

3

마침내 기나긴 이야기가 끝났다.

나정은 믿을 수 없다는 얼굴로 초결을 바라보았다. 그건 다른 이들도 마찬가지였다. 백리제일은 물론 이 연무장에 운집한 모든 군웅들은 처음 밝혀지는 비사에 넋을 잃고 있었다.

"그, 그럼 할아버지는?"

나정이 떨리는 목소리로 물었다. 초결은 당연하다는 듯이 말했다.

"무공이 완성되었으니 시험을 해봐야지 않겠나? 그렇다고 아무나 붙잡고 싸우기에는 무생유가진력이 너무 강해서 말이야. 여기 있는 구천시왕들로는 내가 어느 정도 강해졌는지 알 길이 없거든."

초결은 여섯 살 꼬마와 싸워봤자 내가 어느 정도 실력인지 어찌 알겠는가 하는 식으로 말하며 구천시왕들을 돌아보았다. 녹림군자, 매화검군, 검백(劍伯) 남궁로 등은 고개를 들지 못했다. 자괴감이 그들의 어깨 위로 무겁게 내려앉았다.

초결은 다시 나정에게 시선을 돌리며 말을 이어나갔다.

"그런 까닭에 시험해볼 수 있는 사람은 아쉽게도 광도 뿐이라서… 그의 광증이 재발하기를 기다려 석실 안으로 들어 갔지. 아, 역시 미친 자를 상대하는 건 정말 어려운 일이었어. 아까도 잠깐 말했지만 광증이 도지면 제 실력보다 몇 배는 강한 무위를 선보이니까 말이야. 하지만 덕분에 내 실력이 어느 정도인지 알게 되었으니까.”

그렇게 말을 맺으며 미소짓는 초결을 향해 나정이 발작적으로 소리쳤다.

“그래서! 내 외할아버지는 어떻게 되었느냐!”

그의 변한 말투에 초결은 가볍게 눈살을 찌푸렸다. 그리고 혀를 차면서 고개를 저었다.

“그렇게 간단하게 평정심이 무너지다니, 생각보다 아직 많이 부족하군그래.”

나정은 당장에라도 초결을 향해 덤벼들려고 했다. 하지만 그의 어깨를 잡는 손이 있었다. 백리제일이었다. 그는 차분한 눈빛으로 나정을 바라보며 말했다.

“그의 말이 맞네. 이성을 잃으면 안 돼.”

나정은 씩씩거리다가 깊은 호흡으로 평정심을 되찾으려 했다. 속으로 달마보리진기의 구결을 외운 게 도움이 되었는지 이내 그의 눈빛이 깊게 가라앉았다.

“좋아. 그 정도는 되어야지. 배우는 게 빨라. 마음에 들었어.”

초결은 만족스럽다는 듯이 고개를 끄덕이며 말했다.

"어쨌든 광도에 대해 이야기를 하자면, 그는 결국 죽었지. 뭐 미친 채로 오래 사는 것보다는 무인으로써 죽음을 맞이하는 게 더 행복한 일이 아니겠나?"

"용서할 수 없어!"

나정은 차갑게 말했다. 초결은 피식 웃으며 말했다.

"물론 나도 너와 싸워보고 싶지. 하지만 나보다 먼저 싸워야할 상대가 있다는 걸 잊지 말라고."

초결의 시선이 고양백에게 향했다. 고양백은 머뭇거리다가 입을 열었다.

"이렇게 사형이 직접 오셨는데 제가 굳이 싸울 필요가 있겠습니까?"

"여전히 뚱뚱하지만 영활한 돼지라니까."

초결은 웃으며 말했다.

"죽어도 손해보는 짓은 하기 싫다 이거지?"

"그런게 아니라……."

"그렇다면 잔말 말고 싸워."

그의 말에 고양백은 마지못한 듯 자리에서 일어났다. 고양백은 비무대로 천천히 걸어가다가 문득 생각났다는 듯이 초결을 돌아보며 말했다.

"행여 도와주시면 안됩니다."

초결은 눈을 동그랗게 뜨며 물었다.

"자네를? 설마 내가 그런 짓을 하겠나?"

"아뇨. 저 나정이라는 애송이 말입니다."

고양백은 작정했다는 듯이 말했다.

"저 녀석이 위기에 빠졌다고 해서 도와주시거나 하면 반칙입니다."

"내가 왜 그럴 거라고 생각하는데?"

"아, 아닙니다. 아니면 됐습니다."

고양백은 말을 얼버무리며 비무대 위로 올랐다. 그리고는 나정을 손가락으로 가리키며 말했다.

"어서 올라와라. 십 초 안에 박살 내 주마."

'십 초라…….'

나정은 문득 백리제일을 돌아보았다. 백리제일도 옛 생각이 나는지 쓴웃음을 흘렸다. 나정은 그에게 살짝 고개를 끄덕이고는 지면을 박찼다.

유령무형신의 섬광 같은 신법이 펼쳐졌지만 장내에 있는 그 누구도 감탄하거나 탄성을 내지르지 않았다. 이미 그 정도에 놀라기에는 하나 같이 너무 강한 자들이었던 것이다.

하지만 다른 이들과는 달리 고양백의 눈빛이 살짝 흔들렸다. 초결도 마찬가지였다. 그는 감탄했다는 듯이 고개를 끄덕이며 중얼거렸다.

"꽤 훌륭하군."

그들은 나정의 유령무형신에서 다른 이들이 미처 보지 못한 무언가를 본 것이다.

나정은 고양백 앞에 다가서며 말했다.

"십 초 안에 끝내겠소."

고양백은 평소와 달리 아무 말도 하지 않은 채 신중한 눈빛으로 나정을 노려보았다. 그리고 천천히 두 손을 뻗었다. 이내 그의 두 손은 거대한 칼과 도끼로 변했다.

나정은 동자배불(童子拜佛)의 자세를 취했다. 초결이 웃으며 입을 열었다.

"소림의 무공이라……. 결국 취불도 무생유가진력 앞에 무릎을 꿇었다는 사실을 알아 두게."

나정은 흔들림 없는 눈빛으로 오로지 고양백만을 바라보았다. 바로 그 순간, 고양백의 두 손이 주욱 늘어나더니 번개처럼 나정을 휘감아왔다. 칼과 도끼는 속임수였다. 어느새 그의 손은 두 자루의 채찍으로 변해 있었던 것이다.

하지만 나정은 놀라지 않았다. 그는 두 손을 뻗어 채찍을 잡아갔다. 채찍은 천변만화의 변화를 일으키며 나정의 손을 피해 파고들었다. 나정은 피하지 않았다. 대신 한 걸음 앞으로 뛰어들면서 두 손을 일직선으로 내뻗었다. 그의 손에서 금빛 광채가 파도처럼 일렁였다.

“금강참마격!”

지켜보던 취불이 놀라듯 소리쳤다. 십 성의 경지에 이른 금강참마격이 저 어린 제자 나정의 손에서 펼쳐진 것이었다.

콰쾅!

거대한 굉음이 울려 퍼지며 비무대가 폭삭 주저앉았다. 자욱하게 먼지가 일었다. 그 사이로 유령의 그림자와 같이 채찍이 휘둘러졌다. 쉴 새 없이 이어지는 요란한 파공성이 주변 공기를 갈기갈기 찢어발기고 있었다.

흙먼지 자욱한 그 안에서 누군가 허공으로 몸을 날리는 게 언뜻 보였다. 거의 동시에 또 한 차례의 금빛 광채가 흙먼지를 뚫고 사방으로 뻗어나갔다.

“금강수미신공!”

취불이 다시 한 번 소리쳤다. 그 두 가지 수법을 보는 것만으로 취불은 알 수 있었다, 이미 나정의 무위가 가장 강했던 시절의 자신을 뛰어넘었다는 사실을.

콰콰쾅!

지축이 뒤흔들렸다. 지진이라도 난 듯 건물이 뒤흔들기고 장원 전체가 무너질 듯 출렁였다.

그 폭발음은 비무대 안쪽에서 일어난 게 아니었다. 장원 바깥, 하지만 장원에서 그리 얼마 떨어지지 않은 곳에서 일어난 폭발음이었던 것이다.

일순 백리제일의 눈빛이 반짝였다.

'드디어 왔구나!'

바로 그 폭발음은 진서문와 그 무리가 도착했다는 신호이자 축융당의 화약이 터지는 소리였다. 그 뒤를 이어 요란한 함성과 비명, 병장기 부딪치는 소리들이 울려 퍼졌다.

장내에 운집한 고수들이 깜짝 놀라며 밖으로 시선을 돌렸다. 갑작스런 상황에 어떻게 대처해야할지 모르고 허둥대는 기색이 역력했다.

백리제일은 그 틈을 놓치지 않고 전음을 펼쳤다. 구천시왕을 비롯해 귀빈석에 앉아 있던 몇몇의 고수들이 고개를 돌려 그를 바라보았다.

쾅!

다시 한 번 폭발음이 일었다. 하지만 이번에는 흙먼지로 뒤덮인 비무대 안쪽에서 들린 굉음이었다. 동시에 신형 하나가 튕기듯 허공 높이 솟구쳤다가 비무대 바깥으로 떨어져 내렸다.

나정이었다.

그는 재빨리 균형을 잡으며 착지했지만, 그만 떨어지는 기세를 이기지 못하고 비틀거리며 나동그라졌다.

"나정아!"

취불을 비롯한 지저갱의 노기인들이 일제히 부르짖었다.

나정의 입에서는 한 줄기 선혈이 흐르고 있었다.

그러나 나정은 곧바로 일어나 자세를 잡았다. 뭉게구름처럼 피어오르던 흙먼지가 차츰 가라앉았다. 비무대 안쪽의 상황이 뒤늦게야 확인되었다.

일순, 호기심 어린 눈빛으로 비무대를 바라보던 사람들의 안색이 급변했다. 무너져 내린 비무대 안쪽으로 고양백이 종이 구겨지듯 쓰러져 있었던 것이다.

그는 어떻게든 일어서려고 바둥거렸다. 하지만 이미 일어설 기력을 잃은 상태였다. 고양백은 몇 번 손발을 허우적거리다가 고개를 뒤로 꺾었다.

"약속한 대로 십 초 안이오."

나정은 중얼거리다가 초결에게로 시선을 돌렸다.

"대단해."

초결이 박수를 치며 말했다. 사람들의 시선이 일제히 그에게로 향했다. 초결은 천천히 자리에서 일어나며 말했다.

"금강불괴에 가까운 신체를 이룬 양백이지만 조문(罩門)만큼은 어쩔 도리가 없지. 그런데 양백의 조문이 정수리라는 사실은 어찌 알았더냐?"

나정은 입가의 피를 닦으며 말했다.

"조금 전 귀하가 말하기를, 평생 그의 정수리 뼈가 붙지 않을 거라고 하지 않았소?"

초결은 감탄했다.

"호오, 그렇게 지나가는 이야기로 한 말을 깊이 새겨두고 한 순간의 틈을 노려 그곳을 공략하다니……. 역시 사자의 피를 물려받은 녀석 답구나."

나정은 이를 악물며 말했다.

"감히 광도 할아버지를 들먹이다니……."

"응, 그게 무슨 소리지?"

초결은 비무대 앞으로 걸어나오며 말하다가 이내 피식 웃었다. 그리고는 머리를 긁적이며 말했다.

"이것 참. 그러고 보니 가장 중요한 이야기를 하지 않았구나."

나정은 도발적으로 그를 노려보며 물었다.

"그건 또 무슨 소리냐?"

초결은 입을 벙긋하다가 다물었다. 그리고는 뭔가 잠시 생각하더니 이내 유쾌하게 웃으며 고개를 저었다.

"아니다, 아무것도. 뭐 가끔은 모든 걸 알 필요가 없는 법이지."

그는 천천히 걸어와 나정 앞에 우뚝 섰다.

"목숨을 걸고 전력을 다해 싸우기 위해서 필요한 것은 분노와 증오이지, 명확한 사실이 아니니까 말이야."

초결은 나정이 이해할 수 없는 말을 중얼거릴 때였다.

콰쾅!

또다시 폭발음이 터졌다. 이번에는 장원 안쪽, 연무장에서 그리 멀지 않은 곳에서 들려오는 소리였다. 운집한 고수들이 일제히 밖으로 달려 나가려는 순간, 백리제일이 벼락처럼 소리쳤다.

4

"다들 움직이지 마시오!"

사람들이 일제히 그를 바라보았다. 백리제일은 내공을 실은 목소리로 쩌렁쩌렁하게 말했다.

"모두 내 말을 들어보시오! 이 싸움은 구중천과 무림 연합군의 싸움이 아니오! 이 싸움은 외할아버지를 잃고 사부가 인질로 잡힌 한 청년의 복수라고 할 수 있소. 여러분들은 우리와 함께 저 초결이라는 자의 이야기를 처음부터 끝까지 듣지 않았소?"

사람들은 엉거주춤한 자세로 백리제일의 이야기를 들었다. 백리제일은 자신의 목소리에 설득력있고 호소력 깊은 울림을 지니도록 강약을 넣으며 말을 이어나갔다.

"저 초결이라는 자가 누구요? 제 사부인 검신을 암습하고 광도를 실험용 대상으로 사용하다가 결국 죽인 자가 아니오?

강호의 어른들, 뭇 사람들의 존경을 받는 취불을 저리 만든
자가 아니오? 그런데도 여러분들은 저자의 명령과 지시에 따
라 행동할 생각이시오?"

무림에서 가장 질타 받는 행위는 사부에 대한 하극상과 배
신이었다. 사마외도의 인물들이라 하더라도 그런 행동은 용
납 받지 못하는 게 강호의 생리였다. 하물며 검신의 제자가
그런 짓을 한 것이다.

사람들의 표정이 차츰 변하기 시작했다.

"지금 여러분들이 밖으로 나가면 무림의 전면전이 벌어지
게 되오! 얼마나 많은 이들이 죽거나 다칠지 아무도 모르오.
왜 그런 처절한 전투가 벌어져야 하오? 단지 사부를 시해하려
든, 천인공노(天人共怒)할 짓을 저지른 자들을 위해서? 이 많
은 사람들의 아까운 피와 목숨을 버려야 하는 것이오?"

백리제일의 열혈 가득 찬 목소리가 울려 퍼지는 가운데, 밖
에서 들려오던 폭음이 멈췄다. 어느덧 정리가 된 모양이었다.
백리제일은 힐끗 그쪽을 응시하고는 다시 입을 열었다.

"그래서 말씀드리오! 이번 싸움, 나정과 저 초결의 대결로
한정합시다! 누가 이기고 누가 지든 그것으로 끝나는 걸로 합
시다! 이미 천주는 죽었고 계주 또한 죽은 상황에서 구중천과
천계가 무슨 의미가 있겠소? 우리는 그저 저 취불, 검신 노선
배들의 안위만을 걱정할 따름이오. 구중천이 무림을 지배하

든 말든 신경 쓰지 않겠소! 그러니 내 뜻에 따라 더 이상 싸우지 않겠다고, 우리끼리 싸울 필요가 없다고 생각하시는 분들은 자리에 앉아 주시오!"

자리에서 일어났던 자들은 서로의 눈치를 보았다. 백리제일의 이야기가 끝난 후 잠시 동안 기묘한 침묵이 장내를 휘감았다. 그때였다.

귀빈석에 앉아 있던 이들이 검백 남궁로를 필두로 하여 한 명씩 일어나기 시작했다. 사람들이 웅성거리며 그들을 따라 행동하려는 순간, 일어났던 남궁로들이 다시 자리에 앉았다.

놀랍게도, 그들은 백리제일의 말에 따라 자리에 앉은 것이었다. 전혀 싸울 의도가 없다는 사실을, 직접 일어났다가 앉는 행동으로 보여준 것이었다.

백리제일은 가만히 고개를 끄덕였다. 싸움이 시작될 무렵 그가 보냈던 전음에 대해서 저들은 이런 식으로 협조해준 것이다.

일이 그렇게 되자 상황은 더욱 기묘해졌다. 군집한 무리들 중에서 절반 정도가 다시 자리에 앉았다. 고양백의 측근을 비롯한 나머지 사람들은 어찌해야 할 바를 모르고 초결과 백리제일, 남궁로 등을 번갈아 바라보았다.

그때 검신이 앞으로 걸어 나오며 말했다.

"나를 아직 사부로 생각하느냐?"

비록 내공을 잃은 상태였으나 그 위압감만은 여전했다. 단지 그 자리에 우뚝 서 있는 것만으로도 태산처럼 거대해 보이는 인물이었다. 그런 검신으로부터 질문을 받은 초결은 어깨를 으쓱거리며 말했다.

"사부로 생각하고 있기에 아직 죽이지 않은 게 아니겠소? 나 역시 사부를 죽인 패륜아 소리는 듣기 싫으니까 말이오."

"그렇다면 이 자리에 모인 여러 군웅께 말씀드리겠소. 내 제자들인 초결, 고양백, 독고헌은 사부인 나를 암습하고 위해하려 했던 터, 바로 당장 파문시키겠소. 그러니 여러 무림 동도들께서는 검신과 그들이 아무런 관계가 없음을 인지하시고……. 또한 행여 신검가와 검신의 이름을 들먹거릴 경우 결코 좌시하지 말기를 간곡하게 부탁드리오."

말을 마친 검신은 군웅들을 향해 허리를 숙였다. 역대 최강, 사상 최강의 인물인 검신이 절을 하는 순간이었다. 오만하고 자존자애하여 그 누구에게도 목례조차 하지 않던 그의 절이었다. 군웅들은 저도 모르게 황급히 자리에서 일어나 마주 예를 표했다.

때마침 진서문과 백여 명의 무인들이 연무장 안으로 달려들다가 그 희한한 광경을 보고는 제자리에 멈춰 섰다. 그 짧은 시간 동안 꽤나 악전고투를 벌였는지 그들의 여기저기 찢어진 옷에는 핏물과 흙먼지로 범벅이 되어 있었다.

백리제일은 재빨리 진서문에게 전음을 보냈다. 진서문은 곧 고개를 끄덕이며 무리들에게 말했다.

"더 이상의 전투는 없소! 모든 건 나정, 나 소협과 초결의 대결로 매조지 될 것이오!"

무리들은 일제히 함성을 질렀다. 그리고는 열을 맞춰서 연무장 한쪽으로 걸어가 빈자리에 앉았다.

때마침 검신과 예를 갖추느라 허를 찔린 천계의 고수들은 그저 진서문 무리들이 하는 양을 묵묵히 지켜볼 수밖에 없었다. 이제는 전면전을 벌일 기회를 놓친 것이었다. 고양백의 측근들과 망설이고 있던 고수들 또한 자리에 앉았다.

상황은 그렇게 정리되었다. 남은 건 이제 나정과 초결의 싸움이었다. 초결이 싱글거리며 말했다.

"저 밖에는 독고헌이 백여 명의 절정고수와 수천여 명의 구중천 무사를 지휘하고 있는데……."

"그건 나와 상관없소."

나정은 딱 부러지게 말했다.

"아까도 말했지만 나는 귀하와 싸운 후 노스님과 여러 어르신을 모시고 이곳을 떠날 것이오. 무림의 일은 무림인들이 알아서 하면 되오."

"호오, 그렇다면 자네는 무림인이 아닌가?"

"무공을 익혔다고 무림인이 되는 것이오?"

나정은 차분하게 되물었다.

"나는 이조암의 동자승이었소. 물론 한 때는 무공을 배우고 싶어서 안달이었던 적도 있었소."

진서문의 일행 중에 섞여 있던 신주사괴들이 코를 훌쩍거렸다. 확실히 그런 시절이 있었다.

"지금은 다르오. 나는 여전히 이조암의 동자승이지만 더 이상 무공은 익히고 싶지 않소. 할 수만 있다면 이미 익힌 무공들도 버리고 싶소."

취불이 저도 모르게 고개를 끄덕이며 중얼거렸다.

"한 걸음 앞으로 내디뎠구나."

나정은 다시 말했다.

"그러니 나를 무림인이라고 부르지 마시오. 나는 중이고, 노스님을 모시는 어린 동자승일 뿐이오."

초결은 잠시 그를 바라보다가 피식 웃었다. 그리고는 고개를 양쪽으로 까닥이면서 말했다.

"뭐, 어쨌거나. 나 역시 무림의 일에는 관심이 없어서 말이지. 좋아, 한 번 붙어 보자구."

나정이 앞으로 걸어 나갔다. 역시 동자배불의 기수식을 펼치는 것으로 첫 수를 시전했다. 초결은 오른발을 들어 가볍게 진각을 펼쳤다.

쾅!

연무장 전체가 뒤흔들렸다. 지진이라도 난 듯, 혹은 축융당의 화약이 폭발하기라도 한 듯 장원 전체가 우르르, 거친 울음을 토해냈다.

하지만 그건 초결의 내공에 의해 펼쳐진 장관이었다. 나정은 저도 모르게 침을 꿀꺽 삼켰다. 초결이 씨익 웃으며 말했다.

"나는 일 초다. 어떠냐?"

고양백이 십 초 운운한 것을 빗대어 하는 말이었다. 나정은 대답하지 않았다. 저런 자를 상대로 나 역시 일 초요라고 말할 배짱이 없었던 까닭이다.

대신 그는 전력을 다해서, 달마보리진기와 무생화천진력을 양손 가득 끌어 올리며 초결을 향해 두 손을 힘껏 뻗었다. 그의 오른손에서는 금빛 광채가, 왼손에서는 새하얀 섬광이 동시에 뻗어나갔다.

초결은 두 팔을 벌리고 다가섰다. 나정이 펼친 일격은 정확하게 초결의 가슴팍에 격중했다.

콰콰콰쾅!

마치 천 근 화약이 폭발이라도 하듯이 엄청난 굉음이 터져나왔다. 동시에 나정은 손목이 부러지고 어깨가 탈골되었다. 마치 전력으로 쇳덩어리를 후려친 듯한 고통이 그의 전신을 휘감았다.

놀랍게도, 초결은 조금의 상처도 입지 않았다. 이미 그의 무위는 그 어떤 공격이라도 되받아 퉁겨낼 수 있을 정도로 막 강해진 것이다.

'상대가… 안 된다.'

나정은 허탈해했다. 두 팔 모두 탈골이 되었고 손목을 비롯한 뼈들은 조각조각 박살 난 상태였다.

그는 빙긋 웃으며 두 손으로 나정의 목을 낚아챘다.

"겨우 그 정도였더냐?"

나정의 얼굴이 시뻘겋게 달아올랐다. 숨이 막혔다. 눈동자가 튀어나올 것 같았다. 그대로 목이 부러지기 직전이었다.

정신이 희미해져 가는 가운데 나정은 천천히 발을 움직였다. 그의 엄지발가락이 송곳처럼 뾰족해지더니 이내 엿가락처럼 주욱 늘어났다.

하지만 그뿐이었다. 초결의 양손에 힘이 가해지면서 나정의 고개가 한쪽으로 떨궈졌다.

"나정아!"

"안 돼!"

사방에서 안타까운 소리가 튀어나왔다. 일순 초결의 눈빛이 흔들렸다. 무슨 까닭이었을까. 나정의 목을 옥죄고 있던 두 손에서 힘이 사라졌다. 그 순간 나정은 다시 정신을 차렸다. 그리고 무생유가진력을 통해 만든 쇠꼬챙이로 초결의 회음혈(會陰穴)을 찔렀다.

초결이 비틀거리며 뒤로 물러났다. 나정은 고통을 참으며 부러진 팔에 진기를 불어 넣으며 자신의 마지막 일격을 가하려 했다.

"됐다, 그만해라."

검신이 그들의 사이를 가로막았다. 나정은 얼른 진기를 풀었다. 하마터면 검신의 등을 향해 일장을 날릴 뻔한 것이다.

검신은 초결과 마주 서며 말했다.

"그래도 내 제자, 그 목숨을 내가 걷어야 마땅하다."

초결이 비릿하게 웃었다.

"내공도 없는 사부 따위가 나를 죽일 수 있다고 생각하시오?"

"내공은 중요한 게 아니거든."

검신은 손을 뻗더니 손가락 끝을 모아 검봉(劍鋒)처럼 찔러갔다. 하지만 그 움직임은 너무나도 느려서 세살배기 아이들도 막을 수 있을 것만 같았다.

그러나 초결은 천천히 다가오는 그 손을 보고는 얼굴빛이 새하얗게 변했다.

"이런, 빌어먹을 늙은이!"

그는 악을 쓰며 무생유가진력을 펼쳐 검신의 가슴을 찔러갔다. 검신은 피하지 않았다. 아니, 피하려고도 하지 않았다.

그저 검신은 손가락 끝으로 초결의 가슴을 살짝 눌렀을 뿐이었다. 그것으로 검신의 동작은 멈췄다.

초결의 일격에 의해 말 그대로 뻥 뚫린 가슴에서는 피와 내장이 흘러 내렸다. 검신은 한 가닥 호흡을 통해 입을 열었다.

"이게 내가 깨달은 마지막 오의(奧義)구나."

그리고는 그대로 뒤로 나가떨어졌다. 검신의 최후였던 것이다.

"비, 빌어먹을 늙은이……."

초결은 이를 갈았다.

하지만 그뿐이었다. 검신의 손가락이 닿았던 가슴 속 깊은 곳에 금이 가는가 싶더니 그 금은 쩌쩌적! 소리와 함께 이내 사방으로 퍼져나갔다.

초결은 그 갈라진 금에 따라 제 몸 속의 모든 것들이 산산조각나고 있다는 것을 알았다. 그 순간, 초결은 저도 모르게 나정을 돌아보았다. 비틀거리고 있는 나정을 바라보는 그 눈빛이 유난히 부드러워 보였다.

왜 마지막 순간에 힘을 뺐을까.

역시… 사부처럼, 나 또한 잔정을 끊지 못한 것일까.

"빌어먹을……."

초결은 입을 열다가 천천히 앞으로 쓰러졌다. 기묘하게도, 그가 쓰러진 곳에는 검신이 누워 있었다.

모든 것이 끝났음에도 불구하고 누구 하나 입을 여는 사람이 없었다. 검신의 마지막 일전을 견식했다는 무인으로써의 감격과, 양패구상의 충격적인 결말에 모두 할 말을 잃은 것이었다.

그때 취불이 앞으로 걸어 나와 나정을 부축했다. 그리고 나정의 귀에 대고 부드럽게 속삭였다.

"이제 끝났다. 이조암으로 돌아가자꾸나."

나정이 겨우 정신을 차리고는 힘겹게 말했다.

"네, 노스님. 제가 편히 모실 테니 이조암으로 돌아가요."

"그래야지. 네가 아니면 누가 노납을 모시겠느냐?"

취불이 웃으며 말했다. 나정도 따라 웃었다.

그들 주변으로 사람들이 모여들고 있었다. 지저갱의 노기인들은 물론이거니와 진서문을 비롯한 귀문사마, 그리고 일양자를 포함한 신주사괴도 보였다. 그들 모두 환하게 웃고 있었다. 물론 나정을 바라보며 가장 기쁘게 웃는 이는 염화선자였다.

화창한 봄날이었다.

『취불광도』 완결

1

    〈취불광도〉는 기획 단계부터 5권으로 구성되었습니다. 당시만 하더라도 나름대로 중편에 해당되는 길이였는데 시간이 흘러 세상이 바뀌면서 5권 분량의 이야기는 단편에 지나지 않게 되었군요.

    애당초 이 〈취불광도〉를 구상할 때는 과거 80년대 무협이 지녔던 즐겁고 유쾌한 이야기에 대해서 집중적으로 써볼 생각이었는데 이렇게 마무리를 짓고 나니 의외로 그 당시 무협의 단점만 따라간 게 아닌가 싶어 적잖이 부끄럽습니다.

    또한 중간에 갑자기 이야기 분량이 넘쳐흐르는 바람에 적절한 제어를 하지 못한 과(過)가 너무 큽니다. 어느덧 글 쓰는 방식이

10권 내외의 장편에 어울리게 변한 탓인가 봅니다. 물론 가장 큰 이유는 아직 필력이 가다듬어지지 않아서 제 뜻과 의지대로 글이 나아가지 못하는 데 있을 겁니다.

글을 쓰면 쓸수록, 완결되는 책이 늘어나면 늘어날수록 외려 더 부족하고 모자라다는 느낌을 받습니다. 하지만 좌절하거나 포기하지 않겠습니다. 모자란 부분이 있다는 것은 더욱 발전할 여지가 있다는 의미라고 생각하렵니다.

구르는 돌에 이끼가 끼지 않듯이, 쉴 새 없이 굴러가겠습니다. 그렇게 좀 더 노력하고 수련하여서 보다 좋은 글로 다시 찾아뵙겠습니다.

2

무려 7년 동안 기다려주신 청어람 관계자 분들께 감사드립니다. 이 책을 읽은 여러분들께 감사드립니다.

그 지겹고 끔찍하던 폭우와 폭염이 이제는 한풀 꺾인 것에 대해서도 감사합니다. 모쪼록 올 가을은 모든 면에서 조금 더 풍성해졌으면 하는 바람입니다.

—중국 대련에서 백야

용호객잔

龍虎客棧

설경구 新무협 판타지 소설

낙양 변두리에 위치한 허름한 용호객잔.
폐업 직전까지 몰렸던 용호객잔에 복덩이,
천유강이 저절로 굴러 들어왔다.
그런데… 이 객잔 좀 수상하다?

독문병기는 낡은 주판, 중원상왕을 꿈꾸는 객잔주인, 용사등.
독문병기는 마른 걸레, 끔찍이 못생긴 점소이, 용팔.
독문병기는 식칼, 긴 독수공방 끝에 요리와 혼인한 숙수, 장유걸.
독문병기는 이 빠진 도끼, 사연 많은 남장여인, 문우령.
독문병기는 얼굴, 기억을 잃어버린 절세미남 신입 점소이, 천유강.

"중원의 상왕이 되리라!"

현실감각이라고는 찾아보기 힘든
용사등의 허황된 선언이 천하를 혼란에 빠뜨린다.
바람 잘 날 없는 용호객잔의 평범한(?) 일상에
중원의 이목이 집중된다.

GOD BREAKER
Unterbaum
이상혁 판타지 장편 소설
운터바움
신들의 파괴자

守護武士
수호무사

유행이 아닌 자유추구 -
WWW.chungeoram.com